CONQUÊTE

Signet Eclipse
Published by the Penguin Group
Penguin Group (USA) LLC, 375 Hudson Street,
New York, New York 10014
A Penguin Random House Company
First Published by Signet Eclipse, an imprint of New America Library,
a division of Penguin Group (USA) LLC

Première édition, octobre 2015

Ce livre est une fiction. Toute référence à des évènements historiques, des personnages ou des lieux réels serait utilisée de façon fictive. Les autres noms, personnages, lieux et évènements sont issus de l'imagination de l'auteur, et toute ressemblance avec des personnages vivants ou ayant existé serait totalement fortuite.

Ouvrage dirigé par Bénita Rolland
Traduit par Robyn Stella Bligh

Photo de couverture © Georgijevic/GettyImages
Couverture : Ariane Galateau

Pour la présente édition

34/36, rue la Pérouse
75116 - Paris
www.hugoetcie.fr

ISBN : 9782755634037

Dépôt légal : septembre 2017
Imprimé en France par CPI Brodard et Taupin - N° d'impression : 3022977

NEW ROMANCE®

ELLE KENNEDY

CONQUÊTE

Roman

Traduit de l'américain
par Robyn Stella Bligh

Hugo Roman

Chapitre 1

– Bon sang, j'ai vraiment besoin de me saouler et de baiser, mais pas forcément dans cet ordre, déclare Rylan en entrant dans le bar.

Comme les autres, Connor mesure plus d'un mètre quatre-vingt-cinq et doit se baisser pour passer la porte. Toutes les têtes se tournent dans leur direction, mais les clients sont rassurés de ne pas voir le logo des Exécuteurs sur leurs vêtements et ils se concentrent de nouveau sur leurs compagnons ou sur l'alcool devant eux.

– Vous avez vu la serveuse ? se réjouit Rylan. Elle est plutôt mignonne. Elle doit être nouvelle, parce que je ne pense pas que j'aurais pu oublier de tels seins.

Connor suit le regard de son ami jusqu'au long comptoir en zinc tenu par une blonde toute maigre avec un impressionnant décolleté. Ouais, Ry s'en souviendrait s'il se l'était déjà tapée. Les maigres à gros seins sont ses préférées. Elle lève la tête, leur lance un clin d'œil et leur fait une moue aguicheuse.

Il flotte dans l'air un sentiment de désespoir qui se mêle au nuage de fumée de cigarette suspendu au-dessus d'eux comme une canopée. Sexe, alcool et cigarettes sont de rares luxes, de nos jours, à moins de savoir où les trouver, et il n'y a même plus besoin de payer pour baiser, maintenant. L'argent n'a aucune valeur en dehors de la ville, et la plupart des femmes sont aussi avides de sexe que les mecs qui veulent les sauter. Mais ce soir, Connor n'est pas là pour ça. Il veut seulement passer une soirée tranquille avec une bouteille de Jack Daniel's. Cela fait beaucoup trop longtemps qu'il n'a pas senti l'alcool couler dans ses veines.

Le bar est installé dans une ancienne morgue. Les compartiments où étaient rangés les corps contiennent désormais des bouteilles d'alcool et les vivres des propriétaires. Les meubles sont tous dépareillés, des tables et des vieux canapés, des chaises au bois usé. Il n'y a pas d'électricité, les flammes des bougies dansent sur les murs de moellons et les visages cachés dans l'ombre. La plupart des étages de l'hôpital qui s'érige au-dessus d'eux sont déserts, car ce genre d'établissement de santé n'existe plus. Aujourd'hui, lorsqu'on est malade ou blessé, on meurt. Ces enfoirés du « gouvernement » appellent ça la régulation démographique.

Connor choisit une chaise d'où il peut garder un œil sur la porte et sur la salle enfumée, laissant Rylan, Pike et Xander se battre pour les autres. Kade se retrouve dos à la porte, il sera donc le premier à prendre une balle dans la tête s'il y a du grabuge.

La table est rayée et tachée de substances dont Connor préfère ne pas connaître l'origine. Sans un mot, Rylan se lève pour passer commande au bar, ce qui signifie que c'est lui qui paiera l'addition, mais cela ne semble pas le déranger puisque la blonde est tout à fait son genre.

Les échanges sont régis par le troc, il faut parfois payer le prix fort pour obtenir ce qu'on désire. Or, dans ce cas, le scénario est gagnant-gagnant pour Rylan, il aura l'alcool et le sexe. C'est un sacré veinard, parce que la dernière fois qu'ils sont venus, la personne derrière le bar était un mec barbu et Connor a dû échanger son fusil contre la bouteille de Jack. Apparemment, la chance sourit aux beaux gosses en rut.

– Alors... on bouge ? demande Pike.

Il grimace en posant la question, mais cela n'a rien d'inhabituel pour le râleur du groupe. Connor frotte sa barbe piquante et regrette une nouvelle fois de ne plus avoir de rasoir. Son dernier est complètement rouillé et ils n'ont pas prévu de raid avant demain.

– Je ne sais pas. Je crois qu'on devrait attendre, dit-il. Les rumeurs sont peut-être fausses.

– Ouais, mais si elles sont vraies et que Dominik a fait une rafle à quatre cents kilomètres d'ici la semaine dernière, il pourrait déjà être dans les parages.

Ce n'est pas faux, et Connor s'en inquiète. De tous les Exécuteurs, Dominik et sa bande de psychopathes assoiffés de sang sont les pires. Ils sont féroces, déterminés et sacrément doués pour faire leur job. Dominik reçoit ses ordres du commandant en chef de la colonie de l'Ouest, qui les reçoit à son tour du Conseil Mondial. Les ordres de leur groupe sont simples : rassembler tous les insurgés de la colonie pour les obliger à rejoindre la société et tuer ceux qui refusent. Si Dominik approche réellement de leur localisation, la réponse logique est de déguerpir vers la colonie du Sud, ou de chercher un bateau qui part vers l'est. Or, ces jours-ci, avec tous les Exécuteurs, les postes de contrôle et les bandits, se déplacer est un cauchemar.

– Moi je dis, on reste encore un peu dans le coin, déclare Kade. On est bien installés au campement.

Connor ne peut qu'être d'accord en repensant à l'endroit où ils vivent depuis presque un an. Nichée dans les collines au pied des Rockies, l'ancienne base de loisir se compose d'une dizaine de bungalows cachés parmi les arbres et d'un chalet principal. Après avoir surveillé le lieu pendant plusieurs semaines, ils ont déclaré qu'ils s'installaient là et ils en ont fait une véritable forteresse, c'est justement ce qui plaît à Connor.

Rylan revient avec une bouteille de whisky et cinq verres à shot qui tintent dans sa main. Il dévisse le bouchon, verse le liquide ambré dans leurs verres, laissant l'excédent rejoindre les autres taches sur le bois moisi.

– Eh, n'en gaspille pas, grogne Xander. Qui sait quand on aura une nouvelle occasion de se la coller ?

Rylan se laisse tomber sur sa chaise, vide un shot et s'en ressert un autre.

– Alors, quel est le consensus final ?

Xander gratte la barbe épaisse qui couvre sa mâchoire.

– Pike pense qu'on devrait partir. Kade veut rester. Conn est indécis.

– Moi, je vote pour qu'on reste, déclare Rylan. J'aime ce coin. Au fait, mec, c'est quoi cette barbe ? Tu ne sais pas qu'il fait mille degrés dehors ?

– Si tu n'étais pas imberbe comme un gamin de douze ans, t'aurais la même que moi, crois-moi, soupire Xander. Bon sang, j'espère qu'on va trouver des rasoirs demain. Peut-être même une tondeuse électrique ?

– Et des bonbons ! s'exclame Kade, et son visage s'illumine. Des trucs hyper-sucrés ! Ça fait des lustres qu'on n'a pas trouvé du chocolat.

– Et des magazines porno, ajoute Rylan en souriant.

Connor prend sur lui pour ne pas leur dire de se taire, mais sans rire, du chocolat et du porno ? La planète a été ravagée par une guerre mondiale, il a plu des bombes pendant des semaines, des populations entières ont été décimées, et ceux qui ont survécu sont désormais prison-niers – pardon, citoyens – des colonies. Et le plus gros souci de Kade est de ne pas pouvoir satisfaire sa gourmandise ?

Ils font ce qu'ils peuvent pour garder le moral, lui dit une petite voix. Ouais, sans doute. Peut-être que Connor n'est qu'un affreux rabat-joie qui ne peut oublier même une seconde le chaos qui l'entoure. En même temps, qu'est-il censé faire ? Faire comme si la vie n'était que licornes et arcs-en-ciel ? C'est mort.

Il lève son verre et le vide d'un trait. L'alcool brûle sa gorge et réchauffe son ventre. Au diable les bonbons et le porno, la seule chose qu'il veut trouver demain, c'est une caisse de whisky. Même du vin bon marché fera l'affaire, n'importe quoi pour lui faire oublier la colère et l'impuissance qu'il ressent à longueur de journée.

– Vous savez quoi ? Je ne vois pas pourquoi je rêve de porno alors que je peux tirer mon coup tout de suite. Veuillez m'excuser, Messieurs, dit Rylan en reculant bruyamment sa chaise.

Il se penche par-dessus le comptoir pour murmurer quelque chose à l'oreille de la serveuse, qui pouffe de rire. Elle hoche vigoureusement la tête et le suit dans le couloir, s'arrêtant un instant pour toiser du regard Connor et ses hommes.

– Vous croyez qu'elle veut plus de compagnie ? demande Kade.

– J'en suis certain, répond Xander en souriant. Vous avez vu le regard qu'elle nous a lancé ? Cette coquine rêve d'un plan à trois.

– Vous pouvez oublier vos bites deux secondes, bande d'obsédés ? grogne Pike. Il faut qu'on prenne une décision. Si Dominik se dirige ici, je dis qu'on devrait partir.

– Depuis quand t'as peur de te battre? le taquine Xander.

– Il y a des batailles qu'il vaut mieux éviter, et du moment qu'il nous fiche la paix, je préfère laisser Dominik faire son job.

Voilà justement la clé du problème. Connor ne veut pas que Dominik lui fiche la paix. Il rêve d'un face-à-face avec ce connard, et s'il ne devait pas se soucier des autres, cela fait longtemps qu'il serait parti assouvir sa soif de vengeance. Malgré ses nombreux refus, Connor est devenu le leader du groupe et ils lui obéissent au doigt et à l'œil, même Pike, qui ne reçoit d'ordres de personne.

Il est pratiquement impossible d'atteindre Dominik. Non seulement il est constamment entouré par une horde de soldats, mais personne ne sait où se situe le quartier général des Exécuteurs de la colonie de l'Ouest. Il n'est pas dans la cité où les survivants de la guerre ont été emmenés après que le Conseil Mondial a pris le pouvoir. On dit que les Exécuteurs bougent constamment pour ne jamais devenir des cibles. C'est la première fois que Connor a une petite idée d'où se dirige Dominik et il refuse de laisser passer cette opportunité. Cependant... les hommes qui lui font confiance méritent-ils de mourir pour qu'il puisse se venger?

Toutes ces incertitudes se dissipent lorsque la porte d'entrée grince. Il lève la tête et saisit instinctivement son pistolet dans sa veste. Il décide vite que la menace est faible, mais il ne peut néanmoins quitter des yeux la femme qui vient d'entrer. Elle est grande, mince, avec des yeux gris inquiets et de longs cheveux couleur miel. Elle est vêtue d'un pantalon noir très moulant qui révèle des jambes musclées et d'un débardeur blanc qui laisse entrevoir un impressionnant décolleté. Un blouson en cuir noir et des cuissardes complètent son look de bad girl.

Connor en a l'eau à la bouche. Bon sang, ça fait longtemps qu'il n'a pas ressenti un désir aussi violent. Sa queue durcit, mais il lui suffit de regarder de nouveau la jeune femme pour savoir que son érection n'aura pas l'attention qu'elle souhaite.

Elle est habillée comme une dure à cuire, mais elle n'en est pas une. La peur dans son regard révèle qu'elle n'est en fait qu'un petit agneau qui s'est égaré dans la tanière d'un loup. En même temps... son regard véhicule une certaine détermination, un courage qui l'aide à traverser la pièce d'un pas assuré.

– Prem's, déclare Xander à voix basse.

– Même pas en rêve, rétorque Connor.

Ses compagnons ont l'air surpris, et il réalise ce qu'ils doivent penser. Sa réponse laisse entendre que cette nana est pour lui et qu'il marque son territoire, or ce n'était pas son intention. Si son corps meurt d'envie de la toucher, son instinct lui dit de ne pas l'approcher et d'en protéger ses hommes, aussi.

Il la regarde marcher jusqu'au comptoir. La serveuse, qui doit avoir la queue de Rylan dans la bouche, a laissé place à un mec. Il n'entend pas ce qu'ils se disent, mais il voit le dos de la jeune femme se raidir en entendant la réponse du barman. Un mouvement attire son regard, elle a glissé quelque chose au gamin, mais Connor n'a pas vu quoi. Le barman range l'objet dans sa poche et donne à la jeune femme une bouteille de bière. Elle la prend, tourne les talons et se dirige vers un coin de la pièce.

Connor réussit enfin à détourner son regard. Il bande encore à moitié et il n'aime vraiment pas ça. Il ne devrait pas penser au sexe, pas quand Dominik est enfin à sa portée. Il peut baiser quand il veut, or s'il n'agit pas, il devra vivre avec sa soif de vengeance toute sa vie.

Hudson n'en revient pas d'avoir eu à troquer son couteau suisse contre une pauvre bouteille de bière. Ce n'est pas sa dernière arme ni celle qu'elle apprécie le plus, mais elle n'avait pas prévu de la céder. Elle ne savait pas que sa liasse de billets n'avait aucune valeur en dehors des murs de la cité. Voilà encore quelque chose qu'elle ne comprend pas dans ce monde.

Elle trouve une table libre et s'y assoit avant de décapsuler sa bouteille et de boire une gorgée du liquide tiède. Elle n'aime pas beaucoup la bière, mais elle n'est pas d'humeur à boire un alcool fort. Elle doit rester alerte, et surtout trouver un endroit où dormir ce soir.

Sa gorge se noue à l'idée de passer encore une nuit dehors. Elle n'a pratiquement pas fermé l'œil depuis qu'elle est en territoire proscrit, et cela fait presque une semaine. Elle pensait que son entraînement l'aiderait à survivre, mais elle ne s'est pas encore adaptée à cette nouvelle vie. Elle ne s'attendait pas à avoir peur tout le temps.

Elle soupire et balaie la pièce du regard. En dépit de quelques éclats de rire sporadiques et des conversations feutrées, personne ne semble détendu. Les regards sont en alerte et les dos crispés. Elle commence à croire que ce genre de comportement n'est pas inhabituel. Depuis qu'elle a quitté le camp, elle s'est rendu compte que personne n'est à l'abri du Conseil Mondial. Même les hors-la-loi, qui se considèrent comme libres, regardent sans cesse par-dessus leur épaule.

Lorsque le CM a pris le pouvoir, il y a plus de quarante ans, ses membres ont décidé que le seul moyen d'éviter une nouvelle guerre était de diriger avec une main de fer. Ils ont déclaré que le monde n'aurait pas connu une telle dévastation s'il y avait eu un régime mondial puissant en place. Ils ont éliminé les facteurs provocateurs de conflits comme les classes, les religions et le libre arbitre, et, dans une certaine mesure, le nouveau système fonctionne. Hudon était heureuse, en ville, avant que Dominik ne fasse d'elle une prisonnière.

Désormais, elle est donc hors-la-loi, elle aussi, une cible comme les autres. En tout cas, c'est un sacré choc que de se retrouver dans un monde où les gens sont déterminés à s'accrocher à la moindre miette de liberté.

Son regard s'arrête sur une table près de la porte, où quatre hommes parlent à voix basse. Ils sont tous beaux et virils.

Son attention se fixe sur l'un d'entre eux en particulier, il doit approcher de la trentaine, ses cheveux châtains sont coupés court, ses yeux sont noisette et froids, et il est tout en muscles. Il porte une veste kaki qui doit cacher son arsenal, et tout indique que c'est un guerrier, ses larges épaules, la façon dont son regard balaie la pièce en parlant avec ses compagnons.

Hudson retient son souffle lorsqu'il tourne la tête vers elle. Bon sang. Son regard n'a plus rien de glacial. Au contraire, ses yeux brûlants indiquent qu'il la désire ardemment. Elle ignore les battements frénétiques de son cœur et détourne le regard pour boire quelques gorgées de bière. Elle se sent bouillante, et ses longs cheveux lui tiennent chaud, mais elle n'ose pas les attacher. Même si le tatouage sur sa nuque est caché sous des tonnes de maquillage, elle préfère ne pas prendre de risque. Si quelqu'un soupçonnait qui elle est, elle mourrait sur-le-champ.

Un éclat de rire aigu retentit à l'autre bout de la pièce, et Hudson voit une femme blonde avec une poitrine énorme sortir d'un couloir sombre. Elle est accompagnée par un grand homme aux yeux bleus perçants et au sourire diabolique. Il a la démarche arrogante d'un homme qui vient de tirer son coup, et la bouche rougie de sa compagne semble le confirmer. Il lui met une petite fessée, puis il s'assoit à la table qu'Hudson observait.

Tiens donc. Le grand blond est avec les quatre beaux gosses. Il croise son regard en s'asseyant, et un petit sourire se dessine sur ses lèvres. Cependant, l'homme qu'elle reluquait murmure quelque chose qui fait taire le groupe, et le blond redevient sérieux.

Elle soupire. Ce n'est absolument pas le moment de s'enticher d'un superbe inconnu. Elle a d'autres soucis à régler, d'ailleurs elle en a tellement qu'elle en a le vertige. Elle doit d'abord trouver un endroit où se cacher, du ravitaillement et un moyen de fuir la colonie de l'Ouest. Surtout, elle doit éviter Dominik qui a dû envoyer une armée à ses trousses.

Peut-être les gérants du bar pourraient-ils l'aider à trouver une planque...

– Tous à terre, bande d'enfoirés !

Elle était tellement perdue dans ses pensées qu'elle n'a pas senti le danger arriver. Elle n'a même pas le temps de sortir son poignard, parce que des doigts glacés saisissent son bras et la poussent sur le sol en béton.

– À terre, salope !

Une dizaine d'hommes envahissent le bar en criant et en jurant. *Des bandits.* Merde. L'homme qui l'a poussée à terre a oublié de la fouiller et elle a encore son poignard, en plus des autres lames qui sont fixées sur son corps. Elle empoigne le manche en ivoire et glisse lentement le couteau contre ses côtes en levant la tête pour évaluer la situation. Elle a entendu parler de ce genre de brigands, mais c'est la première fois qu'elle en rencontre.

Ils ressemblent beaucoup aux clochards qu'elle a vus sur les photos datant de l'avant-guerre de son père. Il lui avait expliqué que ces gens étaient sales et sentaient l'alcool. Les Exécuteurs ne font pas la différence entre les bandits et les hors-la-loi, mais Hudson la trouve évidente. Les hors-la-loi se battent pour leur liberté. Ils font des raids dans les camps de ravitaillement du Conseil Mondial quand c'est nécessaire, mais ils luttent contre un gouvernement dont ils ne veulent pas, pas entre eux.

Or, ces hommes sont des charognards. Ce sont des vautours désespérés qui n'ont leur place nulle part, ni dans la société du CM ni parmi les rebelles. Elle a entendu dire que les bandits n'ont aucune conscience, aucun remords à voler, tuer et violer ceux qui croisent leur chemin.

Son cœur bat la chamade. Les brigands malmènent les clients, frappant quiconque ose faire le moindre bruit. Le meneur du gang, un homme aux cheveux noirs et à la barbe bien trop longue, saute sur le comptoir, fusil d'assaut à la main.

– On veut tout l'alcool, hurle-t-il au barman.

Hudson rampe sous la table. Du coin de l'œil, elle remarque que les cinq hors-la-loi sont restés assis et regardent les évènements se dérouler avec des mines ennuyées.

– À terre ! crie un des bandits.

Il est petit et maigre, avec le crâne rasé. Il n'en impose que grâce à l'arme qu'il tient entre ses mains.

– Non merci, dit le rebelle aux cheveux noirs et à la mine encore plus sombre.

– Tu veux crever ? C'est ça ? dit le vaurien en chargeant son arme. Parce que je serais ravi de...

Les cinq hommes bondissent, renversent leur table, et deux d'entre eux se cachent derrière pour se couvrir. Quelques secondes plus tard, un gémissement retentit lorsque le bandit maigrichon est poignardé dans le bras. Il titube tandis que ses camarades se jettent sur les hommes, oubliant leur soif d'alcool.

C'est un véritable bain de sang. Un coup de feu résonne, envoyant valser un des brigands à deux pas de sa tête. D'autres tirs font écho au premier, faisant sonner ses oreilles. Des coups de poing sont frappés, des grognements remplissent la pièce. Une autre rafale de tirs crible de trous le mur derrière elle.

Hudson regarde la scène avec une fascination morbide. Les hors-la-loi s'en sortent haut la main et ne semblent pas inquiets d'être en infériorité numérique. Un juron furieux la fait grimacer et elle tourne la tête à temps pour voir le blond aux yeux bleus tituber en arrière. Il pose une main sur son cou et, même de loin, elle voit sa gorge se couvrir de sang. Il a été touché mais il n'y prête guère attention, tirant encore deux coups de fusil qui arrachent un cri d'agonie au bandit aux cheveux longs qui essayait de le tuer.

Il y a un premier bruit sourd, puis un second. Les brigands tombent comme des mouches.

Un silence pesant finit par envahir la pièce, rompu par les grognements des quelques vauriens qui ont la chance d'être encore en vie.

– Bien, voilà qui était amusant, dit l'homme aux yeux noirs d'une voix ennuyée.

Une botte abîmée entre dans son champ de vision et elle se tourne à temps pour voir une semelle épaisse écraser le torse du leader des voleurs, celui avec la barbe. Quand elle lève les yeux, elle découvre que la botte appartient à l'homme aux yeux noisette incandescents.

– Je te suggère de rassembler tes petits copains, ceux qui respirent encore, et de dégager d'ici.

– Va te faire foutre ! gargouille l'autre.

L'homme au regard brûlant soupire et soulève le bandit pour le mettre debout.

– Très bien, alors on va faire ça à la manière forte.

Il empoigne le bras du brigand et le brise dans un *crac* nauséabond. Hudson tressaille alors qu'un gémissement de douleur rompt le silence, et, ébahie, elle regarde le hors-la-loi traîner le bandit vers la porte. Il s'arrête, regarde simplement ses compagnons par-dessus son épaule et ceux-ci ne perdent pas de temps à sortir les autres envahisseurs du bar. Les clients se lèvent lentement, hébétés. La serveuse court vers le blond, mais il l'arrête d'un mouvement de bras et continue vers la porte, un homme inconscient sur l'épaule. Hudson se lève, les jambes tremblantes, et regarde les corps qui jonchent le sol. Il y en a huit au total, un massacre. Elle n'est pas surprise de voir quelques clients se précipiter sur les morts pour fouiller leurs poches et les dépouiller de leur maigre richesse.

Elle range son poignard dans son fourreau lorsque les hors-la-loi reviennent. Le blond tient sa main sur sa gorge et elle voit le sang couler entre ses doigts.

– Tout le monde va bien ? demande le leader d'une voix rauque.

– Merci, dit la serveuse en courant vers lui.

– Deux de mes hommes vont passer la nuit ici au cas où ces enfoirés décideraient de revenir, déclare-t-il en ignorant la blonde. Mais je suggère que vous fermiez boutique. Votre emplacement est compromis, donc vous allez forcément avoir de nouveaux ennuis.

Elle hoche rapidement la tête.

– Oui, on fermera demain.

– Très bien.

Il balaie la pièce du regard et ses yeux s'arrêtent sur Hudson. Son bas-ventre se réchauffe instantanément et son sang s'embrase.

– On s'arrache ! aboie-t-il après quelques secondes. Xander, tu restes là avec Pike. Occupez-vous des corps et protégez ces gens.

– Pas de problème. Mais, Connor, nettoie bien la plaie de Ry, il saigne comme un porc.

Connor. Ça lui va bien. Hudson n'arrive pas à le quitter des yeux. Il marche vers la porte, lui offrant une belle vue de ses fesses fermes. Ce n'est que lorsqu'il a disparu qu'elle sort enfin de sa transe.

Elle ignore les regards surpris des autres clients et court vers la sortie, clignant plusieurs fois des yeux pour ajuster sa vue à la pénombre. Les lampadaires qui illuminaient le parking de l'hôpital ont été arrachés depuis longtemps et le bitume est criblé de trous.

Tout est comme ça, en dehors des murs de la cité Ouest, les arbres et la terre sont noircis et les villes côtières qui ne sont pas complètement submergées sont encore inondées et inhabitables.

Hudson s'arrête pour empoigner le sac qu'elle a caché dans les buissons, puis elle traverse le parking en courant. Elle rattrape Connor au moment où il atteint la Jeep cabossée.

– Attends !

Il se fige et la regarde avec méfiance. Elle avance vers lui, consciente d'agir de façon stupide et du risque qu'elle prend. Toutefois, elle sait aussi que la réponse à tous ses problèmes se tient là, devant elle. Cet homme, avec son corps de guerrier, son regard glacial et sa précision militaire, c'est lui la solution.

– Ouais ?

– Tu... Ce que vous avez fait dans le bar était... je voulais juste...

Un rire éclate derrière elle, et elle se retourne alors que le blond au cou ensanglanté – Ry ? – approche de la Jeep, suivi par le type aux cheveux bruns.

– Tu vois, je t'avais dit que les nanas kiffaient la violence, dit-il à son ami. Mais écoute, ma belle, tu perds ton temps avec lui. Il est trop directif au pieu. Moi, en revanche... je te laisserai faire tout ce que tu voudras.

– Merci, mais ce n'est pas ça que je veux, répond-elle en souriant.

– Tant pis pour toi, dit-il avant de s'asseoir sur le siège arrière.

– Alors, qu'est-ce que tu veux ? demande Connor en la regardant dans les yeux, embrasant son sang de nouveau. Dis ce que t'as à dire pour qu'on puisse se tirer, gronde-t-il d'un ton agacé.

– Je... Je...

– Allez, crache le morceau, chérie.

Elle ouvre la bouche et se déteste aussitôt d'avoir l'air si désespérée.

– Emmenez-moi avec vous.

Chapitre 2

Emmenez-moi avec vous.

Connor s'attendait à tout sauf à ça. Ce sont de parfaits inconnus, et en ces temps dangereux, on fait tout pour échapper aux gens qu'on ne connaît pas

– Tu m'as entendue ? dit-elle en posant ses mains sur ses hanches étroites. Je veux venir avec vous.

– On ne t'a jamais dit que tu ne pouvais pas avoir tout ce que tu voulais ?

– Je m'en fiche. Je veux quand même partir avec vous.

– Désolé, ma belle, mais notre club est réservé aux mecs.

– Waouh ! Alors, tu es sexiste, en plus d'être mal élevé ? rétorque-t-elle.

Rylan ricane à l'arrière de la Jeep. Il est rare que quelqu'un tienne tête à Connor, et ses amis doivent adorer.

Quant à lui, il est loin d'apprécier. Il déteste être aussi exposé. Ils ont beau avoir fouillé les environs des dizaines de fois, les Exécuteurs sont imprévisibles.

Ils vivent dans l'ombre et attaquent quand on s'y attend le moins. Connor ne pense qu'à une chose, rentrer à la base où il pourra enfin respirer. Et il n'a aucune intention d'emmener cette nana avec lui.

– S'il te plaît, implore-t-elle. Je ne sais pas où aller.

– C'est pas mon problème, répond-il en se dirigeant vers la portière conducteur.

– J'ai vu comment vous avez affronté ces bandits, dit-elle en le suivant. Vous avez fait ça les doigts dans le nez. Vous savez ce que vous faites, vous êtes entraînés.

– Qu'est-ce que ça peut te faire ?

– Je suis toute seule, dit-elle d'une voix tremblante. Les gens avec qui j'étais sont tous morts. J'ai besoin de... protection.

Son visage reste fermé et dénué d'émotion lorsqu'elle parle de la mort de son groupe. Ça ne veut pas forcément dire qu'elle ment, mais Connor reste sceptique.

– Emmène-moi. Je te promets que je ne serai pas un problème.

– Tu l'es déjà.

– Écoute, je peux aider ton ami. Je sais soigner les blessures de guerre et...

– Nous aussi, chérie. Il survivra, crois-moi.

– Dans ce cas, je peux faire à manger ou... je ne sais pas... laver... faire le guet...

Il se retient d'éclater de rire. Comme s'ils cherchaient une femme de ménage !

– C'est tentant, mais non.

– On n'a rien à manger, de toute façon, intervient Kade. Du moins, pas jusqu'au prochain raid. Donc, pour l'instant, on ne saurait pas quoi faire d'un chef, mais c'est gentil, merci.

– Un raid ? se réjouit-elle. Je pourrais venir. Je suis entraînée, moi aussi, et...

Cette fois, Connor ne peut se retenir de ricaner.

– C'est vrai ! insiste-t-elle.

– C'est pour ça que tu t'es cachée sous la table ?

Il ne devrait pas la provoquer, mais il ne peut pas s'en empêcher. Il y a quelque chose chez cette nana qui le dérange, sans doute cet air contradictoire de vulnérabilité et de dangerosité. Il n'a pas confiance en elle.

– J'aurais pu me défendre. J'ai été surprise, c'est tout, marmonne-t-elle.

– Je suis sûr que tu en es convaincue, mais...

Elle agit si vite qu'il n'a pas le temps de cligner des yeux. Tout à coup, son genou est entre ses jambes, et elle tient sa nuque d'une main alors que, de l'autre, elle plaque un poignard sur sa gorge.

Il se crispe et réprime un juron. Bon sang, elle est sacrément rapide et elle sait ce qu'elle fait, à en juger par la manière dont elle appuie la lame sur sa peau. Le moindre mouvement lui vaudrait une entaille, ou pire. La sensation de sa cuisse ferme entre les siennes le fait instantanément bander et il durcit de plus belle quand il baisse la tête et découvre l'éclat mortel dans ses grands yeux gris.

– Et maintenant ? se moque-t-il. Tu vas m'égorger pour me prouver que tu as raison ?

Il la voit déglutir, mal à l'aise lorsqu'elle réalise ce qu'est cette chose dure contre sa cuisse.

– C'est ça, bébé. Je suis dur comme fer, murmure-t-il.

Il sourit en coin et se rapproche encore pour frotter son érection contre son bassin. Un petit soupir lui échappe et il ricane.

– Ah, ça te plaît, n'est-ce pas ?

Elle ne répond pas. Il sent son corps bouillant, et sa bite sursaute. Son regard se pose sur sa bouche charnue, sur sa langue qui humecte sa lèvre inférieure. Il pourrait l'embrasser sur-le-champ, la baiser aussi, d'ailleurs.

– Pourquoi tu ne défais pas ma braguette ? Tu pourrais me sucer là, tout de suite. Tu pourrais même t'occuper de Ry et de Kade. Je suis sûr qu'ils apprécieraient.

Ses yeux s'embrasent et il voit son pouls accélérer sous la peau fine de sa gorge.

– Peut-être même qu'on appellera Pike. Il aime regarder, et je suis certain que tu nous offriras un beau spectacle, n'est-ce pas, ma belle ?

La lame s'enfonce un peu plus dans sa gorge.

– T'es un sacré enfoiré, en fait.

– Et toi, t'es pas dans ton élément, grogne-t-il d'une voix menaçante. Alors, arrêtons ce petit jeu, tu veux ? Tu m'égorges ou tu me suces, mais décide-toi vite parce qu'on n'a pas toute la nuit.

Sa queue tressaille à l'idée de sentir sa bouche chaude sur lui. Merde, ça fait longtemps qu'il n'a pas été aussi excité.

– Euh, Conn ? Sans vouloir te déranger, je saigne, tu sais.

Il inspire et sort de sa transe. La voix de Rylan était le coup de pied au cul qu'il lui fallait pour se réveiller. Rapide comme l'éclair, il saisit son poignet et le serre assez fort pour lui arracher un cri. Il le tord, et son poignard tombe sur le bitume.

– Comment tu t'appelles ?

Elle cligne plusieurs fois des yeux, choquée qu'il ait réussi à la désarmer.

– Hudson.

– Eh bien, Hudson, c'était chouette, mais comme je l'ai déjà dit, on ne recueille pas les brebis égarées, déclare-t-il en se baissant pour ramasser son arme. Tu veux un conseil ? Trouve quelqu'un d'autre pour te protéger.

Sa lèvre inférieure se met à trembler. Merde ! Elle ne va pas chialer, si ? Il est soulagé lorsqu'elle se ressaisit et empoigne le couteau. Elle soulève le bas de sa veste et glisse la lame dans le dos de son pantalon.

– Très bien. J'avais tort. La galanterie n'est vraiment plus de ce monde. Je vous souhaite une belle vie, les mecs.

Il réprime un soupir en la regardant tourner les talons et partir en direction de la route déserte. Il refuse de se laisser affecter par sa mine déçue.

– Comment va ton cou ? demande-t-il à Rylan en s'asseyant au volant.

– J'ai mal, mais c'est juste une égratignure.

– Tant mieux.

Il démarre, mais il ne part pas tout de suite. Du coin de l'œil, il regarde Hudson marcher, la tête haute, son sac sur l'épaule. La brise chatouille ses longs cheveux et les agite dans son dos. À son grand désarroi, il voit Kade et Rylan la regarder, la mine sombre.

– Je l'aime bien, remarque Rylan.

– Moi aussi, mais c'est sans doute parce qu'elle a parlé de nous faire à manger. Je ne me souviens pas de la dernière fois que j'ai mangé un bon repas. La soupe aux haricots de Xan me sort par les yeux.

– Oublie la cuisine, à cause de Conn, je n'arrête pas de penser à ses lèvres chaudes sur ma bite. Alors, comme ça, elle t'a fait bander ?

Connor grince des dents et passe la première.

– Peu importe. Elle ne vient pas avec nous.

– T'es pas drôle, Conn, soupire Rylan.

– Et toi, t'es fou de l'envisager. Cette femme va nous attirer des ennuis, c'est certain. Elle fuit quelque chose, les mecs.

– Tu connais des gens qui ne fuient pas quelque chose, toi ? ricane Kade.

– Moi, j'aime les ennuis, ajoute Rylan en tournant sa main vers eux pour leur montrer son sang. C'est marrant.

Connor lève les yeux au ciel.

– Le genre d'ennuis que tu aimes te filent une infection et nous obligent à utiliser nos derniers antibiotiques.

Il sort du parking sans allumer les phares, de toute façon, la Jeep n'en a plus qu'un depuis quelques mois. Le 4x4 rebondit sur plusieurs nids-de-poule, annonçant le trajet cahoteux pour rentrer au camp. Cela fait des décennies que les chaussées n'ont pas été rénovées en dehors des murs de la ville. C'est bien ce que désire le Conseil Mondial. Si rien n'est reconstruit, les gens n'auront nulle part où s'installer pour se reproduire, et la dernière chose que veut le CM, c'est que la population de la planète n'explose de nouveau, les ressources sont bien trop maigres. Ils n'arriveront au camp que dans une quarantaine de minutes, et Connor se force à se concentrer sur la route et à ignorer la blonde qui marche au bord de la chaussée.

– Je crois qu'elle t'a fait un doigt d'honneur, ricane Rylan en se tournant dans son siège pour regarder la femme qu'ils laissent derrière eux.

Connor serre plus fort le volant, refusant de regarder dans le rétroviseur avant d'avoir mis plusieurs kilomètres entre eux et Hudson. Toutefois, le souvenir de ce regard de défiance refuse de disparaître.

Emmenez-moi avec vous. Elle avait l'air si désespérée, que fuit-elle ? Est-il affreux d'avoir dit non ?

– On aurait pu la laisser crécher avec nous deux ou trois nuits, dit Kade avec une grimace qui confirme qu'il n'approuve pas la décision de Connor. Tu sais combien c'est dur de voyager seul, surtout pour une femme. Elle a dit que tout son groupe était mort.

– Fais taire ton petit cœur sensible, tu veux ? grogne Connor. On ne peut pas accueillir tous les miséreux du monde. On ne peut pas se permettre d'être plus nombreux, point à la ligne.

– Pourtant tu m'as accepté, moi, répond-il.

Ouais, et Connor commence à le regretter, maintenant qu'il doit supporter son regard accusateur. Il était parfaitement heureux, tout seul, libre et indépendant, à traverser la colonie à la recherche de Dominik. Puis il a rencontré Rylan et Pike, qui ont décidé de le suivre malgré ses protestations. Ils ont rencontré Xander lors d'un raid, puis Kade lorsqu'il s'est enfui de la cité. Ces quatre-là suffisent amplement. Ce serait un désastre d'agrandir le groupe.

Mais dans ce cas, pourquoi se met-il à décélérer ?

– Oh, ricane Rylan, ta conscience ferait-elle enfin son apparition ?

– Va te faire foutre !

Il tourne brusquement le volant pour faire demi-tour au milieu de la route, soulevant un nuage de poussière. Ce fichu Kade et sa culpabilisation !

– Une nuit, aboie-t-il. Deux, maximum. Ensuite, elle reprend sa route.

Aucun des deux ne dit quoi que ce soit, mais Connor voit leurs lèvres trembler et il devine qu'ils répriment un fou rire. *Abrutis.*

Au loin, devant eux, quelqu'un marche au bord de la route. C'est bien Hudson, seule, son sac sur l'épaule. Elle se raidit et adopte une posture défensive lorsqu'elle entend le bruit du moteur.

– Allez monte, dit-il, en s'arrêtant de l'autre côté de la route.

Elle hésite un peu, puis elle court vers eux. Elle jette son sac à l'intérieur et s'installe aux côtés de Rylan, ne laissant pas le temps à Connor de changer d'avis. Il se tourne sur son siège et lui répète ce qu'il a dit à ses amis.

– Tu peux rester avec nous une nuit ou deux. Pas plus.

– Ça me semble raisonnable.

Raisonnable? Rien dans toute cette histoire n'est raisonnable. Il lui suffit de la revoir pour que ses veines se gorgent de désir. Il plonge son regard dans le sien et, en plus de sa reconnaissance et d'un léger amusement, il y voit autre chose. De l'excitation. *Merde.*

Il refait demi-tour et accélère, essayant d'ignorer les présentations qui se déroulent à l'arrière. Quand Hudson se penche en avant pour serrer la main de Kade, elle effleure l'épaule de Connor et il manque sursauter. Il ne quitte pas la route des yeux, regrettant déjà sa décision. Il vient d'inviter une inconnue à passer la nuit dans leur camp, qu'est-ce qui lui prend, bon sang?

– Laisse-moi voir, dit Hudson à Rylan d'une voix douce.

– Beauté, j'ai connu bien pire que ça, lui dit-il avec son accent texan.

Les ancêtres de Rylan vivaient au Texas autrefois et, même si la région est désormais sous l'eau, il reste encore des traces du sud ici et là.

Connor regarde dans le rétroviseur central et il serre des dents en la voyant tendre la main vers Rylan, qui est terriblement pâle. Cela en dit long sur Rylan, il ne commence à montrer des signes de douleur que maintenant, alors qu'il s'est pris une balle dans le cou.

– Tant mieux pour toi. Mais fais-moi plaisir, tu veux? Tu as l'air sur le point de t'évanouir.

Elle se penche si près de lui que sa poitrine est plaquée sur son bras et que ses cheveux tombent sur son torse. À en croire l'éclat qui illumine soudain le regard de son ami, cet enfoiré savoure la moindre seconde de l'attention de la jeune femme.

– Ça saigne encore, gronde-t-elle. Tu ne mets pas assez de pression dessus. Je pense que tu auras besoin de points de suture.

Connor vient de se reconcentrer sur la route lorsqu'il entend le bruit d'une fermeture Éclair. Sa gorge se noue lorsqu'il voit Hudson enlever sa veste, la poser sur le siège et empoigner le bas de son débardeur. Il est tellement obnubilé par son strip-tease qu'il ne remarque pas l'énorme nid-de-poule. La Jeep saute comme une balle de tennis, faisant bondir les seins d'Hudson qui débordent de son soutien-gorge noir.

Rylan croise son regard dans le rétroviseur.

– Les yeux devant toi, chante-t-il d'une voix moqueuse.

Connor serre plus fort le volant.

– Voilà ! déclare Hudson d'un ton satisfait.

Elle a roulé son débardeur en boule et elle le tient appuyé sur le cou de Rylan.

– Je regarderai ça de plus près quand on arrivera au campement. Vous avez des bandages, n'est-ce pas ?

Kade se tourne pour lui faire l'inventaire de ce qu'elle pourra trouver au camp, mais Connor ne les écoute plus. Entre les bandits qui sèment le bordel dans le seul bar du coin et cette nana mystérieuse, cette soirée a été un véritable désastre. Trop de questions se pressent dans sa tête. Qui est-elle ? Qui cherche-t-elle à fuir ? Mais surtout : comment va-t-il se débarrasser d'elle ?

Un seul coup d'œil suffit à Hudson pour savoir qu'elle a bien fait de s'imposer dans ce camp. Le lieu est aussi sécurisé que la base des Exécuteurs, avec des fils-pièges, des détecteurs de mouvement, et de l'explosif C-4 autour du périmètre. Elle ne leur demande pas où ils ont eu tout cet équipement, elle est juste heureuse qu'ils l'aient.

Sans relâcher la pression sur le cou de Rylan, elle étudie les environs au fur et à mesure que la voiture avance dans les bois. Elle voit une des petites cabanes en forme de tipi sur sa gauche. Les bâtiments sont vieux et abîmés, avec des portes à la peinture écaillée, des porches cassés et des fenêtres fermées par des planches. Les hommes n'ont rien fait pour rendre l'endroit joli, mais au moins ils l'ont sécurisé.

– Vous vivez là depuis combien de temps ? demande-t-elle, curieuse.

– Environ un an, répond Rylan. On est tombés sur cet endroit après qu'un groupe d'Exécuteurs nous a pris en embuscade sur la côte de l'Utah.

Si le père d'Hudson avait été en vie, il aurait secoué la tête en entendant ces mots, la côte de l'Utah. Il était un des rares à avoir été en vie quand le terme « côte » faisait référence à des endroits comme la Californie et l'Oregon, ou encore d'autres lieux dont elle a oublié les noms. Or, depuis les tremblements de terre qui ont ravagé la Terre, suite aux bombardements, ces endroits sont désormais sous l'eau.

L'Utah, pense-t-elle. À cinq cents kilomètres de là où ils se trouvent. Dominik était là-bas il y a quelques mois, et les Exécuteurs ne refont pas de rafle dans un même endroit jusqu'à ce qu'ils aient arpenté le reste de la colonie. Si elle allait vers l'ouest, elle pourrait peut-être l'éviter un bon moment. Peut-être même pour toujours.

L'idée de ne plus jamais le revoir l'attriste terriblement, et une colère noire s'empare d'elle. *Bon sang, que t'est-il arrivé, Dom ?* Les Exécuteurs avaient un honneur, avant. Ils protégeaient les citoyens et donnaient une chance aux hors-la-loi de réintégrer la société. Dominik était un bon leader. C'était quelqu'un de bien.

Alors, qu'est-ce qui a changé ? Quand les Exécuteurs ont-ils décidé qu'ils aimaient tuer ? Et violer ? Et prendre des camps en embuscade pour éliminer les plus faibles ? Quand son frère est-il devenu un monstre ? Et pourquoi ne l'a-t-elle pas vu venir ?

Hudson ravale sa douleur et son amertume. Elle doit cesser de penser à Dom. Lorsqu'elle a prévu de s'enfuir, elle savait ce que cela impliquait. Ça ne sert à rien de ressasser sans cesse le passé.

– On garde la plupart des vivres dans le chalet principal, dit Kade alors que le véhicule s'arrête.

– Accompagnez Ry, aboie Connor. Je vais planquer la Jeep et faire le tour du périmètre.

Le cœur d'Hudson fait un saut périlleux lorsqu'elle entend sa voix rauque. Cet homme a beau être un parfait enfoiré, elle découvre qu'il lui est impossible de contrôler la réponse de son corps. Il est si viril et si puissant... et quand elle a senti son érection contre sa cuisse, tout à l'heure... Ils étaient à peine entrés en contact qu'une vague de chaleur s'est précipitée entre ses jambes. Elle n'a jamais rien senti de tel, et elle meurt d'envie de ressentir ça de nouveau.

La portière grince, elle comprend que Kade et Rylan l'attendent. Elle déglutit, puis elle sort de la voiture et gravit les marches jusqu'à la grande porte du chalet. Lorsqu'elle remarque que Rylan vacille, elle passe son bras autour de ses épaules.

– Je vais bien, vraiment, proteste-t-il.

– Mais oui. Bien sûr.

Kade appuie sur un interrupteur. Une lumière jaune et chaleureuse illumine la pièce, révélant une buanderie bordélique dont les murs sont recouverts de lambris. Des moutons de poussière flottent, volant de part et d'autre lorsque Kade avance et lui fait signe de le suivre. Ils gravissent quelques marches jusqu'à une grande salle à manger avec de nombreuses tables en bois, toutes couvertes de poussière, et des chaises en osier. Kade continue jusqu'au fond de la pièce, où elle découvre trois gros canapés et un placard métallique rempli de matériel de soins.

Elle dépose Rylan sur un sofa et étudie le contenu du placard. La première étagère est couverte de cachets de toutes sortes, allant de simples antidouleurs jusqu'à des sédatifs puissants. La deuxième étagère est jonchée de gazes et de pansements, et la troisième est réservée aux ustensiles chirurgicaux, seringues, fil pour sutures, équipement de transfusion... Il y a même un défibrillateur.

– Où avez-vous eu tout ça ?

La possession d'un seul de ces objets est punissable de mort.

– Dans des raids. On pourrait ouvrir une clinique, hein ? ricane Rylan.

– Vous seriez fusillés si les Exécuteurs apprenaient que vous avez tout ce matériel.

La médecine est strictement interdite dans les colonies. L'avis du CM est que la nature doit être seule à décider de la vie ou de la mort. Ceux qui tombent malades ou qui se blessent sont censés mourir. Ainsi, il est interdit de soigner les gens afin que le CM contrôle la population mondiale qui avait atteint sept milliards avant la guerre. C'est aussi un moyen d'encourager la population à faire attention. Il faut éviter de se faire mal et de tomber malade, il faut rester en vie. Hudson a entendu ce mantra toute sa vie.

Elle prend ce dont elle a besoin et retourne auprès de Rylan. Ses yeux bleus se posent sur sa poitrine, lui rappelant qu'elle ne porte rien d'autre qu'un soutien-gorge.

– Tu crois que tu pourrais me trouver un tee-shirt ? demande-t-elle à Kade.

– Pas de souci.

Rylan éclate de rire. Son ami part d'un pas pressé.

– Le pauvre. Personne n'a dit que c'était le plus intelligent du groupe.

– Comment ça? répond Hudson en versant de la Bétadine sur une compresse.

– Ben, à sa place, je ne me dépêcherais pas de te trouver un tee-shirt, explique-t-il en scrutant son décolleté. Allez, je me lance. Hudson, tes seins sont sacrément... aïe! Ça pique! Préviens-moi la prochaine fois!

– Ne pleure pas comme un bébé, c'est loin d'être excitant.

– Ce que tu fais à mon cou non plus, si tu veux tout savoir.

Il grogne et se plaint pendant qu'elle nettoie sa blessure, mais il lui obéit quand elle lui dit de se taire pour qu'elle puisse l'examiner. Elle n'est peut-être pas au point sur le troc qui régit la vie des hors-la-loi ni sur l'affrontement avec des bandits, mais ça, c'est son domaine: soigner les blessures de combat, prendre des décisions rapides, aboyer des ordres.

Elle a beau avoir été entraînée au combat, elle a préféré travailler dans le secteur médical plutôt que de rejoindre l'armée. Au moins, elle peut servir à quelque chose dans ce milieu inconnu. Elle pourra être un atout si ces hommes lui laissent une chance.

Rylan ne saigne plus, mais la balle lui a arraché un bon morceau de chair. C'est plus une brûlure qu'une coupure, et il aura une belle cicatrice.

– Je ne pense pas que des points de suture soient nécessaires. On peut se contenter de bander la plaie, conclut-elle en attrapant un bandage et du sparadrap.

Kade revient, suivit de Connor qui grimace toujours. Hudson rassemble son débardeur maculé de sang et la compresse couverte de bétadine.

– Que fait-on de ça?

– Je m'en occupe. Tiens, c'est pour toi, dit Kade en lui tendant une chemise à carreaux.

Elle l'accepte volontiers et se dépêche de l'enfiler. Elle lui arrive jusqu'aux genoux, mais c'est mieux que rien.

– Comment ça va ? demande Connor à Rylan.

– Beaucoup mieux, répond-il en souriant. Hudson m'a soigné et fait plein de bisous magiques.

Connor fronce les sourcils et Hudson le regarde timidement.

– Pourquoi il n'y a pas plus de gens, ici ? Vous avez plein d'espace et ça semble bien sécurisé. Vous pourriez créer une jolie petite communauté.

– On n'accepte personne, rétorque-t-il.

– Pourquoi ?

– Parce que c'est comme ça, aboie-t-il fermement.

Elle décide de ne pas insister.

– D'où vous vient votre électricité ?

– On a un générateur. Il y a un puits tout près et la plomberie fonctionne, mais on n'essaie d'utiliser l'eau chaude qu'en cas de nécessité, parce que le chauffe-eau pompe toute notre énergie. Il y a des toilettes dans les bois, et chaque cabane a sa douche et sa baignoire.

Elle retient son souffle. Waouh, une baignoire. L'idée de plonger dans un bain, même froid, la fait frissonner de plaisir. Cela fait sept jours qu'elle marche sans s'arrêter, pressée de s'éloigner autant que possible de Dominik. Elle ne s'est guère laissé le temps de dormir, encore moins de se laver. Elle s'est arrêtée au bord de ruisseaux pour se passer un peu d'eau sur le visage et sur le corps, mais elle se sent affreusement sale.

Elle sent que Connor la regarde et lorsqu'elle lève la tête, elle remarque que ses yeux sont plus verts que noisette, comme les feuilles des arbres dehors.

– Laisse-moi deviner, tu veux prendre un bain ? dit-il en soupirant.

– Plus que tout au monde.

Elle croit voir un minuscule sourire se dessiner sur ses lèvres.

– Très bien. Viens, je t'accompagne dans une des cabanes.

– Tu es sûr ?

– Tu veux prendre un bain ou pas ?

– Merci...

Il est déjà parti, l'obligeant à lui courir après.

Ils sont sur le pas de la porte lorsqu'il lui adresse de nouveau la parole.

– Une nuit, dit-il sèchement en saisissant son bras. Une nuit, puis tu t'en vas.

Elle hoche lentement la tête, ce qui semble le satisfaire, car il la lâche et poursuit son chemin. Elle le suit, soulagée qu'il soit devant et qu'il ne voie pas sa détermination. Elle n'était pas sincère en hochant la tête, car elle n'a absolument pas l'intention de repartir demain.

Il ne lui reste plus qu'à trouver un moyen de convaincre Connor de la laisser rester.

Chapitre 3

– C'est bon, ton bain est prêt, annonce Connor en sortant de la salle de bains.

Hudson est assise sur le lit, penchée en avant pour défaire ses cuissardes. Elle en dégage une, puis l'autre, et Connor fait de son mieux pour ne pas mater ses longues jambes. Cette envie permanente de la sauter commence à être lassante. Il bande depuis qu'il l'a rencontrée, bon sang. Mais il est déterminé à ignorer sa queue et à ne se servir que de sa tête.

Il lui a donné la cabane la plus proche du chalet principal, juste à côté de la sienne, parce qu'il ne veut pas la quitter des yeux et que les cabanes dans les bois sont sens dessus dessous. Il a demandé à Kade d'apporter des draps propres, des coussins moelleux et une couette épaisse, et il a même réglé la température de l'eau sur « tiède » plutôt que « glaciale ». Cependant, ce n'est pas par bonté de cœur, non. Il veut simplement qu'elle baisse sa garde et qu'elle lui fasse confiance et, une fois qu'elle se sentira en sécurité, il se débrouillera pour obtenir les réponses qu'il cherche.

– Encore merci, dit Hudson en se redressant.

– Tu trouveras du shampoing dans le placard sous le lavabo.

Elle disparaît dans la salle de bains et ferme la porte derrière elle. Connor ne part pas pour autant. Il reste devant la porte, à attendre, à écouter. Il entend le bruissement de ses vêtements qui atterrissent par terre, et il l'imagine nue. Soudain, il se voit enfoncer la porte à coups de pied et l'attirer dans ses bras, plaquant son torse contre ses seins et sa chatte sur sa queue.

Bien évidemment, ça ne l'aide pas à éteindre le feu qui fait rage dans son froc. Ça irait beaucoup mieux si ça ne faisait pas des mois qu'il n'a pas baisé. Au moins quatre, se dit-il. Il s'était saoulé et avait laissé Rylan l'emmener dans cette maison close dans les montagnes. Pas étonnant que son corps soit hors de contrôle à ce point devant une femme aussi canon qu'Hudson.

Il retourne au pied du lit, où Hudson a posé ses affaires. Il prend sa veste et inspecte ses poches intérieures, haussant les sourcils lorsqu'il y trouve tout un arsenal planqué dans les différentes couches du tissu. Il fouille ensuite son sac et trouve tout de suite un 9 mm entre deux tee-shirts.

Lorsqu'il a fini de tout retourner, il a fait l'inventaire de cinq flingues et huit couteaux, sans compter les six poignards dans sa veste. Cette femme est armée jusqu'aux dents, il ne sait pas s'il doit être impressionné ou suspicieux. Sans doute les deux.

Il entend un plouf, lui indiquant qu'Hudson est dans la baignoire. Il se tient plus droit, épaules en arrière, et déboule dans la salle de bains au moment où ses seins glissent sous l'eau.

– Qu'est-ce que tu fais ? s'exclame-t-elle.

Elle était en train d'attacher ses cheveux mais elle les laisse retomber quand elle le voit.

Il ne peut s'empêcher de regarder, longuement, sa poitrine généreuse et ses tétons roses, puis le délicieux paradis entre ses jambes. Il n'y a pas un poil sur sa chatte et sa queue adore.

– Je profite de la situation, ricane-t-il. Je veux des réponses, chérie, et tu vas me les donner tout de suite.

Elle a l'air consternée. Elle pose une main sur son sexe et l'autre sur ses seins, ce qui ne fait que confirmer les soupçons de Connor. Les femmes Insurgées ne se cachent pas, elles sont habituées à vivre dans des campements où il n'y a aucune intimité. Où la pudeur n'existe pas.

– Tu peux dégager, s'il te plaît ? demande-t-elle d'une voix pleine de mépris.

– Non.

Il s'appuie sur l'encadrement de la porte et rive son regard sur elle.

– Tu es qui ? D'où tu viens ?

Elle soutient son regard et, même si elle rougit, il voit qu'elle n'a pas peur de lui.

– Je vivais à l'est avec un groupe de gens.

– Qui ont tous été tués, ajoute-t-il, répétant ses mots. Raconte-moi comment ça s'est passé, exactement ?

– C'était pendant une rafle. Les Exécuteurs nous ont pris en embuscade pendant la nuit, et ils ont sorti tout le monde des tentes. Je marchais dans les bois quand c'est arrivé. J'ai entendu les cris et les coups de feu et j'ai su qu'il se passait quelque chose d'affreux. Je me suis cachée, admet-elle avant de marquer une pause. Tu peux me laisser tranquille, maintenant ?

– Non. Autant te savonner avant que l'eau ne refroidisse, bébé.

Elle hésite un instant puis elle soupire, enlève la main qui couvre ses seins et saisit le savon sur le rebord de la baignoire.

Connor se force à se concentrer de nouveau alors qu'il a été momentanément distrait par ses seins.

– Et après, qu'est-ce qui s'est passé ?

Elle fait mousser le savon entre ses mains et le promène sur son corps sans jamais le regarder. Sa peau est rougie et ses mains maladroites. À l'évidence, elle n'est pas habituée à être observée ainsi, mais Connor se fout de la mettre mal à l'aise.

– Les cris ont fini par cesser et les Exécuteurs sont partis, dit-elle simplement. Je suis retournée au camp et j'ai trouvé tout le monde mort.

Elle raconte l'histoire d'une voix lointaine, comme si c'était arrivé à quelqu'un d'autre.

– J'ai quitté le camp le lendemain matin...

– Et tu t'es débrouillée pour garder tout ton arsenal ?

– Je l'avais dans les bois. Je ne pars jamais sans.

– D'accord, si tu le dis. Et ensuite ?

– Je savais qu'il fallait que je m'éloigne autant que possible de ce coin, alors j'ai fui.

Elle tend le bras pour prendre la bouteille de shampoing sur le rebord de la baignoire. Elle l'ouvre et en verse une dose généreuse dans sa paume, puis elle penche la tête en arrière pour se mouiller les cheveux et lorsqu'elle émerge, elle se masse lentement le crâne avec le shampoing.

Bon sang, cette femme est spectaculaire. Elle n'a pas un gramme de graisse sur elle, mais elle n'est pas dépourvue de courbes pour autant. Il s'arrête de nouveau sur ses seins et il salive en s'imaginant les empoigner et pincer ses tétons.

Elle s'immerge de nouveau pour se rincer, puis elle remonte à la surface.

– Je marchais la nuit et dormais pendant la journée, souvent dans les bois. Je pensais aller sur la côte Ouest, mais j'ai croisé un mec qui m'a parlé de ce bar. J'y suis allée, je vous ai rencontrés, *et voilà*.

Il ne la croit pas. Pourtant, son histoire ressemble à toutes celles qu'il a entendues des centaines de fois. Les amis ou la famille ont été tués pendant une rafle, et la personne s'est retrouvée seule dans un monde dangereux. Ça lui est arrivé, à lui, à ses amis, aux étrangers qu'il a croisés, et il n'y a aucune raison pour que ce ne soit pas arrivé à Hudson. Mais il ne la croit pas.

– Et ton entraînement ? Et tes connaissances médicales ? Comment tu as appris tout ça, chérie ?

– Dis donc, tu peux arrêter de m'appeler chérie ?

Son ton agacé le prend de court. Cela dit, peut-être est-il déstabilisé parce qu'elle sort de la baignoire et qu'il ne peut plus ignorer... eh bien... tout. Des gouttes coulent sur sa peau pâle et lisse, luisant sur ses seins, ruisselant sur ses superbes jambes. Il lui suffirait de tendre le bras pour la toucher et lécher toutes les gouttelettes qui sillonnent le long de son corps superbe.

– Tu dis ça comme si c'était une insulte, poursuit-elle, et pas un terme affectueux. Alors, à moins que tu veuilles que je t'affuble d'un surnom aussi méprisant, comme *mon chou à la crème* ou un truc du genre, appelle-moi par mon prénom, s'il te plaît.

Connor doit se retenir de sourire.

– Maintenant, passe-moi la serviette, j'ai froid.

Ses joues roses la trahissent. Cette nana n'est pas habituée à être nue devant un homme, c'est évident. Mince, est-ce qu'elle est vierge ? Sa queue tressaille à l'idée d'être la première à se glisser dans son corps chaud et étroit. Bon sang, il faut vraiment qu'il baise. Et vite. Avant de faire quelque chose de stupide.

Il saisit une serviette derrière la porte et la lui tend sans un mot. Elle s'enveloppe dedans, en bloque un coin sur sa poitrine, puis elle lui passe devant et retourne dans la chambre.

– Ton entraînement, répète Connor.

– Dans mon groupe, il y avait des gens qui s'étaient battus dans l'Armée du Peuple avant qu'elle ne soit dissoute.

Dos à lui, elle sort des vêtements propres de son sac, mais elle s'arrête et il voit ses épaules se crisper, comme si elle ne savait pas quoi faire. Elle laisse finalement tomber sa serviette, lui offrant une vue plongeante et insoutenable sur le plus beau cul qu'il n'ait jamais admiré. Tout son sang se précipite dans sa queue pulsante. Grandis, bon sang, se dit-il.

– Ils m'ont appris à me battre, déclare-t-elle. Et l'un d'entre eux était soigneur, alors il m'a appris les bases.

Elle se trémousse pour enfiler une culotte rouge, puis un legging noir et un t-shirt blanc un peu trop large.

– Mais je suppose que quand les Exécuteurs ont trouvé notre camp, il n'a servi à rien que mes amis se battent. Ils ont de meilleures armes, de meilleurs véhicules, ils sont mieux équipés. Mon groupe n'avait pas la moindre chance de s'en sortir.

Ce n'est pas la première fois que Connor entend ces mots. Il les a prononcés lui-même puisqu'il a vu de ses propres yeux ce dont ces enfoirés sont capables. Dominik et ses hommes sont sans pitié. Mais, bon sang, il n'arrive toujours pas à la croire.

– Tu mens, déclare-t-il d'un ton glacial.

Elle fait un pas vers lui, et ses narines sont assaillies par un parfum de savon et de shampoing à la noix de coco. Il retient son souffle, refusant de se laisser enivrer. Tout chez cette femme semble le perturber ; sa manière de marcher, sa détermination, le paradoxe étrange qu'est sa vulnérabilité intrépide, sa façon de lui donner envie de plonger sa bite en elle et de la prendre jusqu'à ce qu'elle en perde la tête.

– Connor... commence-t-elle.

– Tu mens. Je ne sais pas pourquoi, et je m'en fiche, mais tu mens.

Une lueur de panique illumine brièvement son regard.

– Mais bon sang, qu'est-ce que tu veux entendre ?

– La vérité, pour commencer.

Ses épaules s'affaissent et elle semble se résoudre à lui parler.

– Tu ne peux pas te satisfaire de la version que je t'ai donnée ?

Il ricane malgré lui en l'entendant admettre son mensonge.

– Désolé, chérie, je ne me satisferai que de la vérité.

– Et si la vérité est trop horrible ? Si elle est impardonnable ?

Il hausse les épaules.

– On a tous fait des choses horribles et impardonnables. Moi aussi. Tu n'as qu'à parler à Kade de ce qu'il a fait dans la cité avant de s'enfuir. La seule différence, c'est que nous, on assume. On ne se ment pas.

Elle hésite un instant, ouvrant la bouche pour lui dire la vérité, puis elle se ravise.

– Je mettrai la main à la pâte, chuchote-t-elle. Je peux vous aider dans votre raid. Je ferai à manger, le ménage, tout ce que tu veux.

– Tout ce que je veux ? répète-t-il d'un ton lourd de sous-entendus.

Mais pourquoi joue-t-il à la séduire, au juste ?

– Alors c'est ça ? Je dois écarter les jambes pour que tu m'offres un toit ?

Il hausse les épaules.

– Je n'ai pas besoin de négocier pour baiser. Je connais un tas de femmes qui se feront un plaisir de coucher avec moi si je le veux, et elles ne demandent rien en échange.

Si son soulagement est évident, la déception d'Hudson à l'idée de ne pas coucher avec lui est moins facile à voir, mais pas impossible. Connor plonge son regard dans le sien et ricane lorsqu'il voit sa désillusion.

– Tu voulais que je dise oui, déclare-t-il en penchant la tête sur le côté. Tu voulais que la décision soit entre mes mains, n'est-ce pas ?

– Je ne sais pas de quoi tu parles.

– Tu crèves d'envie de coucher avec moi, répond Connor en faisant un pas vers elle.

Elle recule jusqu'à la table de nuit et il se rapproche encore, ne s'arrêtant que lorsqu'ils ne sont plus qu'à une dizaine de centimètres l'un de l'autre.

– Je suis sûr que tu ne protesterais pas, hein ? Si je te couchais sur cette table et te tringlais aussi fort que possible ? Ouais, t'adorerais ça, ricane-t-il en la voyant frissonner.

– Je n'en doute pas, chuchote-t-elle en le regardant dans les yeux. Je suis sûre que tu sais comment faire hurler les femmes de plaisir.

Connor hausse les sourcils, surpris. Il ne s'attendait pas à ce qu'elle réponde, et surtout pas à ce genre de réponse.

– Je pourrais te faire ressentir beaucoup de choses, Hudson, du plaisir... de la douleur... Si tu m'attires des ennuis, je n'hésiterai pas à te foutre dehors.

– Tu n'auras pas d'ennuis, répond-elle en se tenant plus droite. Surtout si cet endroit est aussi sécurisé qu'il m'en a l'air.

– Tant mieux.

Il hoche la tête et tourne les talons.

– Connor.

Il s'arrête et attend, dos à elle.

– Oui.

Il fronce les sourcils et se tourne vers elle.

– Oui quoi ?

Elle désigne la table d'un mouvement de tête.

– Si tu faisais... ce que tu as décrit... alors oui. J'adorerais, susurre-t-elle.

Sans un mot, il sort de sa cabane, marchant avec difficulté à cause de son énorme érection. Ses premières impressions étaient justes. Cette femme est très, très dangereuse.

– J'aime pas ça, déclare Pike le lendemain matin.

Il pousse de côté la tasse de café que Connor a mise devant lui, mais ils savent tous deux qu'il ne parle pas du café.

– Moi non plus, ajoute Xander. Pourquoi vous avez ramené une étrangère au camp ?

Connor fronce les sourcils et se laisse tomber sur la chaise en face de Pike. Il a envoyé Kade chercher ses hommes au bar et celui-ci en a profité pour annoncer à Pike et Xander qu'ils avaient une nouvelle invitée. C'est la première chose dont Pike a parlé quand il a passé la porte du chalet.

– Eh, c'est pas moi qu'il faut regarder, marmonne Connor. C'est ces abrutis qui m'ont fait culpabiliser.

– On t'a pas fait culpabiliser ! On t'a juste dit la vérité, gronde Kade en contenant à peine sa colère, lui qui est toujours si calme. C'est dangereux pour elle, d'être seule. Ça l'est pour n'importe qui. Dominik et ses hommes sont déchaînés.

Sur ce point, Connor ne peut qu'être d'accord. Les rumeurs qui leur arrivent ces derniers temps sont de pire en pire, racontant toujours plus de viols et de violence. L'époque où ces hommes étaient chargés de ramener la paix est bien révolue. Les Exécuteurs ne laissent plus la possibilité aux insurgés de rejoindre la société. Ces jours-ci, ils leur mettent une balle entre les deux yeux et se félicitent d'avoir fait du bon boulot.

– Écoutez, elle est intelligente et elle sait se battre, poursuit Kade. Elle pourrait être un atout.

– T'as oublié de dire qu'elle était canon, ajoute Rylan.

– Alors c'est ça ? demande Pike en fronçant les sourcils. Vous l'avez amenée ici pour la baiser ? Vous pouvez trouver des chattes n'importe où, bon sang. Et des chattes qui ne demandent pas à être hébergées.

– Elle ne va pas rester, dit Connor.

– Tant mieux. Il faut qu'elle parte avant le raid de ce soir, répond Xander. C'est déjà assez risqué comme ça.

– Vous avez parlé aux gens du bar ? demande Connor.

– Ils nous ont déconseillé d'y aller. Apparemment, cet entrepôt est encore plus surveillé que les autres. Il y a des détecteurs de mouvement, des caméras et au moins six Exécuteurs.

– Il n'y en a que deux, dit une voix de femme.

Les hommes se tournent au moment où Hudson entre dans le chalet, vêtue d'un pantalon moulant en cuir noir qui fait immédiatement bander Connor. Son tee-shirt gris clair comme ses yeux est tellement usé qu'il est transparent, et Connor sait qu'il n'est pas le seul à remarquer qu'elle ne porte pas de soutien-gorge.

Le regard approbateur de Rylan l'oblige à réprimer un juron. Bon sang, même Xan a l'air chaud comme la braise. Et puis merde, il est hors de question que ses hommes se laissent distraire par Hudson, surtout pas maintenant.

– Salut, je m'appelle Hudson, dit-elle en souriant aux nouveaux arrivants. Je peux me servir un café ?

Xander, qui vient de se plaindre de sa présence, se dépêche de lui servir une tasse. Cet abruti lui offre même une chaise. Génial. Il a fallu deux secondes à ce débile pour changer d'avis.

– Merci, répond-elle avant de boire une gorgée. Bref, comme je disais, vous ne rencontrerez que deux gardes.

– Ah ouais ? Et comment tu le sais ? rétorque Connor.

Elle hausse les épaules.

– J'ai croisé un déserteur il y a quelques jours, quand je me dirigeais par ici. Il m'a donné des infos utiles.

Le regard noir de Pike révèle la méfiance que tous les autres ressentent.

– Ah ouais ? C'est bizarre, parce que nous, on n'a jamais croisé de déserteurs, par ici.

– Ils ne le crient pas sur tous les toits, mais croyez-moi, il y en a.

– T'en as croisé beaucoup ? demande Connor d'une voix suspicieuse.

– Seulement deux. Il y en avait un dans mon groupe, avant qu'il ne soit tué.

– C'est marrant, t'en as pas parlé hier soir.

– Ça ne me paraissait pas important.

Ces gestes sont délicats lorsqu'elle boit son café, mais l'innocence de son langage corporel n'est qu'un leurre. Certes, elle a rougi quand il l'a vue à poil, hier soir, mais son manque d'expérience sexuelle n'est pas synonyme de faiblesse. Cette femme est dure, il suffit à Connor de la regarder pour le savoir.

Elle a beau boire son café comme si elle ne se souciait de rien, il sait qu'elle est méticuleusement consciente de tout ce qui l'entoure : la position des hommes, les armes sur la table, les différentes issues, tout. Son regard est aussi vif que le sien, et soudain, une pensée complètement folle lui vient à l'esprit.

Est-elle un Exécuteur ? Un des déserteurs dont elle a parlé ? Non, c'est impossible. Tous les Exécuteurs sont marqués par une rose des vents. Les hommes l'ont tatouée sur leur nuque, et les rares femmes qui rejoignent l'unité militaire la portent sur leur poignet.

Avant qu'elle ne puisse réagir, Connor se penche sur la table et saisit ses mains. Elle pousse un cri aigu, sa tasse se met à trembler, renversant du café partout. Il empoigne le mug, le pose sur la table et tourne ses poignets vers le haut.

Rien.

– T'as fini ? demande-t-elle en le fusillant du regard.

Il la lâche sans un mot et le soulagement qu'il ressent est immédiat. Il l'avait à peine touchée que son sang s'est embrasé et s'est précipité dans ses couilles. Peut-être qu'il ferait mieux de la baiser, ça lui permettrait de passer à autre chose.

Leurs regards se croisent et il croit lire une fascination dans le sien, comme s'il l'intriguait.

– Bref, dit Rylan en se raclant la gorge et en observant Connor d'un air amusé. Alors, ta source t'a dit que la sécurité à l'entrepôt avait été diminuée

– Oui, il en était certain. Apparemment, les Exécuteurs s'inquiétaient d'avoir trop d'hommes dans les entrepôts et pas assez dans les cités ou pour les rafles. Ils ont supprimé des gardes, mais ils les ont remplacés par des mines terrestres.

– Merde, marmonne Rylan.

– Des mines terrestres ? répète Connor d'une voix pleine de sarcasme. Ta source ne t'a pas dit à quel genre d'explosif on avait affaire ?

– Désolée, c'est tout ce qu'il m'a dit. Mais je suppose qu'il parlait du genre qui fait boum, rétorque-t-elle d'un ton moqueur.

– Tu n'as pas d'autres infos utiles ? demande Pike. Les emplacements, les mécanismes déclencheurs, le rayon d'explosion ?

– Désolée, répète-t-elle.

Connor réprime un juron en repensant à ce qu'elle vient de dire. Il devrait repousser le raid tant qu'ils n'auront pas mené une nouvelle mission de reconnaissance. Ils avaient compté six Exécuteurs la dernière fois, ce qui était plutôt habituel. En revanche, ils ne sont pas préparés à affronter des mines terrestres.

Toutefois, ils ont désespérément besoin de vivres. Ils n'ont plus d'antibiotiques parce que Rylan est un abruti impulsif qui ne peut s'empêcher de se faire mal chaque fois qu'il passe la porte. Ils ont besoin de munitions, aussi, et de piles, s'ils en trouvent. Leur stock de nourriture est plutôt bon, mais ça ne leur ferait pas de mal de faire le plein avant l'hiver. En supposant qu'ils passent l'hiver ici, bien sûr. Pour l'instant, leur campement est sécurisé, mais ça pourrait changer du jour au lendemain.

– On repousse à plus tard ? demande Rylan, lisant dans ses pensées.

– Non, mais il faut qu'on parte tout de suite, rétorque Connor après avoir réfléchi.

Les autres ont l'air surpris. Ils ne voyagent jamais en plein jour à moins d'y être contraints.

– T'es malade ? demande Xander.

– On doit être prêts à passer à l'attaque ce soir. Donc, on doit inspecter les lieux de jour. On va observer la rotation des gardes, quel que soit leur nombre, et on évaluera le risque que représentent les mines avant d'envisager quoi que ce soit.

La réticence des hommes se dissipe et ils hochent la tête. Connor n'aime vraiment pas la confiance implicite qu'ils ont en lui. Techniquement, Rylan et Pike ont plus d'expérience militaire que lui puisqu'ils étaient dans l'Armée du Peuple. Elle a beau avoir été « officiellement » dissoute il y a vingt ans, des Insurgés continuent de s'entraîner et de se battre en attendant l'occasion de reprendre le pouvoir des mains du CM.

Quant à l'entraînement de Connor, il a pris fin quand il avait dix ans, le jour où son père a pris une balle dans la tête. Il a appris le reste tout seul, car il devait protéger sa mère et le reste du groupe, majoritairement constitué de femmes et d'enfants puisque la plupart des hommes avaient connu le même sort que son père. Il n'avait jamais demandé à être le meneur du groupe et il ne veut pas non plus l'être aujourd'hui. Il ne supporte pas l'idée qu'il pourrait avoir d'autres morts sur la conscience.

– Et elle ? demande Pike en désignant Hudson.

– Je suis là, tu sais, siffle-t-elle. Pas besoin de parler de moi à la troisième personne.

– Et si tu te taisais, fillette, hein ? aboie Pike. Si t'es là, c'est seulement parce que mes amis pensent avec leur bite et pas leur cerveau.

Hudson a l'air furieuse, mais elle a le flair de ne rien dire.

– Pike n'a pas tort, dit Rylan. On ne peut pas laisser Hudson seule ici. Sans vouloir t'offenser, ajoute-t-il en la regardant.

– Pas de souci. On ne se connaît pas. Mais je n'ai pas menti hier soir. Je sais me battre et je sais comment opèrent les Exécuteurs. Je pourrais vous être utile si vous me laissiez une chance.

Tous les regards se rivent sur Connor.

– Waouh, ricane Hudson. Ils t'obéissent au doigt et à l'œil. Je suis épatée.

Il ignore sa remarque, réfléchissant à ce qu'il doit faire. Il passe son temps à réfléchir, bon sang, et il est épuisé.

Il étudie le visage d'Hudson, ses cheveux dorés, ses traits parfaits. Sa beauté est une distraction, mais contrairement à ce que pense Pike, Connor ne réfléchit pas avec sa bite. Peut-être qu'il couchera avec cette femme, peut-être pas. Pour l'instant, la seule chose qui l'intéresse, c'est ce qu'elle peut faire pour lui en dehors de la chambre. Il a vu sa force, elle l'a menacé d'un poignard sur la gorge, hier soir, et ce genre de chose n'arrive pas vraiment souvent.

– Elle vient avec nous, dit-il fermement.

– Merci, tu ne le regretteras pas, répond la jeune femme, et son visage s'illumine.

Connor tourne la tête et recule sa chaise.

– On part dans une heure.

Chapitre 4

Ils ne doivent jamais savoir la vérité sur elle.

Hudson a failli tout avouer à Connor hier soir, quand il l'a capturée avec son regard hypnotisant et a parlé de la prendre sur la table. Heureusement, à la dernière minute, son bon sens a repris le dessus. Elle a entendu la façon dont ils parlent des Exécuteurs. S'ils savaient qui elle est, il la tuerait sans hésiter ou ils la renverraient à la cité.

Mais elle ne peut pas y retourner. Elle n'est peut-être pas en sécurité parmi les Insurgés, mais elle ne l'est pas plus avec Dom. Son frère est aujourd'hui un étranger pour elle, et la vie qu'elle a menée toutes ces années est devenue plus dangereuse que tout ce qu'elle pourrait affronter ici, en terre libre. Si Dominik n'est peut-être plus à sa recherche, elle est certaine que Knox ne la laissera pas s'en tirer comme ça.

Un frisson parcourt son échine quand elle se remémore son visage beau et cruel, ses yeux féroces et son rictus permanent. Elle n'ose pas imaginer ce qu'il lui fera s'il la retrouve. Si son propre frère a refusé de la protéger contre ce monstre, personne dans la cité ne lui viendra en aide.

Elle doit donc se protéger elle-même. Elle doit se taire et prouver à Connor et à ses hommes qu'elle est digne de confiance. Or, c'est plus facile à dire qu'à faire. Le fait que Connor ait inspecté ses poignets, tout à l'heure, lui laisse penser qu'il se méfie plus qu'elle ne l'imaginait. Elle n'a jamais été aussi reconnaissante envers son père de l'avoir tatouée sur la nuque. Il voulait qu'elle se sente l'égale de Dominik et qu'elle soit traitée comme un des garçons. Toutefois, son titre d'Exécuteur était honorifique plus qu'autre chose, car elle était loin d'en être un. Hudson était infirmière. Elle aidait les gens. Elle était quelqu'un de bien, bon sang. Elle a beau être collée à Connor, elle continue de sentir sa méfiance. Il a refusé de la laisser hors de sa vue, insistant pour qu'elle monte à moto avec lui. Ça fait deux heures qu'elle s'accroche à son torse musclé alors que la bécane dévale les chemins de terre.

Les muscles qu'elle sent sous ses paumes lui font tourner la tête. Chaque morceau de chair est bandé sous ses doigts. Ce type a un corps incroyable. En dépit du vent qui fouette son visage et fait virevolter ses cheveux, elle sent son parfum boisé et viril et elle ne peut se retenir de le respirer chaque fois qu'elle tourne la tête.

Il ralentit en empruntant une route parsemée de touffes d'herbe. Ils n'ont pas aperçu la moindre ville jusqu'à maintenant, mais ils approchent d'un endroit qui montre les signes d'une civilisation ancienne. Elle voit des maisons délabrées et des boutiques abandonnées, mais elle n'a pas le temps de les observer car Connor accélère et tourne sur une autre route.

Ils n'arrivent à leur destination qu'une heure plus tard. Il s'agit d'un bosquet derrière un entrepôt entouré d'un grillage. Tout a l'air brillant et neuf, comparé aux autres bâtiments qu'elle a vus. La clôture fait presque quatre mètres de haut et elle est surmontée de fil barbelé. Au sommet de chaque piquet se trouve une caméra de surveillance.

Hudson est toujours surprise de voir de la technologie dernier cri en dehors des murs de la cité de l'Ouest, même si elle sait que le Conseil Mondial s'assure d'entretenir quelques tours de télécommunication et de garder des satellites en état de marche pour aider les Exécuteurs qui travaillent en dehors de la ville.

Elle descend de la moto et tressaille quand Pike vient vers eux. Honnêtement, ce type lui fout vraiment la trouille. De tous les mecs, c'est le plus dur à déchiffrer, même si elle a tout de suite deviné qu'il ne l'aimait pas et qu'il ne lui faisait pas confiance. Il ne veut clairement pas de sa présence. Si ça ne tenait qu'à lui, elle aurait été virée sans plus discuter. Donc... si elle veut rester avec eux, elle doit séduire Pike.

Ou peut-être doit-elle se concentrer sur Connor, car Pike semble s'en remettre à lui, même quand il est en désaccord avec ses décisions. Quoi qu'il en soit, il lui suffirait de conquérir ces deux-là pour mener une vie paisible. Sauf que... bon sang, les vies paisibles n'existent pas... pas dans ce territoire inconnu, et pas quand elle désire Connor plus que son prochain souffle.

– On se sépare, aboie le chef de la bande. Prenez vos postes. Couvrez chaque façade, comme d'habitude. Hudson et moi restons ici.

Elle s'émerveille de voir la vitesse à laquelle les hommes se mettent en action. Elle n'a jamais vu un homme avec une telle autorité naturelle. Même son frère, qui commande les Exécuteurs depuis des années, n'obtient pas la même loyauté de ses hommes.

Elle se demande si Connor a déjà entendu le mot « non ». Elle en doute sincèrement.

– Dis-moi ce que tu vois, dit-il quand les autres sont partis.

Il lui donne des jumelles et désigne l'entrepôt à deux cents mètres d'eux.

Est-ce que c'est un test ? Elle inspire lentement et observe le bâtiment. Sa gorge se noue lorsqu'elle aperçoit l'uniforme d'un Exécuteur : noir avec une rose des vents rouge sur la poche de son pectoral droit. Elle savait qu'elle courait le risque de voir quelqu'un qu'elle connaissait en venant, mais elle est persuadée que Connor ne la laissera pas entrer dans un entrepôt plein d'armes alors qu'elle pourrait les utiliser contre eux. Heureusement pour elle, le jeune homme en noir lui est parfaitement inconnu.

Elle étudie les environs pendant environ deux minutes avant de rendre les jumelles à Connor.

– Il y a un seul garde à l'extérieur. Il a un walkie-talkie accroché à la ceinture, donc il est en contact avec quelqu'un, sans doute celui qui est posté dedans.

Connor hoche la tête et prend le relais, effleurant son épaule lorsqu'il regarde à son tour dans la lunette.

A-t-elle passé le test ? Aucune idée.

Elle étudie son profil sculpté, déglutissant pour ravaler le nœud de désir qui chatouille sa gorge. Il est tellement sexy. Il est si imposant et il respire le pouvoir. À ses côtés, le corps d'Hudson reprend vie et se met à pulser comme jamais. Le sexe est loin d'être exceptionnel à la caserne. Les hommes baisent avec autant de force qu'ils se battent, et Hudson n'a pas eu les mêmes privilèges que tout le monde. L'omniprésence de son frère a eu pour résultat qu'aucun homme n'osait la toucher. Seuls deux hommes ont trouvé le courage de coucher avec elle, et Dom les a tabassés à mort quand il l'a découvert.

Connor tourne la tête et son regard se rive sur elle.

– T'en crèves d'envie, n'est-ce pas, chérie ?

– Je ne vois pas de quoi tu parles.

– C'est quand la dernière fois que t'as tiré ton coup ? répond-il en riant.

Bon sang, pourvu qu'il ne la voie pas rougir.

– Ça ne te regarde pas, rétorque-t-elle. Et toi, c'était quand ?

– Il y a bien trop longtemps, grogne-t-il. C'est pour ça qu'il va falloir que tu arrêtes de me regarder comme ça. Je risque de faire quelque chose que je vais regretter.

Un désir électrique parcourt son corps, et sa peau se couvre de chair de poule lorsqu'il bouge de nouveau et effleure son sein avec son coude. Son téton durcit immédiatement et, instinctivement, elle se tourne légèrement de côté pour se frotter à lui.

Mon Dieu, elle a tellement envie de cet homme qu'elle peine à respirer.

– Ne t'amuse pas à m'aguicher, aboie-t-il.

– Pourquoi pas ? rétorque-t-elle sans y penser.

– Crois-moi, tu n'as pas envie d'essayer.

Or, elle en a envie. Désespérément. Elle n'a jamais rencontré quelqu'un comme lui, aussi viril et animal. Ses muscles saillants l'excitent, parce qu'elle sait qu'il ne serait pas tendre.

Il ne la traiterait pas comme de la porcelaine, comme les autres l'ont fait. Ils avaient tellement peur de laisser des marques, que Dominik apprenne ce qu'ils avaient fait... et ils avaient raison d'avoir peur.

Connor semble n'avoir peur de rien.

Il doit voir sa déception, car il glousse de nouveau. L'instant d'après, il tend la main et empoigne le sein qu'elle frottait contre lui. Elle retient son souffle et pousse un petit cri lorsqu'il le serre plus fort que quiconque auparavant, y compris elle-même. Son pouce calleux appuie sur son téton, lui arrachant un gémissement.

– Tu veux que je te baise ?

Elle n'arrive plus à respirer. Elle ne savait pas qu'un désir si fort pouvait être douloureux. Son appétit paralyse sa gorge et pulse entre ses jambes, déclenchant des picotements d'excitation dans tout son corps.

– Alors ? insiste-t-il.

Elle se surprend de nouveau en hochant la tête. Le regard de Connor s'enflamme pendant qu'il titille son téton, dessinant des cercles autour de sa pointe érigée. Hudson est immobile, captivée par son regard de braise et les pulsations insoutenables de son clitoris.

– Ah ouais ? Tu crois que tu peux me supporter ? Tu crois que tu pourras le supporter quand j'écarterai tes jambes et te baiserai avec ma langue ? Quand je te chevaucherai si fort que tu ne pourras plus marcher.

Nom de nom !

Une pression intense s'accumule dans son bas-ventre et elle serre les cuisses. Elle est presque certaine d'avoir cessé de respirer il y a un moment. Ses poumons sont en feu et sa gorge est nouée.

– Réponds-moi, marmonne-t-il. Tu penses que tu peux le supporter ?

Elle parvient à hocher la tête de nouveau, puis elle encaisse une nouvelle vague de plaisir lorsqu'il pince son téton. Quand il lâche brusquement son sein, elle manque pleurer de désespoir.

Qu'est-ce qui lui arrive, bon sang ? Il y a deux jours, son seul souci était de fuir la colonie de l'Ouest et d'aller aussi loin que possible, et maintenant elle ne pense plus qu'à écarter les jambes et laisser Connor la prendre.

– Tu veux ma queue, Hudson ? demande-t-il d'une voix grave et séductrice.

Elle hoche la tête, envoûtée par son regard lubrique et sa langue qui sort pour lécher ses lèvres.

– Où?

– Q... quoi?

– Où tu veux que je la mette?

– En moi, répond-elle en réprimant un gémissement.

– Va falloir être plus précise, bébé.

Il la taquine maintenant, avec son regard et ses mots. Il lui semble que c'est encore un test, mais elle ne sait pas ce qu'il attend d'elle. Il sait qu'elle a envie de lui. Il le sait. Alors, pourquoi a-t-il besoin de l'entendre? Elle ouvre la bouche pour répondre, mais elle est interrompue par les crépitements de la radio de Connor. Les flammes dans son regard s'éteignent aussi vite qu'un feu sous la pluie.

– Ouais? aboie-t-il.

– Je crois que notre nana a raison à propos des gardes. Je n'en vois qu'un, dehors, dit Rylan.

Elle est soulagée d'entendre Rylan confirmer l'info qu'elle leur a donnée. Tant mieux. Elle se rapproche un peu plus d'obtenir leur confiance.

– Xan s'occupe de désactiver les caméras, mais il a laissé un de ses gadgets de geek dans la Jeep. Il a besoin de quitter son poste.

– Dis-lui de revenir, répond Connor. Je vais le remplacer, il peut rester avec Hudson.

Elle est déçue que Connor la quitte, mais elle s'efforce de n'en rien laisser paraître. Après tout, il aurait pu lui ordonner de l'accompagner, et elle ne sait pas sur quoi – ou sur qui – elle pourrait tomber dans l'entrepôt. Quelqu'un pourrait la reconnaître...

Mieux vaut qu'elle reste cachée.

La nuit est tombée depuis longtemps, mais Connor ne se presse pas pour autant. Il a mené assez de raids pour savoir que ce qui compte le plus, c'est d'être patient. Ça peut faire la différence entre prendre une balle dans la tête ou rentrer le coffre plein, et Connor sait quelle option il préfère.

L'Exécuteur qui surveille le périmètre ne reviendra pas au portail avant au moins cinq minutes. S'ils veulent que l'effet de surprise joue en leur faveur, ils ne doivent pas se tromper dans le timing.

Rylan est aux côtés de Connor, un semi-automatique entre les mains, un bonnet noir sur la tête pour couvrir ses cheveux blonds.

– Je suis surpris que tu l'aies laissée avec Xan.

Inutile de lui demander de qui il parle.

– Pourquoi ?

– Parce que ce n'est pas ton genre. D'habitude, quand t'as envie d'une meuf, tu ne la donnes pas à un autre.

Connor hausse les épaules.

– Alors, tu ne nies pas que t'as envie d'elle ?

– À quoi bon ? On crève tous d'envie de la voir à poil.

– Carrément, c'est une bombe.

C'est une des seules exigences de Rylan pour les femmes. Il faut qu'elles soient canon. Il faut qu'elles soient chaudes et faciles, et si elles aiment un peu de rudesse, alors c'est encore mieux. Connor connaît bien son ami et il sait ce qui l'excite. Toutefois, il se connaît, aussi, et il ne va pas se laisser duper par une paire de nibards.

– Elle nous ment. Elle vient de la cité.

– T'en es sûr ? demande Rylan.

– Pas encore, mais je le serai bientôt.

– Qu'est-ce que t'as prévu ? ricane son ami.

– Je ne sais pas encore. Une visite chez Lennox ou peut-être autre chose. Mais on ne la ramènera pas au campement tant que je n'en saurai pas plus.

Il sait qu'il n'obtiendra pas la vérité en lui posant la question. Elle ne lui dira rien du tout, donc il doit faire en sorte qu'elle lui montre.

Il n'arrive pas à déchiffrer cette fichue femme et ça le rend furax. Elle n'est pas une Insurgée, c'est certain, et elle n'est pas Exécuteur, puisqu'elle n'est pas tatouée. Il ne reste qu'une seule option : elle est citoyenne.

Cependant, ça ne colle pas non plus. Les citoyens de la cité de l'Ouest sont faciles à repérer. Il suffit de chercher quelqu'un qui a peur de tout, quelqu'un qui est faible, sans opinion, et qui a vécu toute sa vie dans l'illusion qu'il est en sécurité.

Certes, il doit y en avoir quelques-uns qui reconnaissent que leur existence n'est qu'une prison dorée, mais ils y restent, car ils préfèrent le CM au monde ravagé qui s'étend au-delà des murs de la ville. Il y a aussi ceux qui en ont eu assez, comme Kade, qui ne supportent pas de vivre un jour de plus derrière ses murs et qui organisent leur fuite.

Toutefois, les citoyens ont une chose en commun, ils ne savent pas se battre. Ils ne peuvent ni se défendre ni protéger les autres. Il a fallu des mois à Connor pour entraîner Kade. Or, Hudson sait prendre soin d'elle-même comme une Insurgée, mais elle a des manières de citoyenne. Elle n'ose même pas parler de sa chatte, bon sang. Elle a rougi quand il lui a parlé de sexe. Les Insurgées ne rougissent pas. Si elles veulent baiser, elles le disent, sans lésiner sur les détails.

Alors, qui est-elle, bon sang ?

Connor regarde sa montre et allume sa radio, mettant de côté ses tergiversations.

– Éteins les caméras, maintenant, dit-il à Xander.

Il faut cinq secondes au geek pour répondre.

– C'est fait.

– Alors, go, murmure Connor.

Rylan charge son arme et sourit.

– C'est parti. Mon pote Xan a besoin d'un rasoir.

Comme prévu, le garde apparaît au coin de l'enclos, et une seconde plus tard, Connor et Rylan sortent de l'ombre.

Le jeune Exécuteur écarquille les yeux, surpris. Il lève son arme, mais il n'est pas assez rapide. Rylan la fait valdinguer par terre, et quand le jeune lève la main pour allumer son oreillette, Connor plaque son poignard sur sa gorge.

– Tout doux, grogne-t-il dans son oreille. On ne va pas te faire de mal.

– Allez vous faire foutre ! crache le gamin.

Connor appuie plus fort sur sa gorge, mais pas assez pour le faire saigner. Ils ont besoin qu'il soit vivant, car si l'entrepôt est vraiment protégé par des mines, ce pauvre gars est le seul à connaître le chemin jusqu'à la porte.

– Inutile d'être impoli, ricane Rylan. On est tous frangins ici.

– Ouais. Meilleurs potes, même, ajoute Connor.

Sans baisser son couteau, il pousse le garde vers le digicode. De sa main libre, il lève la carte de l'Exécuteur et la glisse dans le tableau pour ouvrir le portail. Une lumière clignote, passe du rouge au vert, et le verrou s'ouvre.

– Voilà ce qui va se passer, dit Connor sans bouger. Tu vas nous guider à l'intérieur, car on ne laisse pas ses amis se faire sauter sur des mines, n'est-ce pas ? Puis, quand on arrivera à la porte, tu appelleras ton pote pour lui dire que tout va bien. Ah, qu'on soit clairs, on a beau être potes, si tu fais un pas de côté, je t'égorge et mon ami te mettra une balle dans la tête, juste pour le fun.

– C'est sans doute inutile, je sais, ajoute Rylan, mais de nos jours, on n'est jamais trop prudent.

Connor sent l'Exécuteur trembler. Tant mieux. Les hommes sont beaucoup plus dociles quand ils ont peur.

– Après toi, dit-il en poussant le garde vers le portail.

Hudson retient son souffle en regardant dans les jumelles. Connor et Rylan ont passé le portail en suivant le garde. Pourvu qu'il ne fasse rien de stupide, comme se faire sauter pour éliminer deux Insurgés qui veulent des vivres.

Cependant, Hudson doit se rappeler que les Exécuteurs sont des monstres. Tous. Ils ont peut-être juré de se sacrifier pour la colonie, mais Hudson a vu plus d'un homme laisser un coéquipier derrière pour sauver sa peau.

Xander l'observe et remarque son inquiétude.

– T'inquiète pas pour Conn et Ry, poupée.

Elle se tourne vers lui, légèrement perturbée par son charme. Il est grand et musclé, avec une barbe épaisse et des yeux noisette qui scintillent d'un air enjoué. Elle ne comprend pas comment ces hommes peuvent être aussi joyeux. Ils n'ont pas l'air inquiets d'être entourés de tant de dangers.

– Ils vont vers l'entrepôt. Comment je suis censée ne pas m'inquiéter ?

– Ils savent ce qu'ils font, répond-il simplement.

Peut-être, mais elle retient tout de même sa respiration tant que les trois hommes ne sont pas arrivés à la porte en un seul morceau. Connor garde son poignard plaqué sur la gorge du garde, marmonnant quelque chose dans son oreille. Hudson suppose qu'il l'a menacé, car elle voit l'Exécuteur se crisper. L'instant d'après, il glisse sa carte dans le boîtier à droite de la porte, et les hommes disparaissent à l'intérieur.

Xander aboie dans la radio :

– Pike, qu'est-ce qui se passe de ton côté ?

– Rien. Absolument rien. Aucun Exécuteur en vue.

– Tant mieux. Kade ?

– La voie est libre.

Plusieurs minutes s'écoulent sans qu'il ne se passe rien, puis quand la porte métallique s'ouvre, laissant apparaître Connor, Hudson ressent un soulagement auquel elle ne s'attendait pas. Il hoche la tête dans leur direction, et sa voix jaillit dans le talkie-walkie.

– Venez. Suivez les pas de Rylan. Xan, approche la Jeep du portail. On a une tonne de réserves à embarquer.

Xander part déjà vers le véhicule.

– Viens, dit-il par-dessus son épaule.

– Tu veux que je vienne avec toi ?

– Bien sûr. Il est temps de gagner ton gîte et ton couvert. J'espère que tu as de la force, dit-il en pinçant son biceps.

Merde. Elle n'a pas peur des mines, puisque Rylan a tracé le chemin jusqu'à la porte, mais que va-t-il se passer s'il y a d'autres Exécuteurs à l'intérieur ? Et si on la reconnaissait ?

– Je peux rester dans la voiture, répond-elle d'une voix presque tremblante.

Xander s'assoit derrière le volant et démarre.

– Non, on a besoin des bras de tout le monde. Conn ne nous laissera que vingt minutes, trente max, avant qu'on ne reparte.

Hudson a du mal à respirer lorsqu'elle monte sur le siège passager et elle passe tout le trajet à prier que personne ne la reconnaisse, que les yeux des gardes soient bandés ou que Xander change d'avis et la laisse attendre dehors.

Hélas, ce n'est pas le cas. Il gare la Jeep et descend en lui faisant signe de le suivre. Hudson inspire lentement et s'arrête au portail, regardant le tracé blanc les menant à la porte. Rylan a dû écraser de la craie avec ses bottes. Son cœur bat à tout rompre lorsqu'ils entrent dans le hall de l'entrepôt. Il ressemble à tous ceux qu'elle a visités par le passé, avec Dominik ou parfois leur père, quand il avait envie de sortir de son bureau pour inspecter la colonie.

Le hangar est rempli de dizaines d'étagères en métal. Sur le côté, elle voit deux portes avec des écriteaux « PRODUITS TOXIQUES » et « MATÉRIEL MEDICAL », Xander la pousse vers la seconde en lui tendant deux sacs de voyage.

– Prends tout ce que tu peux, ordonne-t-il. Les antibiotiques et les antidouleurs sont la priorité, mais si t'as le temps, prends tout.

Elle se retrouve dans une pièce de dix mètres carrés occupée par des placards métalliques et des frigos. Il y a tant de fioles et de piluliers qu'en vingt minutes elle ne touchera pratiquement pas au stock. Elle se dépêche de se mettre au travail et de remplir les sacs, tout en priant pour que personne ne la voie. Quand elle a fourré autant de matériel dans les sacs que possible, elle sort de la pièce et se dirige vers la porte, surveillée par Xander.

– Emporte ça à Kade, lui dit-il. Il charge la Jeep.

Hudson marche d'un pas rapide vers le véhicule, en espérant que son rôle s'arrêtera là, mais Kade lui donne deux autres sacs en souriant, puis il la renvoie dans l'entrepôt.

Elle s'attaque donc au garde-manger, prenant un maximum de conserves et de boîtes. Du coin de l'œil, elle voit Rylan passer avec un baril de pétrole et elle réalise que ce doit être une acquisition capitale pour eux. Il n'y a presque plus de raffineries en état de marche sur Terre, et les quelques-unes qui existent sont dans la colonie de l'Est. La cité de l'Ouest a ses propres oléoducs ainsi qu'une dernière exploitation au nord, dans un endroit que son père appelait l'Alberta. Les produits dérivés du pétrole sont durs à trouver en dehors de la cité, et elle comprend que Rylan paraisse soulagé.

Elle donne son deuxième chargement à Kade, puis elle retourne à l'intérieur pour un troisième aller-retour. Elle a fini de remplir son premier sac quand une voix grave et ferme l'appelle.

– Hudson.

Elle déglutit et se tourne vers la porte, où l'attend Connor.

– Viens ici une minute.

Sans attendre, il tourne les talons et marche vers une grande porte ornée d'un écriteau « SALLE DE CONTRÔLE », au bout du couloir.

Merde. Elle le suit en tremblant, terrifiée à l'idée de se retrouver nez à nez avec le deuxième Exécuteur, ce pourrait être quelqu'un qui n'aurait qu'à la regarder pour savoir que...

Il y a deux corps sur le sol en béton.

Elle est d'abord soulagée avant de se sentir coupable en comprenant que la mort de deux hommes lui procure de la joie. Elle ne reconnaît aucun d'entre eux, mais les impacts de balle sur leur front la font tressaillir.

– Pourquoi tu les as tués ? demande-t-elle d'un ton accusateur en se tournant vers Connor.

De l'autre côté de la pièce, Pike arrête de fouiller dans la pile de papiers et lève la tête.

– Parce qu'on n'est pas stupides, répond-il à la place de Connor. On ne prend aucun risque.

– Vous auriez pu les ligoter, les assommer ou... Ils n'étaient pas forcément dangereux, dit-elle tristement.

– Tout le monde est une menace, corrige Pike en la fusillant du regard avant de se concentrer de nouveau sur les papiers qu'il tient entre ses mains.

Connor ne contredit pas son ami, et il ne semble pas gêné par les deux corps à ses pieds.

– Tu sais te servir de ces trucs ? lui demande-t-il en désignant un placard. Xan est le geek du groupe et il a déjà pris ce dont il avait besoin, mais si tu veux quoi que ce soit, prends-le maintenant.

Elle avance vers le placard, mais presque toute la technologie est trop compliquée pour elle. Les inventions vont vite dans la cité de l'Ouest, et elle ne suit pas toutes les avancées. Elle fouille les étagères et elle est surprise lorsqu'elle tombe sur des tablettes qu'elle est habituée à utiliser.

– Vous avez un moyen de vous connecter à Internet ? demande-t-elle en regardant par-dessus son épaule.

Connor hoche la tête.

– Dans ce cas, je peux peut-être utiliser ces tablettes.

– Alors, prends-les toutes.

Elle les met dans son sac et sort de la salle de contrôle. Sans doute marche-t-elle d'un pas trop pressé, mais elle s'en fiche. Plus vite elle sera sortie de là, mieux ça ira.

Rylan arrive à ses côtés alors qu'elle charge le sac dans la Jeep.

– Il paraît que tes infos étaient bonnes, remarque-t-il en souriant. On dirait que t'es plus qu'un joli visage, hein, ma belle ?

– T'as tout compris, répond-elle joyeusement.

Elle leur a été utile. Elle n'a plus qu'à continuer ainsi, et peut-être la laisseront-ils rester. Plus elle passe du temps hors de la cité, plus elle comprend qu'elle ne peut pas survivre seule.

Elle pensait que ses connaissances en autodéfense et dans le médical lui seraient utiles, mais elle avait tort. Ici, pour survivre, il faut trouver un campement, de quoi se nourrir et des gens sur qui compter.

C'est à tout cela qu'elle réfléchit quand ils quittent l'entrepôt, moins d'une heure après l'avoir pris d'assaut. Il faut qu'elle prouve à Connor qu'elle peut leur servir, mais cette conversation devra attendre. Elle ne peut pas lui parler quand ils roulent aussi vite.

Elle se prépare au long trajet de retour, mais elle est surprise quand Connor quitte la route principale à peine une demi-heure plus tard, empruntant un chemin encore plus cabossé et envahi par l'herbe. Au bout de quelques minutes, elle aperçoit une lumière à travers les arbres, et le chemin se couvre de gravier qui crépite sous les roues de la moto. Connor ralentit et Hudson découvre une maison à deux étages avec des rideaux aux fenêtres.

– On est où? demande-t-elle.

Connor éteint le moteur et met la béquille.

– Devant une maison.

– Ça, j'ai vu, merci. Mais encore?

Il ne répond pas et elle panique. A-t-il prévu de la laisser ici?

– Tu n'as pas à avoir peur, chérie, dit-il en riant.

– Ah non?

– Non, répond-il en souriant. On vient toujours ici après un raid. Pour se détendre.

– Se détendre?

– Tu es une Insurgée, n'est-ce pas? Tu sais le genre de choses qu'on fait pour se relaxer, chuchote-t-il d'une voix suave et rauque. Le monde est si glauque, il y a tant de souffrance, partout, c'est pour ça qu'on prend du plaisir partout où on le peut. C'est notre façon de vivre... N'est-ce pas, Hudson?

Notre façon. Merde. Encore un test. Il ne la croit toujours pas, et maintenant, il va... que va-t-il faire?

Que va-t-elle trouver dans cette maison?

Chapitre 5

Le hall d'entrée est éclairé par des bougies dont la lueur pâle projette leurs ombres sur les murs sombres et le plancher usé. Une odeur de cire et d'encens enveloppe Hudson. Et puis il y a les bruits...

Le sexe. Toute la maison vibre sous l'activité sexuelle.

Des grognements suaves et des gémissements résonnent depuis les pièces du fond, le couloir à gauche d'Hudson, la porte voûtée à quelques pas d'elle. Le sexe est partout, épaississant l'air, réchauffant sa peau, l'amenant à regarder Connor avec suspicion.

Rylan et les autres la précèdent et se baissent pour passer la grande porte en chêne, mais Hudson n'est pas certaine de vouloir les suivre. Elle saisit la manche de Connor avant qu'il n'emboîte le pas à ses amis.

– Tu m'as amenée dans une maison close ? dit-elle.

Il fronce les sourcils.

– Il y a des maisons comme celle-ci partout en terre libre. Tu ne vas pas me dire que c'est la première fois que t'y mets les pieds ?

– Mon groupe n'en a jamais eu l'occasion.

Il ne la corrige pas quant à la fonction de la maison, et ça ne plaît pas à Hudson. D'ailleurs, sa désinvolture l'agace. Elle n'a aucune envie d'être ici. Ça lui rappelle trop la caserne des Exécuteurs, où les hommes se passaient les femmes comme des balles de ping-pong. Peu importe qu'elles aient demandé à être là, elles étaient traitées comme des esclaves sexuelles et perçues comme des prostituées, et ça dégoûtait Hudson que procurer du plaisir aux Exécuteurs soit perçu comme un honneur.

Dans la cité, tout le monde est considéré comme égal. Les gens ont le même salaire, qu'ils ramassent les poubelles ou qu'ils créent de la technologie de pointe. Ils vivent dans des logements communaux qui ont tous la même taille et ils mangent dans des réfectoires dédiés où on leur sert des repas qui répondent à tous leurs besoins nutritifs. Le père d'Hudson lui avait expliqué que l'idée était tirée d'un régime ancien qu'on appelait autrefois le communisme, apparemment le principe était que la possession était commune et équitable et qu'il n'y avait aucune classe sociale.

Cependant, tous les systèmes ont leur faille et, hélas, les Exécuteurs n'ont aucun scrupule à en profiter. Ainsi, les femmes de la cité gagnent des compléments en leur offrant leur corps. Certaines obtiennent même des vacances dans la colonie du Sud. Elles n'ont qu'à satisfaire les gardiens de la paix, et elles sont remplacées pour aller se dorer la pilule sur la plage. C'est le paroxysme de la prostitution haut de gamme.

– Tu parles de terre libre, mais tu ne nies pas que c'est une maison close. C'est comme ça que tu vois les femmes ? Comme des putes ?

Il sourit lentement, comme si elle l'amusait réellement.

– On est tous des putes, ici, chérie. Tous.

Il tient moins fort son bras mais ne le lâche pas pour autant, l'entraînant plus loin dans la maison. Ils passent devant plusieurs portes fermées et le pouls d'Hudson accélère, parce que ce qui s'y passe ne fait aucun doute. Elle entend des grognements, des têtes de lit frappant les murs, les cris de plaisir d'une femme qui jouit.

Hudson inspire lentement tandis qu'ils approchent de la porte où sont entrés Rylan et les autres. Elle essaie de se préparer mentalement, mais elle n'aurait jamais pu imaginer ce qu'elle découvre lorsqu'ils entrent dans la pièce. Le vaste salon est rempli de canapés et de fauteuils, et un long comptoir recouvre tout un pan de mur. Il y a une trentaine de convives, hommes et femmes, certains sont habillés, d'autres pas. Des conversations menées à voix basse se mêlent aux bruits du sexe. Dans un coin sombre, une femme brune est penchée en avant, face au mur, tandis qu'un homme la prend par-derrière en la tenant par la taille, la bouche collée à son épaule.

Hudson détourne le regard, mais elle tombe sur une autre démonstration obscène, des membres entremêlés sur un canapé moelleux, des ongles de femme griffant le dos d'un homme.

Ces gens n'ont-ils pas honte ?

Ses joues sont en feu et elle cherche un endroit où poser ses yeux. Connor. Connor est sûr. Connor n'est pas à poil. Cependant, Hudson n'est pas mieux que tous ces gens, car elle est sincèrement déçue qu'il soit encore habillé.

Un homme vient vers eux. Il est brun, grand et beau, avec des yeux gris envoûtants qui s'arrêtent un instant sur Hudson avant de se poser sur Connor.

– Conn, ça fait longtemps.

– Lennox, dit Connor en lui frappant l'épaule. Comment ça va ?

– Plutôt bien. On a entendu des rumeurs comme quoi le CM fermerait des postes d'Exécuteurs.

– Peut-être, mais il renforce la sécurité sur ceux qu'il maintient, admet Connor. On vient de faire un raid dans un entrepôt qui était équipé de mines terrestres.

– Eh ben, ça n'est pas bon signe.

– Fais passer le mot. Il faut changer de tactique avant de faire de nouveau raids.

– Ça roule. Merci de m'avoir prévenu.

L'homme regarde de nouveau Hudson et sourit en coin.

– Je vois que t'as apporté ton propre divertissement ce soir, Conn ?

Un nœud se forme dans la gorge d'Hudson. Alors, c'est ça ? Connor l'a amenée ici pour qu'elle serve de divertissement à ses amis Insurgés ?

– Elle n'est pas là pour ça, répond Connor, mettant tout de suite fin à ses peurs.

– Dommage, dit Lennox en lui lançant un clin d'œil.

Elle se surprend à se détendre face à la courbe séductrice de ses lèvres.

– Viens me trouver si tu changes d'avis, ma belle.

Il tourne les talons et Hudson regarde Connor d'un air inquiet.

– C'est lui, le propriétaire ?

Il hoche la tête.

– Viens, il me faut un verre, dit-il en passant carrément derrière le bar.

Apparemment, on se sert soi-même, ici.

Elle rassemble son courage pour observer de nouveau la pièce, et elle remarque que Rylan n'a pas perdu de temps pour se mettre à son aise. Il est étalé sur un canapé, un verre à la main, une femme canon sur les cuisses. Elle porte un jean ultramoulant et ses longs cheveux blonds tombent juste en dessous de ses seins, ses seins *nus*.

Il croise le regard de Hudson et lui fait un clin d'œil. Puis sa main descend lentement le long de l'épaule de la jeune femme, s'arrête sur son sein et l'empoigne. Tout à coup, les tétons d'Hudson sont en feu, comme si c'était elle que Rylan avait touchée. Elle serre les cuisses et tourne la tête.

– Tu bois quoi ? grogne Connor.

Elle observe la rangée de bouteilles sur le bar en se demandant comment Lennox se fait payer pour l'alcool que consomment ses clients. Son cœur bat la chamade alors qu'une réponse affreuse lui vient en tête. Il est hors de question que qui que ce soit pose la main sur elle. Elle étudie les mains puissantes de Connor pendant qu'il fouille parmi les bouteilles, et les picotements sur ses seins s'intensifient, l'obligeant à rectifier sa dernière pensée. Personne ne la touchera, à moins qu'elle n'en ait envie.

Elle regarde de nouveau Rylan au moment où il lèche le téton de sa compagne.

– Une tequila, dit-elle d'une voix rauque.

– Regardez-moi ces grands yeux, se moque Connor. C'est à croire que tu n'as jamais vu de gens baiser.

– Non, j'ai... J'en ai vu. J'ai vu plein de choses au... camp.

Il remplit deux verres et revient vers elle, la guidant vers un tabouret.

– Détends-toi, chérie.

Il l'oblige à s'asseoir et lui tend un verre.

– On est là pour s'amuser, ajoute-t-il d'un ton railleur.

Est-ce que c'est ça, sa façon de s'amuser ? Regarder des gens s'accoupler ? Elle a trop peur de lui demander, alors elle se concentre sur son verre. Elle le tient si fort qu'elle est surprise de ne pas le voir voler en éclats.

– Ah non, ça ne va pas du tout, ça.

Elle sursaute quand il saisit son menton pour l'obliger à lever la tête.

– Observe, ordonne-t-il.

Son cœur bat plus vite. Elle n'est absolument pas dans son élément. Elle n'a aucune envie de regarder, bon sang ! Elle n'a aucune envie de... Eh zut. Elle en meurt d'envie. Du moins, son corps n'en peut plus de ne pas voir. Sa peau est brûlante et ses tétons sont plus durs que les stalactites qui se formaient sur le toit de la caserne en hiver. Et puis, il y a ces pulsations dans son bas-ventre, qui augmentent, accélèrent, lui donnent chaud et font trembler ses cuisses. Sa culotte est trempée et elle frissonne en regardant de nouveau Rylan, dont le visage est enfoui dans les seins de la blonde. Il caresse son dos de haut en bas et avance lentement le bassin tandis qu'il frotte ses lèvres sur un téton dressé.

– Dis-moi ce que tu vois, demande Connor.

Il lui a posé la même question à l'entrepôt, mais cette fois il ne lui demande pas de décrire un protocole de sécurité. Il veut qu'elle décrive la débauche qui se déroule sous ses yeux.

– Je vois du sexe, dit-elle d'une voix tremblante.

– C'est loin d'être une description suffisante, ricane Connor.

Il boit une gorgée et Hudson est momentanément fascinée par la manière dont sa gorge puissante se contracte quand il déglutit.

– Ne me regarde pas, dit-il d'une voix ferme. Regarde Rylan. Regarde-la, elle, et dis-moi ce que tu vois.

– Il l'excite, chuchote Hudson en buvant une gorgée.

Les joues de Rylan se creusent légèrement tandis qu'il suce le téton de la jeune femme, lui arrachant un gémissement guttural. Hudson ne voit pas son visage, mais vu la façon dont elle se cambre pour appuyer ses seins dans le visage de Rylan, elle adore ce qu'il lui fait. Elle tourne la tête et découvre que Connor l'observe de près.

– Ça, pour l'exciter, c'est clair ! Est-ce qu'il t'excite, toi ?

– Q... quoi ?

– Tu aimes le voir sucer cette belle poitrine ?

Elle se crispe encore plus, son cœur accélère encore.

– Non, ment-elle.

Son expression change immédiatement, mais elle n'arrive pas à la déchiffrer. Mince, elle a l'impression d'avoir échoué à un autre test, qu'elle échoue depuis la seconde où elle a posé le pied dans cette maison. Elle ne sait pas ce qu'il attend d'elle, ce qu'il veut qu'elle dise, ce qu'il veut qu'elle fasse. Veut-il qu'elle se joigne à la fête ? Qu'elle marche jusqu'à Rylan pour fourrer ses seins dans son visage ?

Un frémissement d'excitation la parcourt lorsqu'elle se rend compte qu'elle pourrait très bien le faire. Vu ce que font les gens dans cette pièce, ils seraient sans doute ravis de l'initier à ce monde de luxure.

Toutefois, il y a un problème, le seul homme avec lequel elle veut commettre des péchés est assis à côté d'elle.

– Continue de les mater.

Hudson n'avait pas remarqué qu'elle ne les regardait plus. Connor lui tire les cheveux, l'obligeant à étudier Rylan, dont la partenaire ouvre la braguette.

– Je crois que ça va te plaire, dit Connor d'une voix grave et séductrice. Je n'ai jamais rencontré de femme qui ne gémit pas en voyant la queue de Ry.

La blonde se met à genoux et baisse son jean. Son érection jaillit de son boxer et un éclat argenté scintille à la lumière, la barre du piercing qui traverse son gland.

Hudson gémit, fort, et Connor sourit jusqu'aux oreilles.

– Ouais, c'est à peu près ça.

Elle sent qu'elle rougit et elle est assaillie par une énorme bouffée de chaleur quand Connor éclate de rire.

– Le piercing te plaît, hein ? La plupart des nanas semblent d'accord avec toi. Il y en a une qui m'a dit que ça touchait un point ultrasensible de sa chatte.

Hudson se surprend à haleter. Elle gigote sur le tabouret, super-excitée, plus mouillée qu'elle ne l'a jamais été.

– Peut-être que je te laisserai baiser avec lui, pour que tu le sentes, propose Connor.

– Tu me laisserais ? Ce n'est pas toi qui décides avec qui je couche.

– Bien sûr que si, répond-il en buvant une gorgée de tequila. Mes hommes me suivent. Ils ne te toucheront pas à moins que j'y consente.

– Waouh, ça doit être cool d'avoir des petits larbins.

– Je n'ai pas demandé leur loyauté, mais je l'ai. Et je suis un véritable enfoiré, chérie. Si quelqu'un me donne sa loyauté sans conditions, je te garantis que je vais en tirer profit.

– Ah ouais ? Eh bien, tu n'as pas ma loyauté. Et si je décidais de les rejoindre ?

Elle tourne la tête à temps pour voir la blonde avaler la moitié de la verge de Rylan, d'un coup.

– Mais je t'en prie, vas-y, dit Connor, montrant le canapé. Mais ne t'attends pas à ce qu'il te baise. Jamie pourrait, en revanche. Tu sais quoi ? demande-t-il d'une voix contemplative. C'est une super-idée. Je rêve de voir sa bouche sur toi.

Hudson retient son souffle lorsqu'elle sent celui de Connor sur son oreille.

– Je veux entendre les bruits que tu feras quand sa langue touchera ton bouton d'amour, chuchote-t-il. Oui, découvrons-le. Ramène ton joli petit cul là-bas et fais-moi un petit spectacle, tu veux ?

Hudson ne bouge pas d'un iota.

– Ou pas, ricane-t-il.

Et puis zut. Il fait exprès de la taquiner et elle ne comprend pas pourquoi. Elle est piégée et sans défense. Chaque mouvement de tête lui révèle une scène plus sale que la précédente. De l'autre côté de la pièce, Xander s'amuse autant que Rylan. Il s'allonge sur une pile de coussins tandis qu'une femme aux cheveux noirs, avec un tatouage sur le bras, grimpe sur lui.

Kade est étalé à l'autre bout du canapé, sa queue entre ses mains. Son expression est presque diabolique, rien à voir avec son air habituel. Elle pensait qu'il était le plus mignon, mais il n'a rien de doux en ce moment. Il est aussi obsédé que les autres.

– Pourquoi tu m'as amenée ici ? chuchote-t-elle.

Connor se rapproche d'elle, la faisant frissonner. Sa présence est terrifiante. Excitante. Elle meurt d'envie de l'embrasser.

– Tu sais pourquoi.

– Pour... coucher avec moi ? demande-t-elle alors que son désir augmente violemment.

Il sourit, et elle comprend qu'elle se trompe. Il ne l'a pas amenée pour la prendre. Il veut qu'elle regarde, qu'elle soit témoin. Pour qu'elle... pour que... quoi ? Quel est son but ? Qu'est-ce qu'il attend d'elle, bon sang ?

– Regarde le visage de Rylan. Tu vois qu'il fronce les sourcils quand elle l'avale profondément ? On dirait qu'il souffre, mais ce n'est pas le cas, n'est-ce pas, Hudson ?

– Non, marmonne-t-elle. Il aime ça.

– Oh que oui, il aime. Il va bientôt baiser sa bouche. Rapidement, jusqu'à ce qu'elle s'étouffe sur sa queue. Rylan aime quand c'est brutal.

Sa voix suave glisse dans son oreille, et soudain, elle repense aux histoires que son père lui racontait à propos de Dieu et du diable. Dans les colonies, il est interdit de vénérer un pouvoir supérieur, mais le père d'Hudson pensait qu'il était important qu'elle connaisse les religions du passé. Toutefois, elles lui avaient toutes paru terrifiantes, ancrées dans la douleur et la pénitence. Or, en cet instant, envoûtée par les cochonneries que Connor chuchote dans son oreille, il lui est facile de croire que le diable existe, une créature séductrice qui attire les êtres dans les flammes du péché, toujours plus près, jusqu'à les faire brûler vivantes.

– Regarde, répète-t-il d'une voix grave et autoritaire.

Il saisit sa gorge pour diriger ses yeux là où il les veut.

Hudson se mord la lèvre pour réprimer un gémissement alors que la blonde, Jamie, suce toujours Rylan. Connor a raison. Le visage de son ami est déformé, comme s'il agonisait, mais le plaisir dans ses yeux dit tout le contraire. Jamie l'avale encore et encore, si profondément que son nez se cogne aux abdos de Rylan. Soudain, il laisse tomber sa tête en arrière et pousse un grognement qu'Hudson entend clairement, même de loin.

– Tu crois qu'il jouit, mais ce n'est pas le cas, commente Connor, la ramenant à la réalité.

– Comment tu sais ?

– Parce que je sais à quoi il ressemble quand c'est le cas.

Mince. Était-il obligé de planter cette image dans sa tête ? Combien de fois ces hommes ont-ils baisé côte à côte. Ou ensemble ?

Connor passe sa main dans ses cheveux, et son sang s'embrase de plus belle tandis que sa peau se couvre de sueur. Il ajoute :

– Je sais aussi que, quand il a le choix, il préfère éjaculer dans une chatte étroite que dans une bouche mouillée.

Il saisit une poignée de ses cheveux et les tire à lui délicatement.

– T'as vu ça ? Faut croire qu'elle partage le même avis.

Hudson retient son souffle en voyant Jamie se lever et baisser son jean. Rylan ne perd pas une seconde pour l'attirer de nouveau sur ses genoux. Il la tient par la taille alors qu'elle s'abaisse brusquement sur lui et ils gémissent à l'unisson, faisant trembler les cuisses d'Hudson.

C'est trop pour elle. C'est trop... intime. Elle s'oblige à tourner la tête, mais elle tombe sur la main de Kade qui empoigne la verge de Xander alors que la femme aux cheveux noirs lui taille une pipe.

Hudson est pantelante. Son regard se déplace et atterrit sur Pike, debout dans l'encadrement de la porte, une bouteille ambrée à la main, observant la même scène qu'elle vient de fuir des yeux.

– Pourquoi Pike ne les rejoint pas ?

Connor appuie ses coudes sur le bar derrière lui.

– C'est pas son truc.

– C'est quoi son truc ?

– Pike aime observer. Il y a des gens qui aiment être vus, d'autres qui préfèrent regarder. D'autres encore aiment les deux.

– Et toi, tu es dans quelle catégorie ?

Il ne répond pas, et la frustration d'Hudson grandit.

– Très bien, ne me le dis pas. Tu ne vas pas me demander ce qu'est mon truc ?

– Pas besoin. Je connais déjà la réponse, rétorque-t-il en souriant.

Elle aimerait le savoir, elle. Elle n'avait jamais pensé à ce genre de chose avant, ce qui l'excitait, ce qui excitait les autres. Personne ne parle de sexe dans la cité, puisque ça se passe derrière des portes fermées à clé. Même à la caserne, où les Exécuteurs ne se cachent pas, elle n'en a pas souvent été témoin. Dominik s'assurait toujours qu'elle reste loin des activités lascives de ses hommes.

– Pourquoi ça ne leur fait rien que tout le monde les voie ?

La mâchoire de Connor se contracte et elle comprend qu'elle a encore dit ce qu'il ne fallait pas.

– Pourquoi ça devrait les déranger ? Tu veux qu'ils se sentent gênés ? Qu'ils craignent ce que les gens en pensent demain ? Demain n'existe pas, Hudson. Il n'y a que l'instant présent qui compte.

– Vivre au présent, marmonne-t-elle.

– C'est ce qu'on fait, chérie. On prend du plaisir là où on peut, parce qu'on ne sait jamais quand on aura une autre chance.Oui, on vit au présent. Et quel présent magnifique, n'est-ce pas ? ricane-t-il en désignant le canapé.

Hudson réprime un grognement. La fille aux cheveux noirs chevauche Xander, et Kade... bon sang... Kade est à genoux derrière elle, sa main sur son sexe, prêt à s'enfouir dans son... son...

La chatte d'Hudson se contracte si fort qu'elle doit s'agripper au tabouret pour ne pas tomber. Connor voit sa réaction et sourit grossièrement.

– T'aimes ça, hein ? Tu as déjà pris la queue d'un homme dans le cul, Hudson ? Et une autre dans la chatte, au même moment ?

Elle est en feu. Sans rire, elle pourrait exploser à tout moment. Son excitation est insoutenable. Atroce. Si elle avait été seule, elle aurait plongé sa main dans son pantalon pour soulager sa souffrance.

– Qu'est-ce que t'attends ? demande Connor, semblant lire dans ses pensées. Vas-y, fais-toi jouir. Je sais que t'en as envie.

Son cœur bat et son souffle est rauque et saccadé.

– Fais-le pour moi, répond-elle.

Chapitre 6

Connor n'a jamais vu de femme aussi prête à baiser. Les pupilles d'Hudson sont dilatées, ses joues sont écarlates et sa gorge semble gonflée, comme si ses poumons manquaient d'oxygène. Il peut pratiquement sentir son désir. Il enflamme l'air qui les entoure, chatouille sa peau et réchauffe ses testicules. Les tétons qui pointent à travers son tee-shirt le supplient de les lécher, supplient ses doigts de déchirer le coton pour les dévorer.

Il n'aurait même pas à demander sa permission. Elle le laisserait mettre sa langue n'importe où, il en est certain. Elle écarterait les jambes et s'offrirait à lui comme un sacrifice.

Cependant, ce n'est pas pour cela qu'il l'a amenée ici. Le sexe peut attendre, pas les réponses.

– S'il te plaît, susurre-t-elle d'une voix désespérée. S'il te plaît.

– Tu veux que je te fasse jouir ? dit-il en souriant.

– Ou... oui. S'il te plaît, Connor.

Il caresse son bras du bout du doigt. Bon sang, sa peau est bouillante.

– Comment ? Avec ma langue ? Ma queue ?

– Les deux, râle-t-elle.

Sa main remonte sur son épaule, griffant sa gorge avant d'empoigner son menton pour regarder dans ses yeux gris.

– Demande-moi si j'ai envie de toi, ordonne-t-il.

– Est-ce que... t'as envie de moi ?

– Oui, déclare-t-il en caressant sa lèvre avec son pouce. Demande-moi si je vais te prendre.

– Est-ce que tu vas me prendre ? chuchote-t-elle, si bas qu'il l'entend à peine.

– Non. Alors, si tu veux jouir, tu peux t'en occuper toi-même.

Il réprime un éclat de rire en entendant le grognement frustré d'Hudson.

– Pourquoi tu t'amuses à m'allumer comme ça ?

– Ah tu crois que je t'allume, là ? Chérie, tu n'as pas idée de ce dont je suis capable.

Il glousse lorsqu'il prend la main d'Hudson pour la poser directement entre ses jambes. Elle s'apprête à protester, mais son cri s'évanouit lorsqu'elle sent son érection. Elle gémit et les vibrations de sa voix résonnent jusque dans sa verge, lui faisant avancer le bassin sans le vouloir.

– Tu la veux ? marmonne-t-il, frottant fort sa queue sur sa main.

Elle hoche la tête sans un mot, les yeux grands ouverts.

Bon sang, ces grands yeux sont canon. D'habitude, les femmes innocentes ne l'excitent pas, mais chez elle, ça lui plaît. Il aime savoir qu'une femme forte et pleine de fougue comme elle peut perdre la tête rien qu'en sentant sa verge pulser sous sa main.

Il plonge son regard dans le sien et ferme sa main sur son érection.

– Si tu veux ma bite, il va falloir m'offrir plus que tes grands yeux et tes gémissements.

Elle déglutit.

– Qu'est-ce que t'attends de moi ?

– La vérité.

Il repose sa main sur ses cuisses et se tourne vers les autres. Jamie chevauche Rylan comme un étalon de course, mais il n'en attend pas moins de la copropriétaire de la maison. Ses seins rebondissent dans le visage de son ami alors qu'elle frotte frénétiquement son sexe sur lui. La queue de Connor tressaille d'envie et de frustration parce qu'il sait qu'il ne va pas être soulagé de sitôt.

Il réalise soudain qu'Hudson n'a pas répondu et il la regarde du coin de l'œil.

– Je veux savoir ce que tu caches, et je ne te donnerai rien tant que tu ne me l'auras pas dit.

Une colère vive s'étend sur son visage. De la colère et un désir féroce.

– J'obtiendrai la vérité, chuchote-t-il. Tu le sais. Mais d'ici là... te regarder te masturber est un bon début.

– Un début à quoi ? demande-t-elle d'un air paniqué.

– À découvrir qui tu es. On apprend beaucoup d'une personne quand elle pantelle en plein orgasme.

– Je ne vois pas comment ça t'apprend quoi que ce soit.

– Si tu ne connais pas la réponse, alors tu mens encore plus que je ne le pensais.

Hudson devient silencieuse et dirige son attention sur les corps qui s'entremêlent autour d'eux. Il entend sa respiration laborieuse et, du coin de l'œil, il la voit gigoter sur le tabouret. Il détecte ensuite un mouvement et siffle en signe d'approbation lorsqu'il comprend où est partie la main d'Hudson.

– C'est ça, bébé, murmure-t-il en la voyant défaire son pantalon. Fais-toi du bien, allez.

Elle soupire et ses doigts tremblent lorsqu'elle défait sa braguette. Lorsqu'elle glisse délicatement sa main dans sa culotte, Connor est à deux doigts de lui ordonner de tout enlever. Il rêve qu'elle écarte les jambes pour qu'il la voie. Pour que tout le monde la voie.

Cependant, le mystère est excitant, aussi. Le mouvement érotique de sa main, la façon dont elle se courbe sur son sexe et la manière dont son bassin se soulève pour la rencontrer.

Il sent d'autres regards sur elle et, lorsqu'il se retourne, il voit les yeux bleus de Rylan fixés sur la main d'Hudson. Il continue de répondre aux allers-retours brutaux de la femme qui s'empale sur son sexe et il hausse un sourcil en direction de Connor, lui proposant qu'Hudson les rejoigne.

Connor secoue discrètement la tête avant de se concentrer de nouveau sur la jeune femme à côté de lui.

– Regarde Rylan, bébé. Regarde combien il aime ce que tu te fais.

– Je préfère te regarder toi, déclare-t-elle fermement.

Leurs regards se croisent et il doit se retenir de se jeter sur elle. Il aime voir les femmes se masturber, le plaisir sans vergogne dans leurs yeux, les bruits qu'elles font. Toutefois, il y a quelque chose chez *cette* femme qui l'excite plus que d'habitude. Sa queue est dure comme du fer, et il meurt d'envie de la sortir pour se caresser. Or, il sait que ça plairait trop à Hudson, et il n'a aucune intention de lui céder quoi que ce soit tant qu'elle ne lui aura pas donné ce qu'il veut.

– Je parie que tu regrettes que ce ne soit pas ma main. Tu regrettes que ce ne soient pas mes doigts sur ton clito, c'est ça ?

Sa respiration accélère.

– Tu mouilles ? Est-ce que ma queue serait trempée si je la plongeais en toi, maintenant ?

Son regard se perd au loin et elle gémit, signe de son abandon. Sa main accélère, mais il sait qu'elle ne se doigte pas, c'est impossible avec son pantalon.

Bon sang, il rêverait qu'elle soit nue. Il rêve d'enfoncer ses doigts en elle et de la baiser pendant qu'elle se caresse. Mais il garde ses mains pour lui, les poings fermés, appuyés de chaque côté du tabouret pour éviter toute tentation. Rylan regarde toujours Hudson, et il n'est pas le seul. Lennox offre à Connor un sourire approbateur et satisfait.

La porte de Lennox est toujours ouverte pour Connor et les autres, et il ne demande rien en retour, à part des renforts quand c'est nécessaire. C'est ainsi que ça fonctionne, en terre libre. Le troc marche pour tout ce qui est matériel et, pour le reste, les Insurgés font appel aux faveurs. Cependant, Lennox demande rarement des services. Du moins, pas assez pour compenser tout le temps que Connor et ses hommes passent ici. Ainsi, même s'il n'a pas amené Hudson ici pour Lennox, il est content que celui-ci apprécie le spectacle.

Hudson gémit d'un ton désespéré qui se propage tout droit dans le caleçon de Connor. Merde. Parfois, il regrette de ne pas penser avec sa bite. Si c'était le cas, il serait déjà en elle, en train de baiser à leur en faire perdre la tête.

Quand elle referme sa main libre sur le rebord du tabouret, Connor soupire et saisit sa main. Elle sursaute, comme s'il l'avait électrocutée, et elle le regarde derrière un voile de plaisir.

– Il y a tant de choses auxquelles tu peux t'agripper, et tu choisis la chaise ?

Il siffle de nouveau et déplace sa main sur son sein puis il la couvre avec la sienne, l'obligeant à serrer fort son globe. Un cri essoufflé lui échappe et il sent bientôt sa main bouger sous la sienne, frottant son téton en dessinant des cercles légers.

– C'est ça. Excite-toi.

Il enlève sa main et respire par le nez, essayant d'éteindre le désir qui brûle dans ses veines. Sans y réfléchir, il frotte sa cuisse, espérant soulager sa douleur, mais ça ne fait qu'accroître les pulsations qui parcourent sa verge.

Il prend son verre et le finit cul sec, priant pour que l'alcool brûlant lui fasse oublier les flammes qui font rage plus bas. Hudson pousse un grognement et Connor est à deux doigts d'éjaculer. Son orgasme est imminent, il le devine à la tension de son corps, il l'entend à ses gémissements, il le sent à la température de sa cuisse contre la sienne.

Eh merde. Il faut qu'il la goûte. Une fois. Avant qu'il n'ait pu s'en empêcher, il se penche et colle sa bouche à la sienne, avalant son cri de surprise. On ne peut pas appeler ça un baiser, ce sont deux bouches qui se dévorent, deux langues qui se cherchent, sans tendresse ni finesse. C'est parfaitement désespéré, et Hudson jouit dès que ses lèvres la touchent.

Connor arrache sa bouche à temps pour voir l'extase assombrir ses yeux et rougir ses joues. Elle frissonne de plaisir, et c'est magnifique. Il ne peut résister à l'envie de lui voler un autre baiser, cette fois sur le côté de sa gorge. Sa chair est chaude sous ses lèvres et il la sent trembler lorsqu'il y promène sa langue.

Quand elle redevient immobile, elle fixe ses grands yeux sur lui. Elle regarde ensuite autour d'elle, rougissant de plus belle lorsqu'elle réalise qu'elle avait un public. Rylan l'observe depuis le canapé, sa queue entre les mains, seul.

– Je... j'arrive pas à croire que je viens de faire ça.

Elle a l'air confuse et atterrée, et sa réaction confirme tout ce que soupçonnait Connor.

Sans un mot, il pose son verre vide sur le bar et se lève.

– Où tu vas ? demande-t-elle en regardant la bosse dans son pantalon.

Il l'ignore et, croisant le regard de Pike, il lui ordonne sans un mot de veiller sur Hudson. Son ami avance vers eux et Connor balaie la pièce des yeux jusqu'à trouver ce qu'il cherche.

– Si tu as besoin de quoi que ce soit, demande à Pike ou Ry, marmonne-t-il avant de tourner les talons.

Hudson essaie de cacher sa surprise lorsque Connor lui tourne le dos et traverse la pièce avec l'attitude de quelqu'un qui possède tout ce qu'il croise. Toutes les femmes le suivent des yeux, mais il les ignore, avançant avec détermination vers une rousse élancée, vêtue d'une minirobe noire.

Il ne se retourne pas en direction d'Hudson. Pas une seule fois.

Les restes de l'orgasme légendaire qu'elle vient de subir finissent de disparaître lorsque, incrédule, elle voit Connor murmurer quelque chose à l'oreille de la rousse. La jeune femme lui répond, et Connor rit de sa grosse voix. Elle est vexée de l'entendre rire avec une autre femme et furax de le voir partir avec elle.

Cependant, de quel droit est-elle en colère ? Ils ne sont pas ensemble. Ils se connaissent à peine ! Connor peut coucher avec qui il veut, et Hudson n'a aucun droit de lui en vouloir.

Sauf que... elle lui en veut, justement. Elle est jalouse.

Elle vient de vivre l'orgasme le plus intense de sa vie, dans une pièce remplie de gens, et elle est loin d'être satisfaite. Elle veut plus. Elle veut revivre ce même plaisir enivrant, mais cette fois-ci, elle veut que Connor le lui procure.

– Alors, t'es qui ?

Hudson lève brusquement la tête et se retrouve face à une des plus belles femmes qu'elle ait jamais vue.

– Quoi ?

– Je me demandais simplement qui tu étais, susurre la femme. Je n'ai jamais vu Conn débarquer ici avec une femme.

Hudson regarde Pike du coin de l'œil. Il est debout, à l'autre bout du bar, et ça ne semble pas le déranger qu'elle parle avec une autre femme.

Cette dernière étudie Hudson avec des yeux bruns envoûtants dont les coins remontent légèrement, lui donnant un air exotique. Ses longs cheveux bruns tombent en cascade sur une épaule, couvrant son corset noir.

– T'es avec lui ? demande-t-elle.

– Il est parti avec une autre. On a l'air d'être ensemble ?

La jeune femme éclate de rire.

– Regardez-moi ça, le chaton a des griffes, murmure-t-elle en caressant l'épaule nue d'Hudson. Je m'appelle Tamara, au fait.

– Hudson, répond-elle à contrecœur.

– Comment tu connais Conn et les garçons ?

– Et toi ?

– Je t'ai posé la question d'abord, chaton.

Hudson ne peut s'empêcher de sourire.

– Je les ai croisés il y a quelques jours.

– Tu crèches avec eux ? demande Tamara en l'étudiant de plus près.

Hudson n'est pas sur le point de se confier à une inconnue, surtout à propos de l'emplacement du campement des mecs.

– Non, ils bougent sans cesse depuis que je les ai rencontrés, répond-elle en haussant les épaules. S'ils ont un campement permanent, je ne sais pas où il est.

– Ouais, répond la femme en se détendant. Ça fait un an que j'essaie de découvrir où ils sont, mais ils ne cèdent jamais.

Hudson hoche la tête et sirote sa tequila. Un silence s'installe entre les deux femmes et elle repense à Connor et à la rousse, à tout ce qu'il doit être en train de lui faire. Maintenant qu'elle y pense, elle est vraiment en colère. Parce que... mais quel culot ! Comment peut-il rester là, à la regarder jouir, puis l'abandonner pour s'éclipser avec une autre femme ?

Tamara rit doucement, comme si elle avait lu dans les pensées d'Hudson.

– Allez, ne le laisse pas t'atteindre, chérie. Connor n'est pas facile à séduire.

Elle allume une cigarette et souffle sa fumée dans le visage d'Hudson, puis elle lui tend le paquet. Hudson n'est pas vraiment une fumeuse, mais elle est tellement à cran que la nicotine lui fera du bien.

Elle se décide à glisser la cigarette entre ses lèvres et laisse Tamara l'allumer.

– Honnêtement, tu n'imagines pas combien de femmes se jettent sur lui, explique Tamara en rangeant son briquet dans sa poche. Je l'ai croisé dans un bar, vers l'ouest, une fois, et il avait à peine passé la porte que chaque nana le suppliait de la chevaucher. Mais il est très sélectif. Ah, et il ne baise jamais la même femme deux fois, donc ne t'en fais pas. D'ici quelques heures, la jolie petite rousse ne sera plus qu'un lointain souvenir.

Hudson tire une latte et regarde Tamara d'un air pensif.

– Est-ce que t'as déjà... tu sais... ?

– Avec Connor ? Non. Il est plus malin que ça, déclare-t-elle en souriant. Il sait que je le mangerais tout cru. Mais lui...

Elle hoche la tête en direction de Rylan, qui est de nouveau avec Jamie.

– Il me laisse lui faire tout ce que je veux. Peu importe le nombre de morsures que je lui laisse.

Cette fois-ci, Hudson ne rougit pas lorsqu'elle observe Rylan en pleine action. Ses fesses musclées se contractent quand il prend Jamie par-derrière, mais Hudson est parfaitement à l'aise. Elle n'en revient pas de s'être habituée si vite à voir autant de sexe.

– Crois-moi, dit Tamara en suivant le regard d'Hudson, ce mec sait se servir de sa queue. Quant à son piercing... ? C'est dingue.

Elle expire sa fumée et hoche discrètement la tête en direction de Pike.

– Maintenant, si tu cherches quelqu'un d'un peu plus intense, je te recommande d'essayer Pike. En tout cas, tu peux tenter ta chance. Mais il est encore plus difficile que Conn. C'est aussi un enfoiré, parfois, mais si tu veux quelque chose de sauvage, c'est ton homme. Toutes les nanas ont besoin d'un peu de violence, de temps en temps, ajoute Tamara avec un regard diabolique.

– Et eux ? demande Hudson en désignant Xander et Kade. Qu'est-ce qu'ils ont à offrir ?

– Rien. Je baise les hommes, pas les petits garçons.

Elle sourit de nouveau et Hudson lui répond. La franchise de Tamara est plutôt divertissante. Cela dit, toutes les femmes qui sont présentes dégagent le même air de confiance. C'est comme si elles avaient conscience de leur pouvoir. Elles n'entretiennent pas les mecs, comme celles qui venaient à la caserne. Elles ne se contentent pas de donner du plaisir, elles en prennent. Et, bon sang, c'est excitant.

Elle commence à comprendre un peu ce monde où l'on vit l'instant présent et où on prend ce qu'on désire. Toute sa vie, Hudson a fait ce que son père attendait d'elle. Elle a suivi ses règles, ou celles de Dominik, celles du CM. Mais il n'y a pas de règles ici, et il faut qu'elle s'en souvienne. Elle doit oublier le monde dans lequel elle vivait et apprendre à vivre dans celui-ci.

Il faut qu'elle commence à prendre.

Hudson n'est pas surprise que Connor lui ordonne de monter dans la Jeep avec Rylan plutôt qu'avec lui à moto, et quelque part, elle est reconnaissante de ne pas être collée à lui. Elle a du mal à réfléchir en sa présence, à respirer, même. Heureusement, Rylan ne la pousse pas à parler, du moins pas tout de suite. Cela fait plus d'une heure qu'ils roulent lorsqu'il la regarde avec un sourire moqueur.

– Qu'est-ce qu'il y a, ma belle ? Quelqu'un qui a joui aussi fort que toi ne devrait pas avoir l'air aussi perturbée.

Elle rougit, mais sa gêne est évincée par son désir urgent de prendre. Ou plutôt d'apprendre comment prendre.

– Allez, dis-moi ce qui ne va pas, insiste-t-il.

– Je ne suis pas certaine de savoir vivre l'instant présent, admet-elle.

Sa réponse semble l'intriguer.

– Pourquoi tu dis ça ?

Hudson réfléchit à la quantité d'informations qu'elle accepte de révéler.

– J'aime les gens que j'ai rencontrés depuis que j'ai quitté mon autre groupe. Je t'aime bien, toi. Mais je ne comprends pas bien l'idée de saisir le moment présent. Je...

Avant de changer d'avis, elle se rapproche et effleure la main posée sur le boîtier de vitesses. Elle la caresse et elle devine à l'accélération de son souffle que ça ne le laisse pas insensible.

Elle respire lentement, ignorant sa nervosité.

– Je veux que tu m'apprennes.

– T'apprendre quoi ? demande Rylan d'une voix rauque.

– Comment lâcher prise. Comment arrêter de lutter, pour commencer à ressentir. Comment prendre du plaisir.

Enhardie par ses propres paroles, elle se penche pour l'embrasser dans le cou.

Lorsqu'il grogne doucement, elle prend cela comme un signe prometteur et elle devient encore plus osée, glissant sa main entre les jambes de Rylan pour l'empoigner par-dessus son jean.

– Apprends-moi, chuchote-t-elle.

Rylan soupire et couvre sa main avec la sienne, figeant ses mouvements.

– Si c'est vraiment ce que tu veux, alors je serai ravi de t'aider, déclare-t-il avant d'enlever sa main. Mais ce n'est pas à moi que tu dois demander.

– Qu'est-ce que ça veut dire ?

– Ça veut dire que c'est à Connor de décider, pas à moi.

Elle n'en revient pas.

– Tu veux dire que c'est lui qui contrôle ta queue ? Que tu ne peux pas coucher avec qui tu veux sans sa permission ?

– Parfois. Ça dépend s'il a revendiqué la nana ou pas.

C'est une blague ?

Elle soupire, exaspérée.

– Je ne suis pas un bout de terre qu'il peut revendiquer et déclarer sien !

– Non, mais que ça te plaise ou non, tu lui appartiens. Il a décidé de t'accepter parmi nous, et maintenant, il a le droit de décider ce qui advient de toi, et qui te touche.

– N'importe quoi, grogne-t-elle en passant une main furieuse dans ses cheveux. Je ne lui appartiens absolument pas.

– On lui appartient tous, répond simplement Rylan. Plus vite tu l'accepteras, mieux tu t'intégreras.

Chapitre 7

Connor est incapable de se coucher quand il y a encore du travail à faire. Ainsi, peu importe qu'il soit deux heures du matin quand ils rentrent au campement, il faut décharger la Jeep.

Mais ce n'est pas parce qu'il est maniaque que ses hommes sont comme lui.

– Allez, foutez-moi le camp, aboie-t-il en voyant leurs visages fatigués. Je gère.

Xander, Kade et Pike hochent la tête, soulagés, et partent en direction de leur cabane, ou dans le cas de Pike, vers les écuries délabrées où il a décidé de dormir. Quant à Hudson, elle le regarde en fronçant les sourcils, sans bouger.

Rylan, lui, s'apprête déjà à décharger un carton de boîtes de conserve.

– Va te coucher, Hudson, marmonne Connor. Il est tard.

– T'es sûr que tu ne veux pas un coup de main ?

– Non, ça va aller.

– Mais bien sûr, j'oubliais ! crache-t-elle amèrement. Tu n'attends rien de moi, n'est-ce pas ? Tu as d'autres gens à disposition pour s'occuper de tes envies.

Elle tourne les talons avant qu'il n'ait pu répondre, et Rylan le regarde en riant.

– Elle est énervée contre toi.

– Elle peut être énervée autant qu'elle veut, ça ne me gêne pas.

Rylan pose le carton sur les marches du chalet et retourne à la Jeep pour en prendre un autre.

– Tu étais vraiment obligé de partir avec Nell ? demande-t-il d'un ton prudent. Tu sais bien qu'Hudson aurait fait tout ce que tu voulais. Tu l'as pas vue ce soir ? Elle est chaude comme la braise !

Connor préfère ne pas répondre. Bien sûr qu'il sait qu'Hudson aurait adoré écarter les jambes pour lui. Or, il sait aussi que s'il avait cédé, il n'aurait pas seulement été question de sexe pour elle. Hudson cherche une initiation, une introduction au plaisir libertin de la terre libre.

Toutefois, pour Connor, le sexe n'est que du sexe, rien de plus, et Nell est parfaitement d'accord avec lui. C'est pour ça qu'il l'a emmenée dans une chambre privée et qu'il l'a martelée si fort qu'elle a vu des étoiles. Il s'en est presque voulu d'imaginer qu'il baisait Hudson, mais il sait que Nell ne se vexerait pas de l'apprendre. Du moment qu'elle jouit, elle ne se plaint jamais.

Hudson veut plus qu'un orgasme. Elle veut une expérience, et il n'est pas prêt à la lui offrir.

– Elle m'a demandé de lui apprendre.

Connor se fige, les mains sur le baril de kérosène qu'il s'apprêtait à soulever. Il fronce les sourcils.

– Lui apprendre quoi ?

– Comment lâcher prise. Comment prendre du plaisir sans se soucier des conséquences.

Il savait que ça arriverait tôt ou tard. Pour certains, le mode de vie des Insurgés peut être addictif. Certes, la vie en terre libre est dangereuse et frustrante quand il faut déguerpir au dernier moment, mais les plaisirs qu'elle procure sont comme une drogue, attirant les hommes et les appelant à explorer leurs fantasmes les plus sombres et les plus honteux. Connor leur a cédé il y a deux ans. Après la mort de Maggie, il n'avait plus aucune raison de lutter et de continuer à être l'homme dont elle avait besoin.

Sa poitrine se serre en pensant à Maggie. Elle était peut-être née en terre insurgée, mais elle n'y avait jamais eu sa place. Elle était bien trop fragile.

Hudson, elle, n'est pas fragile. Tout à l'heure, elle n'a pas été intimidée par ses paroles crues.

– Qu'est-ce que tu lui as répondu ?

– À ton avis ? Je lui ai dit que même si je rêvais de réaliser ses fantasmes les plus fous, ce n'était pas à moi de choisir.

Il hoche la tête. Rylan est un homme intelligent et il sait pourquoi Connor a voulu emmener Hudson chez Lennox. C'est aussi pour ça qu'il a ordonné à Rylan de la ramener, son ami a une manière plus douce que lui et il espérait qu'il obtiendrait des réponses.

– Alors, elle est de la cité ?

– Absolument, répond Connor.

Ils marchent côte à côte en direction du grand cabanon où ils stockent l'équipement dangereux.

– Qu'est-ce qu'on va faire d'elle, alors ?

– Je n'ai pas encore décidé.

– Elle pourrait nous causer des ennuis ?

– Ça reste à voir.

Il pose le pétrole par terre et sort la clé de sa poche, puis il déverrouille la porte et l'ouvre.

– Je vais lui parler demain matin. Selon ce qu'elle dit, je lui offrirai le même choix qu'à tout le monde.

– Waouh, tu la laisserais rester ? s'étonne Rylan en clignant des yeux, perplexe.

Il ne sait pas ce qui lui prend, mais Connor penche effectivement vers cette solution. Le fait qu'Hudson connaisse les opérations des Exécuteurs lui donne un avantage qu'il ne peut pas ignorer.

– Peut-être. T'en penses quoi, toi ?

– Je pense qu'elle est intelligente et qu'elle a été entraînée au combat. Elle a des connaissances médicales. N'importe laquelle de ces qualités fait d'elle un atout pour notre joyeuse petite bande. Mais seulement si on est certains qu'elle ne représente pas une menace.

– T'inquiète. Je ne déciderai rien sans m'en être assuré.

Ils se taisent et se remettent au travail. Lorsque Connor part enfin se coucher, il est trois heures passées et il est épuisé.

Il vient à peine d'ouvrir la porte qu'il sent l'intrus. Il saisit le pistolet fixé à sa ceinture, mais il se détend lorsqu'il trouve Hudson assise sur son lit. Elle s'est changée. Elle porte un tee-shirt trop grand qui lui arrive aux genoux et elle a lâché ses cheveux. Ce qui l'agace parce qu'il ne peut s'empêcher de s'imaginer passer ses doigts dans ses longues mèches soyeuses.

– On peut parler ? demande-t-elle d'une voix douce.

– Est-ce que j'ai le choix ? T'es quand même entrée chez moi par effraction.

– La porte n'était pas fermée à clé.

– Mais je ne t'ai pas invitée, n'est-ce pas ? demande-t-il avec un sourire moqueur tout en posant son pistolet sur la table.

Beaucoup des cabanes du village vacances sont équipées d'un salon et d'une cuisine, mais Connor a choisi une des plus simples. Elle n'a qu'une pièce avec un lit, une table et un fauteuil, puis une petite salle de bains. Il n'a pas besoin de plus, mais il regrette ce choix tout à coup, car l'espace lui semble trop petit. Il n'aurait que trois pas à faire pour être sur ce lit avec Hudson. Trois pas, et il pourrait s'enfouir en elle.

Merde. À l'évidence, le temps qu'il a passé avec Nell n'a rien fait pour effacer l'attirance qu'il ressent pour cette femme. Il s'installe dans le fauteuil en croisant les bras, irrité par son propre désir.

– Parle.

– J'ai pas mal réfléchi et...

Connor attend patiemment.

– Je veux...

Elle hésite de nouveau, mâchouillant sa lèvre inférieure.

– Tu veux quoi ? demande-t-il, agacé.

– Tant que je suis là. Je veux tout. Je veux être libre. Je te veux, toi.

Il n'est pas vraiment surpris. La liberté est une drogue, et lorsqu'on ne sait pas la contenir, elle rend joyeux et imprudent. L'éclat affamé dans le regard d'Hudson lui dit qu'elle est déjà accro. Ça ne fait pas longtemps que Connor a vu cette expression sur le visage de Kade.

– Tu connais le deal, répond-il en haussant les épaules. Tu veux tout ? Alors, donne-moi quelque chose en échange. À commencer par la vérité.

Hudson gonfle lentement ses poumons, se préparant à ce qu'elle va faire. La vérité ? Connor ne doit jamais la connaître. Pas entièrement, en tout cas. Mais elle peut la lui donner en partie, juste assez pour le convaincre qu'elle ne représente pas une menace pour lui. Juste assez pour qu'il l'autorise à rester. De façon permanente.

– T'as raison, je ne suis pas une Insurgée. Enfin, pas depuis longtemps.

– Tu viens de la cité, déclare-t-il.

Elle hoche la tête, gênée par le regard perçant de Connor.

– Comment es-tu sortie? Comment as-tu passé le poste de contrôle?

– J'avais certains... privilèges, admet-elle. Mon père était un homme important, de son vivant. Il avait des liens avec les membres du Conseil de la colonie de l'Ouest. C'était une sorte de consultant.

Elle se raconte la véritable histoire dans sa tête, consciente des éléments qu'elle omet – et qui lui vaudraient la mort si Connor les apprenait.

Mon père n'était pas consultant, il s'appelait Arthur Lane et c'était un des membres fondateurs du Conseil Mondial. Il était vivant avant la guerre. C'est un de ceux qui ont mis en place le nouveau système.

Il était ton ennemi.

– Je ne travaillais pas en ville, poursuit-elle. J'étais employée par le gouvernement.

– Tu faisais quoi?

– J'étais infirmière. Tu es au courant pour la clinique, n'est-ce pas?

– Tu parles de la seule structure médicale de la cité? Qui ne soigne que les Exécuteurs et les membres du Conseil? Qui laisse les autres mourir de leurs blessures ou de leurs maladies? Ouais, je suis au courant, chérie.

Son amertume pollue l'air, et Hudson ne prend pas la peine de répondre à ses accusations. Les soins médicaux ne sont pas disponibles pour le peuple, si on peut appeler la maigre population un « peuple ». En revanche, les personnes qui sont au pouvoir peuvent bénéficier de toutes les avancées médicales. Les membres du Conseil ont accès à tous les soins dont ils ont besoin, comme leurs enfants, les futurs membres du CM, et, bien sûr, les Exécuteurs.

Les autres n'ont pas cette chance.

– Est-ce qu'il t'est arrivé d'aller à la caserne des Exécuteurs ?

Elle hoche la tête.

Je n'y allais pas, j'y vivais.

Pourtant elle n'est pas son ennemie. Elle ne retournera jamais là-bas, auprès du frère qui l'a trahie. Elle sera l'alliée de Connor, s'il le lui permet.

– Parfois, quand un Exécuteur était blessé et qu'il ne pouvait pas être transporté à la clinique, l'équipe médicale obtenait un laissez-passer pour sortir de la cité. On nous y emmenait par hélicoptère, ou par camion si ce n'était pas loin, et on soignait la blessure sur place. C'est ce qui s'est passé le jour où je me suis échappée. Le médecin et moi avons été appelés pour soigner quelqu'un, et nous sommes sortis de la cité dans l'ambulance.

– Comment tu t'es détachée du groupe ?

– Quand on est arrivés, il n'y avait qu'un blessé, mais il y avait deux autres Exécuteurs avec lui. Apparemment, l'un des deux était son meilleur ami. On l'a soigné, puis j'ai dit à son pote qu'il devait monter dans l'ambulance avec le blessé, et que je me ferais ramener par le troisième soldat. Ils sont rentrés avec le médecin, et je suis restée avec l'autre Exécuteur.

– Tu l'as tué ? demande Connor d'une voix rauque.

– Non. Je l'ai assommé quand il était de dos, dit-elle en se rappelant le soulagement qu'elle a ressenti. J'ai volé le camion et j'ai déguerpi. J'ai abandonné le véhicule cinq heures plus tard et j'ai continué à pied.

Connor reste silencieux quelques secondes.

– Pourquoi ? demande-t-il enfin.

– Pourquoi quoi ?

– Pourquoi tu t'es enfuie ?

– Parce que je n'avais pas le choix.

– Ce n'est pas une réponse suffisante.

Il recule dans sa chaise, faisant mine d'être détendu, mais elle n'est pas dupe.

– Qu'est-ce qui t'a fait fuir ?

– Dominik, chuchote-t-elle.

Connor se crispe, comme tous ceux à qui elle a parlé de lui. Cependant, la haine de Connor semble plus forte que celle des autres Insurgés, comme si c'était une affaire personnelle.

– Tu le connais ?

Je le connais mieux que je ne me connais moi-même. Il fait partie de moi. C'est mon frère jumeau.

– Il est venu me voir à la clinique.

Il est venu me voir dans ma chambre.

– Et il avait un contrat de mariage.

C'était une sentence de mort.

– Tu étais censée l'épouser ? siffle-t-il.

– Non. Ce n'est pas son nom qui était sur le contrat. C'était celui de Knox, le lieutenant de Dominik.

– Je sais qui c'est.

– Alors, tu sais que c'est un monstre, répond-elle d'une voix pleine de colère. C'est un violeur et un assassin. C'est l'homme le plus sadique que je connaisse. Peu de gens me font peur, mais Knox... me terrorise.

– Dominik t'a ordonné de l'épouser ? Tu as quel âge ? demande-t-il, à la fois surpris et méfiant.

Elle comprend sa question. Avant l'âge de trente-cinq ans, les citoyens sont libres de fréquenter qui ils veulent et de choisir le partenaire avec qui ils veulent passer leur vie, y compris quelqu'un du même sexe. Cependant, lorsqu'un citoyen est encore célibataire à trente-cinq ans, le Conseil s'en mêle et arrange son mariage, qu'il le veuille ou non.

– J'ai vingt-quatre ans, et avant que tu me le demandes, non, ce n'est pas normal d'être forcé à se marier si jeune.

Et ce n'est pas Dominik qui l'a décidé. Mon père avait tout arrangé avant de mourir. Il n'avait simplement pas cru bon de me prévenir.

Ses entrailles sont nouées par la colère, la haine et la tristesse. Elle ne veut pas détester son père. Elle l'aimait. Elle avait confiance en lui, mais il l'a trahie.

– Dominik m'a dit que le CM créait une nouvelle colonie parce que la cité de l'Ouest va bientôt être surpeuplée, explique-t-elle.

– Où ça ? demande Connor, surpris.

– Au sud-ouest, sur une des côtes. Ils l'appelleront la colonie côtière. Quand elle sera créée, ils auront besoin d'un Exécuteur pour la diriger, et c'est Knox qu'ils ont choisi. Il est hors de question que je m'unisse avec ce psychopathe et que je migre dans une autre colonie. Je préfère mourir que l'épouser. J'ai décidé de tenter ma chance ici, en terre libre, plutôt que de passer le reste de mes jours avec un monstre comme Knox.

– Knox était au courant pour le contrat de mariage ?

Elle hoche la tête.

– Il n'a pas dû être content d'apprendre que tu t'étais enfuie.

– Non, probablement pas, ricane-t-elle d'un rire amer. Ce n'est pas le genre à s'en remettre. Pour lui, je suis à lui. Peu importe que le mariage n'ait pas été acté. Il n'arrêtera jamais de me chercher. C'est pour ça que je dois rester cachée. Cet endroit est sécurisé, Connor. Knox ne me trouvera pas, ici.

– Il n'y a jamais eu d'autre groupe d'Insurgés, n'est-ce pas ? Tu m'as dit que tous tes amis avaient été tués ?

– J'ai menti, admet-elle en plongeant son regard dans le sien.

– Et ton arsenal d'armes ? Il vient d'où ?

– Je l'ai volé dans le camion.

– Et ton entraînement ?

– Mon père voulait que je sache me défendre.

Une part d'elle-même se demande s'il avait fait exprès de l'entraîner comme les garçons, parce qu'il avait déjà prévu de l'envoyer loin un jour ou l'autre.

Comment avait-il pu prendre cette décision sans lui en parler, bon sang ?

La réponse lui vient aussitôt. Son père avait toujours placé les colonies avant sa famille. Hudson avait appris la triste vérité très tôt, quand son père avait laissé sa mère mourir d'une pneumonie, sans rien faire. Seuls les enfants des membres du Conseil ont le droit d'être soignés, pas leurs femmes. Le père d'Hudson avait refusé de compromettre ses idéaux pour sa femme.

Pas même pour lui sauver la vie.

Connor redevient silencieux. Son regard est glacial et déterminé, et plus le silence dure, plus l'anxiété gagne Hudson.

– Dis quelque chose, le supplie-t-elle enfin.

Il se lève et va à la table, près du mur. Il prend la bouteille de whisky, dévisse le bouchon et boit une longue gorgée.

Puis il se tourne vers elle, l'air pensif.

– Qu'on soit bien clairs, en réalité tu me demandes ma protection ?

– Je te demande tout, répète-t-elle. Ta protection, ton silence, ton... corps...

– T'es une petite gloutonne, dis donc.

– Si tu me trouves gloutonne, alors très bien, je suppose que je le suis. Je ne retournerai pas à la cité, Connor. Je veux rester ici, en terre libre. Je ne suis pas bête, d'accord ? Je sais combien c'est dangereux et je sais que je ne survivrai pas seule.

Elle se lève et avance vers lui.

– Et puis... j'ai vu à quoi ressemblait la liberté. La maison où tu m'as emmenée, ce soir... j'ai aimé ce que j'y ai vu.

Il penche la tête sur le côté.

– Et qu'est-ce que t'as vu ?

– Une absence de honte et de peur. J'ai simplement vu des gens qui mettaient de côté leurs inhibitions pour... tout donner.

– Alors, c'est ça le mot de la soirée ? « Tout », dit-il en riant, avant de boire une autre gorgée. Imagine que je te laisse rester. Comment tu envisages ta vie ici ?

Elle réfléchit un moment avant de répondre.

– Je me vois rester discrète et n'embêter personne. Je me vois contribuer à la vie du campement et faire tout ce que tu me demandes. Et je me vois dans ton lit, ajoute-t-elle en le toisant du regard.

Pour la première fois depuis qu'elle l'a rencontré, Connor laisse échapper un rire sincère. Grave et suave, et le cœur d'Hudson se met à battre plus vite.

– Je ne tomberai pas amoureux de toi, si ça fait partie de ta vision utopiste, ricane-t-il.

– Ce n'est pas ton cœur qui m'intéresse, répond-elle en haussant les épaules.

Elle réduit la distance qui les sépare, plus enhardie que jamais, et pose sa main entre ses jambes. Elle sent son excitation grossir sous sa paume, épaisse, virile, tentatrice. Elle veut le sentir en elle. Dans sa bouche, dans son sexe, partout.

Connor avance légèrement le bassin avant de reculer, la privant une fois de plus de ce qu'elle veut.

– Si tu restes, il faudra respecter mon règlement.

– C'est-à-dire ?

– C'est moi qui décide de tout, explique-t-il avec un sourire narquois, y compris dans la chambre. Je décide de notre rythme, de ce qu'on fait, d'où on le fait, avec qui. Je contrôle tout.

Waouh, ce type est super-intense. Hudson n'est pas certaine de pouvoir céder le contrôle à un étranger. On ne lui a pas appris à suivre les ordres, on lui a appris à les donner. Les membres de sa famille sont nés pour être des leaders.

Elle est sur le point de répondre quand elle enregistre ce qu'il a dit.

– Avec qui ? Tu veux dire... Rylan ?

Une bouffée de chaleur l'envahit en y pensant.

– L'idée te plaît, hein ? dit Connor avec un sourire lourd de sous-entendus.

Elle peine à trouver son souffle.

– Je savais que oui, répond-il. Eh oui, si tu le veux, tu l'auras. Je te donnerai ce dont tu auras besoin, Hudson. Je ferai ce qu'il faut pour te donner du plaisir. Je suis très doué pour savoir ce dont les gens ont besoin.

– Et... les autres ? Xander et Kade, et... Pike ? demande-t-elle, inquiète. Je ne suis pas à l'aise avec Pike.

– Bon sang, je ne t'obligerai jamais à te taper quelqu'un qui ne t'attire pas ! Je sais que ça semblait orgiaque chez Lennox l'autre soir, mais crois-moi, les gens baisent avec qui ils veulent. En privé, en public, c'est eux qui choisissent. Ils ne font que ce qui les excite. On ne force jamais personne, ça c'est un truc de bandit, pas d'Insurgé, d'accord ?

– D'accord, soupire-t-elle, soulagée.

– Ne t'inquiète pas pour Pike. Il ne te touchera pas, à moins que tu le veuilles. Quant à Xan et Kade, ils ne te toucheraient pas, si tu le voulais. Ils n'aiment pas partager.

– Mais...

Elle fronce les sourcils, se rappelant la femme avec qui ils étaient il y a quelques heures.

– Ils ne partagent qu'entre eux, précise Connor devant sa mine confuse.

Hudson a du mal à comprendre, comme tout ce qu'elle a vu ce soir. Elle n'avait jamais entendu quelqu'un parler ouvertement de sexe, du moins pas dans la cité. Tout se déroule et se discute en privé, derrière des portes fermées à clé. À la caserne, c'était différent, c'était fait à la vue de tout le monde. Mais les Exécuteurs étaient sales et violents dans leur manière de traiter les femmes.

Hudson était coincée entre deux mondes. Elle en savait trop pour la cité, mais elle avait été trop couvée pour la caserne. Or, voilà qu'une troisième option se présente à elle. Le monde des Insurgés, où les gens couchent avec d'autres parce qu'ils *aiment* ça, et que personne ne se soucie de ce que pensent les autres.

– Il y a une dernière règle, annonce Connor. Le jour où l'un de nous deux ne sera plus intéressé par le sexe, on y met fin. Sans dispute et sans larmes. On se serre la main, et la vie continue.

Elle l'étudie un moment.

– Tu établis ce règlement avec toutes celles avec qui tu couches ?

– Non.

– Alors, pourquoi moi ?

– Parce qu'on n'est pas dans une maison close. Je ne pourrai pas coucher avec toi et te tourner le dos. Tu vas vivre dans ce camp, manger avec moi et travailler à mes côtés. Je refuse que le sexe complique la vie.

– Je peux rester combien de temps ? demande-t-elle en s'efforçant de cacher sa joie.

– Aussi longtemps que tu sauras te montrer utile.

– Aussi longtemps que je te satisferai sexuellement, tu veux dire ?

Un rire sec lui échappe.

– Je t'ai dit que le sexe n'avait rien à voir. Ce sont tes autres atouts qui m'intéressent. Si tu ne fais pas l'affaire ou que tu nous ralentis, tu dégages. Si je décide que tu es plus une menace qu'un bonus, tu dégages. Si Knox vient frapper à ma porte, tu dégages. Compris ?

Elle n'aura pas de meilleure offre, alors elle hoche la tête.

– Tant mieux. Maintenant, retourne dans ta cabane. Il est tard.

Elle ouvre grand les yeux, surprise. Il veut qu'elle parte ? Maintenant ? Alors qu'ils viennent de passer un accord qui l'autorise à le tripoter autant qu'elle veut ?

– Ou bien... commence-t-elle en faisant un pas vers lui, tu pourrais m'embrasser ?

Il effleure son menton et caresse sa mâchoire avec son pouce.

– Ah bon ? Tu penses que c'est ce que je devrais faire ?

Il avance la tête et elle sent ses lèvres chaudes sur sa joue.

– Ce n'est pas ce que je voulais dire, et tu le sais, grogne-t-elle d'un ton frustré.

Un éclat machiavélique illumine le regard de Connor quand il approche sa bouche de son oreille. Elle retient son souffle quand sa langue plonge sur son lobe.

– T'as déjà joui une fois ce soir, espèce d'obsédée. Je suis sûr que ça t'aidera à patienter jusqu'à ce que je sois prêt pour toi.

Chapitre 8

Le lendemain matin, Hudson est réveillée par des éclats de voix et le rire suave de Connor, c'est infiniment plus agréable que la corne de brume qui retentissait dans la caserne.

Elle ne traîne pas longtemps dans sa cabane, curieuse de découvrir comment les hommes occupent leur journée lorsqu'ils ne volent pas des vivres dans des entrepôts. Elle prend une douche rapide et même l'eau glaciale ne peut ternir sa bonne humeur. Par ailleurs, la cabane n'ayant pas la clim, les douches froides vont sans doute lui faire du bien, en plein été.

Mais tout ça n'a pas d'importance, Connor l'a autorisée à rester ! Même ses derniers mots ne peuvent pas entacher son bonheur. Pour la première fois depuis qu'elle a fui la caserne, elle se sent... en sécurité. Avant, elle n'avait pas le contrôle de sa vie, elle allait vers un avenir qu'elle n'avait pas demandé et dont elle ne voulait pas. Même la culpabilité d'avoir laissé son frère commence à s'estomper.

Le jumeau qu'elle avait idéalisé pendant leur enfance n'existe plus. Il est devenu un homme violent, dangereux, un homme prêt à livrer sa propre sœur à un monstre.

Elle ravale sa rancœur et s'habille d'un short en jean usé, d'un débardeur et de baskets.

Une nouvelle vague de rires lui parvient par la fenêtre, et son sang s'embrase. Elle a remarqué que les rares fois où Connor rit, c'est en présence de Rylan.

Elle repense à Rylan, qui lui a dit qu'ils appartenaient tous à Connor, et elle a du mal à le comprendre. Qu'y a-t-il chez cet homme qui fait que ces garçons acceptent aussi facilement de le suivre ? Sans doute est-ce la puissance qu'il dégage et le fait qu'un simple regard ou une simple parole de sa part suffisent à se sentir protégé. Il est maître de lui-même, confiant et fort, avec une intensité et une humilité qui l'attirent malgré elle.

Lorsqu'elle sort, la scène qu'elle découvre la fait sourire. Connor et Rylan sont torse nu, une pelle à la main, dans un potager qu'elle n'avait pas remarqué jusqu'alors. Ils ont passé la journée d'hier loin du campement et ils sont rentrés tard, donc elle n'a pas eu le temps d'explorer les lieux, elle va y remédier dès aujourd'hui.

– Bonjour, Blondinette, dit Rylan. Il y a du café dans le chalet, si tu veux.

Connor croise son regard, et une lueur séductrice et machiavélique l'illumine lorsqu'il la toise des pieds à la tête.

– Merci !

Elle se dirige vers le chalet, où Kade l'accueille en souriant et en lui tendant une tasse de café. Xander est de l'autre côté de la pièce, tête baissée, concentré sur une tablette informatique qu'il a ouverte et qu'il est occupé à triturer avec une pince à épiler.

Café en main, elle retourne dehors et s'approche des deux jardiniers.

– Qu'est-ce que vous faites ?

– On agrandit le potager, explique Rylan. On veut planter des légumes d'été.

Elle regarde autour d'elle et remarque qu'en dehors du potager clôturé, les environs sont envahis d'herbes hautes.

– Pourquoi vous ne plantez pas des fleurs ?

– Parce que ça ne se mange pas, rétorque Rylan en levant les yeux au ciel.

– Certaines, si.

Toutefois, elle comprend ce qu'il veut dire, l'important est de survivre, pas que le camp soit joli.

Elle repense aux plantes qu'elle avait dans sa chambre à la caserne et aux fleurs qu'elle avait plantées dans la cour intérieure. Dominik s'était moqué de son dévouement en disant que ce n'était pas digne d'une guerrière.

Mince, il faut vraiment qu'elle arrête de penser à Dom, mais ce n'est pas facile puisque son frère fait partie de tous ses souvenirs.

Elle finit son café et pose la tasse sur le sommet plat d'un piquet de clôture.

– Qu'est-ce que je peux faire pour aider ?

– Reste là et sois jolie pour nous, répond Rylan d'une voix solennelle.

– Je suis sérieuse. Donnez-moi quelque chose à faire.

– Tu peux commencer par retourner la terre, là-bas.

Elle prend la bêche qu'il lui tend et va dans le coin qu'il a désigné. Elle trouve incroyablement satisfaisant d'être dehors et de faire quelque chose qui compte, sans regarder par-dessus son épaule parce qu'elle sait que Dominik ou Knox la regardent. Jamais elle ne s'est sentie aussi en paix qu'en travaillant la terre pour les légumes qui vont y pousser.

Ils s'affairent pendant une heure avant de faire une pause. Hudson cueille une tomate sur une plante et mord dedans, soupirant tristement lorsque du jus coule entre ses seins. Lorsqu'elle remarque Rylan en train de la mater en souriant, elle hausse un sourcil et s'essuie de manière théâtrale avec son doigt.

Elle voit son regard s'assombrir, et, tout sourires, plonge son doigt dans sa bouche et le lèche.

– Eh, Conn ? râle Rylan.

– Ouais ?

– Hudson me baise avec ses yeux.

Connor tourne la tête vers elle.

– Arrête de le distraire, chérie.

Ha ! C'est elle la distraction ? C'est plutôt l'inverse, oui ! Comment est-elle censée se concentrer quand le torse nu de Connor la nargue en permanence ? Sa peau scintille au soleil et des gouttes de sueur coulent entre ses pectoraux. Et elle ne peut pas l'ignorer en se concentrant sur Rylan, car il n'est pas moins délicieux à regarder.

Ils ont tous les deux des tatouages. Elle se demande comment ils s'y sont pris, car elle a entendu dire que les tatoueurs n'existent qu'en ville. Les spirales et les flammes qui décorent le bras et le dos de Connor sont noires, et celui de Rylan s'étend sur son torse sous formes de lignes d'écriture, mais elle est trop occupée à mater ses muscles pour lire ce qui est écrit.

– Faisons une pause, il fait super-chaud aujourd'hui, déclare Connor en plantant sa pelle dans la terre.

Les deux hommes se dirigent vers la citerne d'eau près du porche. Émerveillée, Hudson les regarde se frotter les mains et s'éclabousser le visage. Des gouttes d'eau ruissellent sur leurs torses et elle doit lutter pour ne pas se jeter sur eux et les lécher. Elle croise le regard de Connor et devine qu'il voit le désir dans ses yeux. Cela dit, elle n'essaie pas de le cacher. Elle n'est plus dans la cité et elle se sent libérée de ne pas devoir réprimer son appétit sexuel ; de pouvoir regarder ces mecs et imaginer toutes les cochonneries qu'elle veut faire avec eux.

Elle soutient le regard de Connor et attend qu'il dise ou fasse quelque chose. Il se contente de secouer la tête et de sourire, comme pour dire « *pas maintenant* ».

Rylan la rejoint et elle ne quitte pas des yeux les gouttes qui dégoulinent le long de son torse. Il n'a pas le moindre gramme de graisse, il n'est que chair et muscles, et elle rêve de le caresser.

Ce fichu Connor, pourquoi est-ce lui qui décide qui elle peut toucher et quand ? C'est une Insurgée, maintenant. Elle peut faire ce qu'elle veut, quand elle le veut, non ?

Tournant le dos à Connor, elle regarde Rylan avant de se pencher pour laper une des gouttes d'eau. Il soupire en sifflant et regarde derrière elle. Elle sait que Connor se tient dans son dos, mais elle s'en fiche. Elle lui a dit ce qu'elle voulait, hier, et il a promis de la satisfaire. Maintenant, il n'a qu'à prouver qu'il est de bonne foi. Elle remonte vers ses épaules et doit se mettre sur la pointe des pieds pour le lécher. Elle le mordille, puis elle grogne, déçue, quand il la repousse.

– Bien essayé, ma belle, mais tu connais le règlement.

Elle le regarde en adoptant son air le plus innocent.

– J'ai dû oublier, c'est quoi le règlement, déjà ?

– C'est moi, gronde Connor avant de l'attirer contre lui, plaquant son dos contre son torse. C'est mon campement et c'est mon règlement.

Elle tourne la tête et le regarde en fronçant les sourcils.

– Ah bon ? Moi j'ai l'impression que ta seule règle, c'est d'être coincé.

Rylan éclate de rire.

– Oh mec ! C'est bien la première fois que quelqu'un t'accuse d'être prude !

– J'ai tort ? demande-t-elle, interrogeant Connor du regard.

– Bien sûr.

Elle frissonne lorsqu'elle sent sa main s'étaler dans son dos et ses doigts calleux frotter sa peau nue, entre son short et son débardeur. Il pose son autre main sur son ventre et remonte juste sous son sein.

– T'as aimé poser ta langue sur lui ? demande-t-il d'une voix grave.

Elle suppose que c'est une question purement rhétorique et elle ne répond pas, il sait bien que oui.

– Tu as enfreint les règles, murmure-t-il en chatouillant son oreille du bout des lèvres. Je ne dirai rien pour cette fois, parce que je sais que tu es affamée, mais ce n'est pas juste de l'allumer comme ça, chérie. Tu mérites donc d'être punie.

Il caresse lentement la peau sensible sous ses seins et elle frissonne de la tête aux pieds.

– Voici comment je vois les choses. Tu as mis ta langue sur lui... donc, il est normal qu'il pose la sienne sur toi, déclare-t-il en palpant sa fesse. Tu ne crois pas ?

L'éclat espiègle dans les yeux de Rylan lui coupe le souffle, mais il regarde de nouveau derrière elle, comme pour demander la permission à Connor. Le chef de bande la garde plaquée contre lui, mais sa main descend jusqu'à sa taille pour défaire le bouton de son short.

Elle aimerait se tourner pour voir son visage, mais elle est trop fascinée par l'expression de Rylan lorsqu'il regarde Connor baisser son short sur ses jambes tremblantes. Ses yeux bleus s'enflamment devant sa culotte noire, mais il ne fait toujours pas un geste.

Les mains talentueuses de Connor continuent de la déshabiller et elle est plus excitée que jamais. Il soulève son débardeur et, sans l'avoir voulu, elle lève les bras pour l'aider à l'enlever. Elle est en sous-vêtements, à quelques pas du chalet, en plein jour. Les autres pourraient sortir à tout moment, mais elle s'en fiche. Elle est trop fascinée par les caresses possessives de Connor, par le regard brûlant de Rylan. Elle pousse un cri aigu lorsque Connor plaque son bassin contre ses fesses.

– Tu vois ce que tu me fais ? Tu me fais tellement bander, grogne-t-il en se frottant à elle. Je veux voir ta bouche sur elle, aboie-t-il.

– Enfin, siffle Rylan.

Il se met si vite à genoux qu'Hudson n'a pas le temps de cligner des yeux, et son pouls accélère tandis qu'il baisse sa culotte.

– Putain, Conn, marmonne-t-il, elle a une chatte magnifique.

Le grognement de Connor réchauffe sa nuque.

– Goûte-la.

Elle contracte ses cuisses alors que Rylan se lèche les lèvres. Puis, avec le sourire le plus obscène qu'elle ait jamais vu, il se penche en avant et passe sa langue sur ses lèvres. Elle se retient de sursauter alors que toutes les terminaisons nerveuses de son corps crépitent.

– Elle est si sucrée, grogne-t-il.

Connor empoigne la main d'Hudson et la met entre ses cuisses.

– Doigte-toi. Bien profond, susurre-t-il.

Elle peine à obéir à ses ordres alors que tout son corps pulse, excité et bouillant. Rylan rit et prend sa main pour glisser un doigt entre ses lèvres charnues.

– Laisse-moi goûter.

Connor remonte sa main et porte son index luisant à sa bouche. Hudson gémit lorsqu'il le suce.

– Ouvre plus grand, bébé. Je veux tout voir, dit Rylan en plaquant ses mains sur ses cuisses.

Elle écarte les jambes sans y penser. D'ailleurs, elle ne sait même pas comment elle réussit à rester debout. Des vagues de plaisir déferlent dans ses veines et se concentrent dans son bas-ventre. Son clitoris pulse de plaisir, jamais elle n'a été aussi excitée.

Le torse solide de Connor la soutient et l'empêche de s'effondrer. Lorsqu'il prend ses seins dans ses mains, elle tremble de plus belle, mais ce n'est rien comparé à sa réaction lorsque Rylan la lape de nouveau.

– T'aimes avoir son visage enfoui dans ta chatte? demande Connor en pinçant ses tétons.

Elle répond en gémissant, car son cerveau est trop engourdi pour réfléchir, sa gorge trop serrée pour parler.

La langue de Rylan tourne sur son clitoris, et une décharge de plaisir se précipite le long de sa colonne vertébrale. Connor frotte ses pouces sur ses tétons, lentement, avec soin, la caressant et la pinçant jusqu'à ce qu'ils soient si excités que c'en est presque douloureux. Elle n'arrive pas à croire qu'elle est aussi près de l'orgasme. Elle le sent crépiter en elle, menaçant de jaillir d'une seconde à l'autre.

C'est trop. La bouche chaude de Rylan entre ses jambes, les doigts calleux de Connor sur ses seins, son cœur bat dans ses oreilles et les muscles de son sexe se contractent. Elle se met à avancer et reculer son bassin pour se frotter au visage de Rylan, cherchant à jouir plus vite.

Il ferme la bouche sur son clitoris, grogne, et elle sent les vibrations de sa voix partout, entre ses jambes, le long de sa colonne vertébrale jusqu'à la pointe de ses seins.

– Elle adore ça, marmonne Connor avant de mordiller le lobe de son oreille.

– Oh que oui, répond Rylan en levant la tête, tout en souriant.

Elle est à deux doigts de jouir en voyant ses lèvres luisantes, mais elle inspire profondément et lutte contre l'orgasme. Elle n'est pas encore prête. Elle veut profiter encore de ces sensations merveilleuses, douloureuses et insoutenables.

– Tu vas bientôt jouir, murmure Connor. Je sens tes muscles se contracter. Tu n'as pas à essayer de prolonger le plaisir, ricane-t-il. Si tu jouis trop vite, je lui demanderai simplement de recommencer.

Rylan plonge un long doigt en elle et pousse un juron.

– Bon sang, elle est tellement serrée, Conn. Elle va étrangler ta queue quand tu la baiseras.

Elle se tortille contre son doigt, et ses parois se contractent. Le souffle de Connor devient plus laborieux et plus chaud sur son cou. Il serre ses seins plus fort et elle regrette de ne pas voir son visage. Toutefois, elle sent son érection entre ses fesses et elle ne peut douter de son excitation. À l'évidence, il adore ce que lui fait son ami. Il avance son bassin d'avant en arrière et son jean gratte ses fesses nues. Bon sang, si seulement il était nu ! Nu et enfoui en elle, la prenant par-derrière tandis que la langue de Rylan finirait de la faire monter au septième ciel.

Cependant, il ne lui donne pas ce qu'elle veut. Il joue avec ses seins tandis que Rylan plonge un autre doigt en elle. C'est d'abord lent, puis il accélère et va plus loin, plus profond, et soudain ses doigts forment un crochet et touchent ce point exquis qui la fait crier, suscitant le rire de Rylan.

– Tu vas être sage et jouir pour nous ? chuchote Connor.

– Oui, siffle-t-elle.

– Dis à Ry ce qu'il doit faire pour t'envoyer en l'air. Dis-lui ce qu'il te faut.

Elle a la tête qui tourne, et les exigences de son corps sont trop intenses pour les verbaliser.

– Dis-lui, ordonne Connor en lui tirant les cheveux.

– Mon clito, gémit-elle. Suce mon clito.

Rylan cherche de nouveau son bourgeon et le suce brusquement. Hudson décolle comme une fusée, frappée de plein fouet par son orgasme qui lui arrache un cri perçant et la fait retomber contre le torse de Connor.

– C'est ça, bébé, voilà. Savoure-le jusqu'au bout.

Il titille ses tétons. La bouche de Rylan ne la quitte pas, avalant son plaisir jusqu'à ce qu'elle peine à tenir debout.

Elle cligne rapidement des yeux, oubliant un instant où elle est. Elle note les rayons du soleil, l'odeur de terre chaude et d'herbe encore humide. Elle sent des baisers sur l'intérieur de ses cuisses, puis un coup de langue sur son clito qui la fait gigoter. Rylan se relève et l'embrasse assez fort pour la faire gémir. Elle sent son propre goût sur sa langue et elle trouve cela tellement érotique qu'elle doit s'accrocher à son torse pour rester debout.

Cependant, elle ne devrait pas s'inquiéter, car Connor est encore là, fermement collé à elle, l'empêchant de perdre pied. Il frotte son érection sur ses fesses et, soudain, il disparaît. Il réapparaît aux côtés de Rylan, face à elle, et il saisit sa main pour la poser sur la braguette de Rylan.

– Baisse son froc.

Ses doigts tremblent, mais elle parvient à saisir la petite languette métallique pour la baisser lentement. Lorsque la queue de Rylan jaillit, elle est prise de panique. Si elle couche avec l'un ou l'autre... sans protection...

– Voyons si t'es aussi douée que lui. Donne-lui ta bouche.

Le piercing de Rylan scintille au soleil. Elle se demande quelle sera la sensation sur sa langue et si Connor est percé, lui aussi. Hélas, à ce rythme, elle ne le saura jamais. Elle regarde la bosse entre ses cuisses et il sourit lorsqu'elle croise son regard.

– Tu meurs d'envie de voir ma queue, hein? Tu devrais avoir honte, Hudson. Tu vas faire complexer Rylan.

– Pas du tout, puisque je vais le sucer.

Les deux hommes gloussent et n'ont pas l'air surpris par sa réponse effrontée. Or, elle se surprend elle-même, elle n'est pas si audacieuse d'habitude. Toutefois, elle ne peut pas s'en empêcher aujourd'hui, elle a trop envie d'eux.

Elle plonge son regard dans celui de Rylan, empoigne sa verge et le branle une fois, lentement.

– Hmm, c'est bon ça, dit-il en gonflant ses poumons.

– Il va falloir faire mieux que ça, se moque Connor. Quand tu mets tes mains sur la bite d'un mec, la réponse que tu cherches n'est pas « c'est bon ».

Agacée, elle referme sa main.

– Putain, siffle Rylan.

– Ah, tu vois ? dit Connor en caressant sa joue avant de saisir sa nuque. Mets-toi à genoux, Hudson. Je veux voir ta jolie bouche sur sa queue.

Elle se baisse lentement, poussée par Connor, jusqu'à ce que ses genoux s'enfoncent dans la terre. Son cœur bat la chamade, frappant violemment ses côtes et pulsant dans ses oreilles. Elle n'a fait ça qu'une ou deux fois jusque-là, avec des hommes qui étaient terrifiés que Dom les surprenne. Ses expériences sexuelles se sont toujours déroulées dans le noir, dans le secret, c'étaient des rendez-vous rapides et maladroits avec des amants qui voulaient jouir aussi vite que possible pour ne pas se faire prendre.

L'érection de Rylan est... intimidante, son épaisseur, le piercing, la goutte de liquide préséminal qui perle en son sommet.

– Ne sois pas timide, gronde Connor.

Hudson retient sa respiration, puis elle s'avance et lèche le gland de Rylan. Elle est récompensée par un juron étouffé et un frisson l'encourageant à continuer. Elle lape la goutte qui jaillit et découvre un goût salé et métallique. Elle joue avec la bille argentée, la titillant avec sa langue, lui arrachant un gémissement.

– Mouille-le comme il faut, dit Connor. Ce sera plus simple de le prendre dans ta gorge.

– Je suis pas sûr qu'on en arrive là, mon pote. Je suis encore trop excité de l'avoir sentie chevaucher ma tronche.

Elle suit les instructions de Connor avec enthousiasme, léchant Rylan jusqu'à ce qu'il soit luisant. Elle meurt d'envie de l'explorer, de découvrir ce qui fait gémir, jurer et panteler les hommes. Cependant, Rylan ne plaisantait pas à propos d'être sur le point de jouir, et Connor se dépêche de lui donner un nouvel ordre.

– Il va jouir, bébé. Suce-le plus fort. Continue jusqu'à ce qu'il éjacule.

Elle ne peut pas prendre Rylan aussi profondément qu'elle le veut, alors elle compense le manque en reprenant la base de sa queue dans sa main. Son piercing chatouille son palais tandis qu'elle le suce et tourne sa langue autour de son gland chaque fois que sa tête remonte.

La respiration de Rylan accélère et il plonge une main dans ses cheveux. Elle est accro aux bruits qu'il fait, à la sensation de sa verge dure plongeant dans sa bouche, à sa façon d'avancer le bassin en même temps qu'elle baisse la tête. C'est excitant et sale, d'autant plus que Connor est là, à la regarder avec des paupières lourdes de désir.

– Je jouis, marmonne Rylan avant de pousser un grognement et de se déverser dans sa bouche.

Elle fredonne en le gardant dans sa bouche, le suçant plus fort, excitée à n'en plus finir, émerveillée et enhardie d'être celle qui lui fait perdre le contrôle alors que c'est elle qui est à genoux.

– Ouais, grogne-t-il. Ouais, c'est bon ça.

La main douce de Rylan est remplacée par une autre, plus ferme – celle de Connor qui empoigne ses cheveux pour immobiliser sa tête alors que son ami se remet de son orgasme.

– Viens ici, marmonne-t-il.

Ses genoux tremblent alors qu'il l'attire debout, et elle est surprise quand sa bouche s'écrase sur la sienne. Il doit sentir le goût salé de Rylan sur sa langue, mais ça n'a pas l'air de le déranger. Il grogne de nouveau et plonge sa langue loin, l'embrassant avec une fougue qui lui coupe le souffle.

Quand il rompt enfin le baiser, elle gémit, déçue. Elle attend qu'il fasse autre chose, qu'il défasse sa braguette, n'importe quoi, mais il fait un pas en arrière.

– Mangeons un bout avant de nous remettre au travail, dit-il en haussant les sourcils.

Hudson le regarde en écarquillant les yeux.

– Mais...

– Mais quoi ? demande-t-il d'un air amusé qui l'agace.

– Tu ne vas pas... On ne va pas...

– Non.

Elle le dévisage un moment, puis elle lui lance un regard noir.

– Pourquoi pas ?

– T'as commencé tout ça en léchant Ry, tu te souviens ? La prochaine fois, si tu veux qu'on baise, je te suggère de me lécher moi.

Il a l'air amusé plutôt qu'en colère, et cet enfoiré a même le culot de rire en tournant les talons. Hudson le regarde entrer dans le chalet. C'est quoi ce bordel ?

Le rire de Rylan lui parvient à travers sa confusion et elle se tourne pour le voir ranger son sexe et remonter sa braguette.

– Il t'aime bien.

– Ah bon ? C'est la deuxième fois qu'il me tourne le dos.

– Ça ne veut rien dire.

Il ramasse ses vêtements et les lui tend, lui rappelant qu'elle est à poil.

– Ça veut dire que c'est un enfoiré qui aime me laisser sur ma faim, siffle-t-elle.

– Crois-moi, ma belle. Connor a une raison pour tout ce qu'il fait. Il peut être froid et calculateur, mais il n'est pas cruel.

– C'est pas l'impression que j'ai.

– Mais non, c'est juste qu'il a un don pour savoir ce dont les gens ont besoin. Et c'est ce qu'il vient de faire, il nous a donné à tous les deux ce dont on avait besoin.

– Comment ça ?

– Eh bien, moi j'aime les jeux, dit Rylan en souriant, révélant de belles fossettes. Comme celui auquel on vient de jouer. Il sait que j'ai besoin de ça, alors il me l'a donné.

– Et moi, de quoi j'ai besoin ? Qu'est-ce qu'il m'a donné ? demande-t-elle en se mordant la lèvre.

– Tu sais bien ce qu'il t'a donné, répond-il en riant.

Eh bien non, justement. Elle ne connaît absolument pas les règles de ce monde. Elle ne sait pas pourquoi les gens font ce qu'ils font, et surtout pas Connor.

Rylan se baisse et l'embrasse brièvement.

– Tu as beaucoup à apprendre, dit-il en l'embrassant de nouveau. Mais Connor n'est pas dur à comprendre. Il suffit de prendre le temps de l'observer.

Chapitre 9

Connor savait qu'elle finirait par le trouver. Non pas qu'il se cache; s'il est dans la grange, c'est parce que c'est là qu'il passe la plupart des nuits, à regarder les montagnes de bazar qui jonchent le sol et à se demander comment faire un meilleur usage de l'espace.

Hudson passe la porte avec un air inquiet.

– Salut, dit-elle.

Il hoche la tête et continue d'inspecter la vieille armoire plus grande que lui. Nettoyer ce bordel est un véritable casse-tête et il n'est même pas certain que ça en vaille la peine.

En terre libre, pouvoir passer une année dans un même campement est une véritable chance, la plupart des gens n'ont même pas un mois avant de devoir plier bagage, chassés par les bandits ou les Exécuteurs.

– Qu'est-ce que t'as prévu de faire de tout cet espace? demande Hudson en regardant les combles.

– Je ne suis pas sûr. Peut-être y stocker de l'équipement. Je n'arrête pas de venir ici pour y réfléchir, mais je déprime rien qu'à l'idée de devoir virer tout ce bordel.

Elle promène sa main sur l'armoire, laissant la trace de ses doigts dans la poussière.

– Tu pourrais faire comme ton ami Lennox, la transformer en... *salle de jeux* ou... je ne sais pas comment tu appelles ça.

Il ne peut s'empêcher de rire.

– Il n'y a pas assez de gens dans ce campement pour que ça en vaille la peine.

– Pourquoi, au fait ? Je ne comprends pas pourquoi tu n'ouvres pas ta porte à d'autres Insurgés.

– Faut croire que je suis sans cœur.

– Non, justement, déclare-t-elle. C'est pour ça que je ne comprends pas, que je ne te comprends pas.

– Fais-moi une fleur et arrête de vouloir m'analyser, répond-il en tournant les talons. Je suis une énigme que tu ne résoudras jamais.

– Rylan dit que tu es facile à lire si on t'accorde assez d'attention.

– Ah ouais ? T'apprendras vite que Rylan ne sait pas ce qu'il dit, la plupart du temps.

– Je crois qu'il est plus perspicace qu'il n'en a l'air. Et je pense qu'il a raison, je te comprendrai quand j'aurai fait l'effort de t'observer.

– Tu devrais concentrer tes efforts sur autre chose.

Il traverse la pièce et s'assoit sur un vieux canapé déchiré, puis il attrape la bouteille qu'il a laissée sur le guéridon. Ils ont trouvé une cargaison de whisky lors du raid, assez pour le rendre heureux un bon bout de temps. D'ailleurs il est plutôt joyeux, ce soir, légèrement enivré par l'alcool.

– Bref, dit Hudson, debout devant lui et gênée. Je suis venue te demander quelque chose.

– Lance-toi.

– Euh... commence-t-elle en rougissant, est-ce que... t'as des capotes ?

Son bras se fige alors qu'il portait la bouteille à sa bouche.

– Pourquoi tu me demandes ça ?

Elle hésite un instant, puis elle reprend d'une voix résignée.

– Parce qu'on en aura besoin si on couche ensemble. Je ne suis pas stérilisée.

– Quoi ? siffle Connor.

– Je peux avoir des enfants, avoue-t-elle d'un ton gêné.

– Je sais ce que « pas stérilisée » signifie, Hudson, putain.

Il est simplement surpris de l'entendre. Quatre-vingt-dix pour cent des femmes de la cité de l'Ouest sont stérilisées à la puberté. C'est un autre des leviers de régulation démographique du CM. Quant aux dix pour cent restants...

– T'es reproductrice ?

Elle hoche la tête.

– J'aurais dû te le dire hier, quand on a parlé de ma vie dans la cité, mais je n'y ai pas pensé. Pas jusqu'à aujourd'hui, quand j'ai réalisé que si on couchait ensemble... Je suis désolée, soupire-t-elle. Je n'essayais vraiment pas de te le cacher.

Il la croit et comprend qu'elle a été choisie pour se reproduire. Seuls les hommes et les femmes avec des gènes spécifiques sont autorisés à procréer dans la cité, et Hudson étant à la fois combattante et infirmière, elle est dotée d'un mélange de force et de compassion, ce qui est rare et désirable.

– Euh... donc ouais, comme je le disais, si on couche ensemble, il faudra qu'on se protège.

Absolument, Connor se protège toujours. L'idée de faire naître un enfant dans ce monde misérable le rend malade. Il y a peu d'enfants en terre libre. Ils existent, bien sûr, mais les parents font tout pour les cacher, car lorsque les Exécuteurs les trouvent, ils les ramènent à la cité et tuent les parents pour les punir d'avoir enfreint la loi.

– Ne t'en fais pas, je gère, marmonne-t-il.

– Ah, d'accord. Merci. C'est tout ce que j'avais à dire, dit-elle en tournant les talons.

– Où vas-tu comme ça, chérie ? Viens ici.

Son regard s'illumine et elle se rapproche, s'arrêtant à un mètre de lui.

– Non, ici, dit-il en tapotant sa cuisse.

– Tu es saoul, déclare-t-elle en fronçant les sourcils.

– Peut-être un peu.

Suffisamment pour ne penser qu'aux besoins de sa bite. Suffisamment pour ne pas se soucier des conséquences.

– Mais ça ne veut pas dire que je ne sais pas ce que je veux, ajoute-t-il.

Elle hésite un instant, puis, sans un mot, elle s'assoit à cheval sur lui. La chaleur de son entrejambe brûle sa peau à travers son bermuda. Il a failli devenir fou à force de garder ses distances avec elle, mais il voulait lui donner une leçon. Il a voulu lui montrer ce qui se passe quand elle ignore son règlement. L'inconvénient, c'est qu'il a passé la journée avec une érection énorme.

– Ah oui ? Et qu'est-ce que tu veux ?

Il répond en saisissant sa nuque pour attirer sa tête vers lui, laissant fusionner leurs bouches et lui arrachant un cri de surprise. Son cri se transforme vite en un soupir de plaisir lorsqu'il l'embrasse tendrement. Elle ne perd pas de temps pour plonger sa langue entre ses lèvres, et sa passion le surprend. Elle suce sa langue, et ses testicules se contractent.

– Putain, bébé, ça m'a tellement excité de te voir sucer Rylan, je n'ai pas arrêté de penser à ta bouche.

Il l'embrasse de nouveau, caressant sa langue avec la sienne, lentement, avec possessivité. Il la mord, et son corps entier sursaute.

– Tu n'étais pas jaloux ?

– Non, marmonne-t-il. Juste excité.

Il mordille son cou, descend jusqu'à sa clavicule. Quand sa langue effleure la peau entre ses seins, elle frémit.

– Je ne comprends pas cette façon de faire, avoue-t-elle en chuchotant.

– Tu veux dire maintenant ? Ou tout à l'heure ?

– Tout à l'heure, répond-elle en rougissant. Les hommes avec qui j'étais avant ne voulaient pas partager.

– Je les comprends d'avoir voulu te garder pour eux tout seuls, admet-il en glissant ses doigts sous son débardeur pour caresser son ventre plat.

– Mais tu as laissé Rylan me toucher, déclare-t-elle d'une voix confuse. Pourquoi ?

– Parce que ça t'excitait, répond-il en soulevant son débardeur sans révéler ses seins.

– Et toi, ça t'a excité ?

– Oui.

– Tu aimes avoir le contrôle, dit-elle d'un ton songeur. Tu as aimé nous donner des ordres.

– Hmmm, c'est ça, admet-il avant de lécher son épaule. Toi aussi, ça t'a plu.

– Oui...

Elle semble encore confuse et lorsqu'il lève la tête, il la voit se mordre la lèvre inférieure.

– Il n'y a aucune honte à vouloir céder le contrôle de temps en temps.

Il glisse enfin ses mains sous son débardeur pour empoigner ses seins lourds et tendres, et c'est délicieux.

– Tu n'as pas à avoir peur, Hudson.

– Ah bon ? Tu es sacrément effrayant, parfois.

Il éclate de rire.

– Que veux-tu, je suis un enfoiré. Je suis sans pitié et exigeant et je n'hésiterai pas à couper la gorge de quelqu'un qui se présente comme une menace, murmure-t-il en posant sa bouche sur son cou. Y compris la tienne, ajoute-t-il. Mais le sexe est une tout autre histoire, bébé. Tu dois savoir que quoi que je fasse, c'est toujours dans le but de te procurer du plaisir. Fais-moi confiance.

– Confiance ? Pas facile, vu qu'on se connaît à peine.

Il soulève son bassin et presse son érection sur son clitoris.

– Tu me veux en toi, n'est-ce pas ? Donc, d'une certaine façon, tu me fais déjà confiance.

Il serre ses seins, et ses pouces se rapprochent de ses tétons avant de s'en éloigner de nouveau, lui arrachant un cri de désarroi.

– S'il te plaît. Prends-moi, supplie-t-elle.

Connor dépose un baiser langoureux sur son cou, où sa peau est en feu, si brûlante qu'elle lui retourne le cerveau, bien plus que n'importe quelle quantité de whisky.

– Je ne te prends rien, corrige-t-il, puisque c'est toi qui l'offres. Et je te donne quelque chose en retour.

Il enlève son débardeur et capture un téton dans sa bouche, le suçant assez fort pour la faire crier.

– Je te donne du plaisir, chuchote-t-il. Je vais te faire jouir si fort que t'en oublieras ton prénom.

Son gémissement vibre sur ses lèvres et se propage dans son sexe. Son sang s'embrase sous l'effet du whisky et de son désir et il dévore ses seins, passant de l'un à l'autre pour les embrasser et les explorer. Sa langue tourne autour du téton pointé et le lape avant de le mordre, la faisant sursauter.

– Oh, recommence.

Il rit et mord l'autre téton, récompensé aussitôt par un autre cri rauque et un autre sursaut de plaisir.

Son érection pulse dans son short, impatiente, le poussant à saisir les hanches d'Hudson pour qu'elle se lève. La vue de ses seins rougis par sa barbe naissante le fait saliver.

– Enlève ton short. Et ta culotte, aussi.

Elle se déshabille si vite qu'il ne peut s'empêcher de rire. Une seconde plus tard, elle est nue devant lui, et il admire sa peau douce et pâle et la délicieuse courbe de ses hanches et de ses fesses. Il baisse les yeux sur le point de rencontre de ses cuisses. Elle est parfaitement imberbe, et quand elle écarte légèrement les jambes, il grogne en voyant ses lèvres déjà mouillées.

– Assieds-toi sur ma bouche, bébé. Il est hors de question que Rylan soit le seul à te sentir jouir sur sa langue.

Un gémissement désespéré lui échappe et elle titube vers lui. Il attrape ses hanches et l'attire vers lui, puis il lève sa jambe pour la passer dans son dos en posant le creux de son genou sur son épaule. Il empoigne alors ses fesses et ramène sa chatte sur son visage. Hudson pose ses mains sur le mur derrière lui et gémit quand sa langue entrouvre ses lèvres.

Bon sang. Il comprend, maintenant, pourquoi Rylan gémissait comme un malade. La chatte d'Hudson est délicieuse et son corps est terriblement réactif, elle mouille déjà et chaque coup de langue la fait se cambrer davantage.

Connor se perd complètement en elle. Il ferme les yeux et pose sa bouche sur son clitoris, suçant le bourgeon enflé en tenant ses fesses pour l'immobiliser. Sans honte, elle se frotte à lui alors qu'il la dévore et la triture avec sa langue, jusqu'à ce que sa colonne vertébrale se raidisse et que son corps entier convulse.

Il a fait jouir des tonnes de femmes, auparavant, mais aucune ne poussait des cris aussi sexy que ceux d'Hudson, des cris impuissants, des râles rauques, des plaintes délicieuses qui lui disent de ne pas arrêter, de la faire monter plus haut. Elle n'a pas répondu ainsi à Rylan, et la satisfaction que cela procure à Connor est étonnante. Il ne sait pas si c'est lui, ou si Hudson s'est désinhibée un peu plus, mais quoi qu'il en soit, ça lui plaît. Non, il adore. Il est plus dur qu'il ne l'a jamais été et chacun de ses muscles est contracté quand Hudson se laisse retomber sur ses cuisses, épuisée et assouvie, laissant reposer sa tête dans le creux de son cou.

– Bienvenue sur terre, murmure-t-il.

– Waouh, susurre-t-elle en ouvrant les yeux. C'était... tellement... bon. Putain, c'était dingue, ajoute-t-elle en tirant sur les vêtements de Connor. Pourquoi tu es encore habillé, toi ?

Son empressement le fait rire de nouveau. Ça fait deux fois en moins de dix minutes. Peut-être est-il plus saoul qu'il ne le pensait.

Il a pitié d'elle et l'aide à enlever son tee-shirt. Elle aplatit ses mains sur son torse, le caressant, le tripotant, griffant ses tétons. Bon sang, elle est comme possédée.

– Je peux te sucer ?

Sa voix désespérée manque le faire rire de nouveau, comme si elle avait besoin de le lui demander ! Il ne rêve que de sentir sa bouche sur lui. Enfin, il veut plus que sa bouche, mais il leur faut une capote et il n'en a malheureusement pas sur lui.

Il va devoir se contenter d'une pipe, ce qui est loin d'être affreux.

Il défait sa ceinture en la regardant dans les yeux.

– Tu veux ma queue ? Elle est tout à toi, bébé.

Elle ouvre sa braguette et il l'entend retenir son souffle quand son érection se dresse pour rencontrer sa main. Elle le touche presque avec révérence.

– Ne me taquine pas, grogne-t-il. Je suis trop excité, ce soir.

Elle lui offre un sourire diabolique et se met lentement à genoux devant lui. Ses cheveux blonds tombent dans son dos, ses seins sont roses et ses tétons pointent, ça fait longtemps qu'il n'a pas ressenti une attirance aussi viscérale pour une femme, et c'est plus qu'une attraction sexuelle. C'est plus que le besoin instinctif de se soulager dans son corps. Il veut la faire sienne, la marquer de n'importe quel moyen. Ce besoin accablant le perturbe, mais pas assez pour se retenir de soulever son bassin et de chercher sa bouche.

Ses lèvres se referment sur sa queue et une décharge électrique se propage dans sa colonne vertébrale et saisit ses testicules. C'est terriblement bon. La vision de sa bouche l'avalant un centimètre à la fois est incroyablement sexy. Elle s'arrête avant de le gober tout entier et il attend, fesses contractées pour se retenir de s'enfouir en elle. Elle l'empoigne par la base et le branle lentement en gémissant sur son gland, le suçant assez fort pour lui arracher une plainte.

Aussitôt, elle s'immobilise de nouveau, levant la tête vers lui, comme pour jauger son expression, comme pour demander sa permission.

Il plonge sa main dans ses cheveux et hoche la tête pour l'encourager. Elle se remet à le sucer et le serre plus fort dans sa main. Sa langue est exploratrice et elle gémit pour lui faire part de son désir et de sa fascination. Elle semble vouloir cartographier sa verge et prendre en note ce qui l'excite, et autant d'attention met en péril son self-control.

Il appuie sa tête sur le dossier du canapé et ferme les yeux. Normalement, il peut tenir un bon moment, mais pas ce soir. Ce soir, il veut libérer la tension et le désir qui l'accablent depuis qu'Hudson a fait irruption dans sa vie. Il veut juste s'envoyer en l'air, bon sang.

– Je vais jouir, prévient-il. Où tu le veux ?

Elle libère son sexe et le regarde d'un air confus.

– Dans ta bouche ? Sur tes superbes seins ? Où tu veux mon foutre ?

Un minuscule gémissement échappe à ses lèvres rougies et mouillées.

– Où tu veux.

Elle baisse de nouveau la tête, le reprend dans sa bouche, et il manque éjaculer sur-le-champ.

Cependant, ce besoin furieux de la marquer refuse de le quitter. Il rugit en s'obligeant à se retirer, puis il empoigne sa queue et se penche en avant. Il lui suffit d'une seule caresse pour atteindre l'orgasme. Son souffle est laborieux et sa vision devient floue alors qu'il éjacule sur ses seins. Elle ouvre grand ses yeux gris assombris de désir, rivés sur son visage, comme si elle adorait le voir prendre son pied. Il gonfle ses poumons, essayant de réguler sa respiration et son rythme cardiaque, puis il l'attire sur ses genoux et l'embrasse fougueusement. Elle rit en plongeant sa langue dans sa bouche, poitrine contre poitrine.

– Le sexe est toujours aussi sale ? demande-t-elle, à bout de souffle.

– Ouais, répond-il en riant. C'est pour ça que c'est génial.

Elle passe ses bras autour de son cou et l'embrasse en frottant son bassin contre le sien. Bon sang, il sent déjà sa queue durcir, comment cette femme peut-elle avoir un tel pouvoir sur lui ? Il vient à peine de jouir et il est déjà prêt à remettre le couvert ?

Ils rompent le baiser en entendant quelqu'un cogner à la porte. Hudson tourne la tête vers l'autre côté de la pièce, mais elle se détend en entendant la voix de Xander.

– Conn, je ne veux pas te déranger mais...

– Alors, dégage, répond-il.

Son ami éclate de rire.

– J'aimerais bien, mais il faut que tu fasses entendre raison à Rylan.

Connor pousse un grognement irrité.

– Qu'est-ce qu'il a fait, cette fois-ci ?

– La diablesse est encore venue. Elle a saccagé sa cabane, et maintenant il est furieux.

Connor cligne plusieurs fois des yeux et ricane.

– Bon sang, c'est une blague ? Il est où? demande-t-il en se levant, emmenant Hudson avec lui.

– Il a pris son fusil et il est parti en courant dans les bois. Il faut qu'on le retrouve vite.

– J'arrive, répond-il avant de se tourner vers Hudson : Je dois y aller.

Elle le regarde en haussant un sourcil.

– La diablesse ?

Il ne peut s'empêcher de glousser. Il y a peu de choses amusantes dans ce monde de merde, mais la rivalité entre Rylan et une louve solitaire est hilarante.

– C'est une louve. Elle se pointe de temps en temps à la recherche de nourriture. Tout ça parce qu'un jour, Rylan a fait l'erreur de lui donner à manger. Quand elle a compris qu'elle n'aurait plus rien de lui, elle a commencé à le terroriser.

– Dis-moi que tu plaisantes ? dit Hudson en réprimant un sourire.

– Pas du tout. Cette fichue bête a une dent contre lui. Si quelque chose disparaît ou est déchiqueté, c'est toujours un objet qui appartient à Rylan.

Il ricane de nouveau en refermant son jean et en cherchant son tee-shirt.

– Saccagé sa cabane... mon Dieu, marmonne-t-il.

– Tu vas lui courir après ?

– Bien sûr, répond-il en enfilant son tee-shirt. Je ne peux pas le laisser arpenter les bois dans la nuit et tirer des coups de feu, ça pourrait attirer l'attention sur notre campement.

– Il ne tirerait pas des coups de feu en l'air, si ?

– Quand il s'agit de cette louve, Ry devient complètement fou, il fait n'importe quoi.

Connor se dirige vers la porte et s'arrête lorsqu'il réalise qu'il est sans doute impoli de laisser une femme qui vient de lui tailler une pipe sans lui dire... quelque chose.

– À demain matin, dit-il finalement.

– Ou bien... je peux attendre ici que tu reviennes, propose-t-elle en se mordant la lèvre.

Son offre est tentante, mais il sait qu'il vaut mieux ne pas aller trop vite. Cela ne fait même pas un mois qu'Hudson a quitté la cité. Il lui faut du temps pour s'adapter, se faire au mode de vie des Insurgés sans se laisser engloutir par le sentiment de liberté qui vient avec.

– Je crois que t'as eu assez d'excitation pour la journée, grommelle-t-il.

– Mais je suis gloutonne, tu te souviens ? répond-elle avec un sourire narquois. Je ne sais pas ce qu'est assez.

Non, en effet. Elle veut plus, toujours plus. Elle a testé son contrôle et l'a distrait avec sa chatte et sa soif jusqu'à ce qu'il baisse la garde sans s'en rendre compte.

– Mais c'est moi qui décide, tu te souviens ?

Il sourit en coin et tourne les talons, s'arrêtant sur le pas de la porte.

– À demain matin, répète-t-il.

Chapitre 10

– Nom de Dieu !

Hudson se tourne vers Xander, amusée par son juron. Ils sont tous deux à des côtés opposés du chalet, et chacun triture sa merveille technologique. À l'évidence, Xander ne s'en sort pas mieux qu'elle.

– Tout va bien ? demande-t-elle.

– Non, grommelle-t-il. Ces putains de satellites me rendent dingue.

Intriguée, elle s'avance vers lui. Son regard est rivé sur un écran d'ordinateur portable, mais Hudson ne comprend pas ce qu'elle a sous les yeux, des lignes et des lignes de code défilent sur l'écran. Elle suppose que c'est en lien avec les deux téléphones portables à côté de l'ordinateur, qui sont beaucoup plus gros que ceux qu'elle est habituée à voir en ville. Cependant, elle ne voit pas à quoi ils peuvent servir en terre libre, puisqu'il n'y a pas d'antenne cellulaire.

– Qu'est-ce que tu fais ?

– Pas grand-chose, répond-il d'un ton distrait. J'essaie juste de hacker le système de défense de la cité et de jeter un œil à leurs satellites.

– Ah ouais, et tu appelles ça « *pas grand-chose* » ? Alors, ce sont des téléphones satellites ?

Il hoche la tête.

– Ils pourraient nous être utiles lors des raids, ou quand on doit se séparer. Nos radios n'ont pas une très grande portée.

Il tape quelque chose sur son clavier, et un encart vert apparaît immédiatement sur l'écran.

– Doux Jésus ! s'exclame-t-il en frappant du poing sur la table.

– Pourquoi tu dis ça ?

– Pourquoi je dis quoi ? Doux Jésus ?

– C'est le nom de ce dieu, c'est ça ? Celui que les gens vénéraient ?

– Pas tout à fait, en fait, c'est...

Il s'arrête et la regarde en souriant.

– ... Non. Inutile de se plonger dans un débat théologique avec une citoyenne.

Elle se fige un instant, surprise, puis elle se dit qu'il est normal que Connor ait dit à ses hommes d'où elle vient. Sans doute n'y a-t-il pas de secrets entre eux, et ça ne fait qu'accroître son sentiment de culpabilité. Ils l'hébergent, la nourrissent, la protègent, et elle leur ment. Ce n'est pas normal. Toutefois, elle a dit tout ce qu'elle pouvait à Connor pour survivre, le reste doit être maintenu secret.

Néanmoins, le tatouage sur sa nuque se met à picoter tandis qu'elle pense aux demi-vérités qu'elle lui a racontées. Il est caché sous des couches de maquillage waterproof qui garantissent que la chaleur ne l'abîmera pas, mais elle préfère quand même que ses cheveux soient lâches ou noués en tresse basse. Hélas, ça ne l'empêche pas d'être terrifiée que Connor découvre la preuve de son mensonge.

Toutefois, l'idée que Knox la trouve et la force à l'épouser est bien plus effrayante.

Elle déglutit et oblige son cerveau paniqué à se concentrer sur Xander.

– Je ne comprends pas pourquoi tu utilises le nom d'un dieu comme juron.

– Parce que c'est tout ce qu'il est devenu, une phrase, rien d'autre. Une façon d'exprimer sa colère ou sa frustration, ou son plaisir quand on jouit. Crois-moi, tu l'entendras beaucoup quand tu t'enverras en l'air.

Elle rosit légèrement. Il lui semble en effet que Rylan l'a dit quand elle le suçait. Connor aussi, quand il a éjaculé sur ses seins avant de l'embrasser sauvagement.

Après ce qu'elle a fait avec eux, ou plutôt ce qu'elle leur a fait, elle est surprise de pouvoir les regarder dans les yeux sans être morte de honte. Elle devrait se sentir sale. Mais ce n'est pas le cas. Au contraire, elle est prête à recommencer n'importe quand.

Elle est restée allongée longtemps sur son lit hier soir, à attendre, espérant que Connor frapperait à sa porte, mais elle a appris ce matin que lui et Rylan ont passé la moitié de la nuit à traquer la louve. Leur quête a été sans succès, apparemment, parce que Rylan était furieux au petit déjeuner, jurant de trancher la tête de la bête et de s'en faire un chapeau.

– Mon père me disait qu'il ne fallait pas mentionner le nom du Seigneur en vain, que c'était considéré comme du blasphème, dit Xander, interrompant ses pensées. Mais ça n'a plus d'importance parce que peu de gens pratiquent la religion ici. La plupart des gens ont oublié Dieu et Jésus quand il a commencé à pleuvoir des bombes.

– Ceux qui ont survécu à la guerre n'ont pas transmis leur croyance à leurs enfants ?

– Certains, si.

– Comme tes parents ?

– Pas vraiment. Enfin, je connais les histoires, mais mes parents ne prenaient pas ça au sérieux, explique-t-il en remuant sur sa chaise. Tu devrais parler à Kade, quand tu auras deux minutes.

– À propos de quoi ? demande-t-elle en fronçant les sourcils.

– De la cité. Il a des questions à te poser.

– Quel genre de questions ?

Son estomac se noue.

– Il a encore de la famille là-bas. Je crois qu'il veut savoir si elle va bien.

– Ah ! Alors je ne pense pas pouvoir l'aider, je n'étais pas en contact avec beaucoup de gens. Je travaillais dans un domaine qui n'est pas accessible à la plupart des citoyens.

– Dans le médical, ouais. Conn nous l'a dit. C'est donc bien vrai ?

– Qu'est-ce qui est vrai ?

– Que c'est le Conseil qui décide qui mérite de vivre ou de mourir ?

Bien que l'accusation ne soit pas dirigée contre elle, Hudson ne peut ignorer la culpabilité qui l'envahit. Après tout, son père a participé à la création des colonies. C'est lui qui a décidé de ne pas soigner les citoyens lambda. Alors, que ce soit justifié ou non, elle se sent responsable, elle aussi.

– Ce n'est pas décidé au cas par cas, dit-elle maladroitement. Seuls les Exécuteurs sont soignés et les enfants des membres du Conseil. Et les membres eux-mêmes, bien sûr.

Bon sang, qu'est-ce qui lui prend ? Les habitants de la cité de l'Ouest acceptent la pratique parce que... eh bien, parce qu'ils n'ont jamais connu autre chose. Or, Hudson a été témoin de l'injustice du système lorsqu'elle a vu des médecins venir chez elle et son père leur interdire de soigner sa femme. Alors, pourquoi le défend-elle ?

– Le fait que tu aies listé trois groupes de personnes qui, selon le CM, méritent d'être sauvées confirme ce que je sais déjà, marmonne Xander. Les membres du CM sont des psychopathes.

– Je suis désolée, je ne sais pas pourquoi je suis sur la défensive. Crois-moi, je suis complètement d'accord avec toi. C'est injuste.

– La vie l'est souvent.

Hudson désigne l'ordinateur pour changer de sujet.

– Si t'arrives à hacker leur système, tu pourras faire marcher ces téléphones ?

– C'est le but, ouais.

– Alors, je te laisse t'y remettre.

Xander hoche la tête et se concentre de nouveau sur son ordinateur. Ses doigts frappent le clavier à une vitesse spectaculaire tandis qu'il... fait ce qu'il a à faire. Hudson n'est pas mauvaise en informatique, mais elle est loin de savoir hacker un satellite.

Elle le regarde travailler un moment, souriant devant sa concentration extrême. Soudain elle rougit, car elle se rend compte que la dernière fois qu'elle l'a vu froncer les sourcils de cette façon, c'était quand une femme lui taillait une pipe. Son sexe se contracte, et elle retourne à sa pile de tablettes, même si l'idée de les passer de nouveau en revue lui est fastidieuse. Elle préfère largement mater Connor pendant qu'il travaille dans le potager.

Comme elle ne peut pas sortir les mains vides au risque qu'il devine son but, elle va d'abord dans la cave, où elle remplit plusieurs bouteilles d'eau. Lorsqu'elle sort, les hommes sont torse nu et semblent concentrés sur ce qu'ils font, ce qui ne les empêche pas de lever la tête.

– J'ai pensé que vous aviez mérité une pause, dit-elle en leur montrant les bouteilles.

Rylan et Kade posent leurs outils et viennent vers elle en souriant. Connor ne bouge pas, et lorsqu'il croise son regard, elle sait immédiatement qu'il a deviné ses intentions. Ses yeux sont brûlants de désir et elle frissonne malgré la chaleur.

Elle étudie son torse en se rappelant l'avoir touché hier soir et la manière avec laquelle ses muscles se sont contractés sous ses doigts. Elle est loin d'être rassasiée, et elle ne comprend pas. Pourquoi n'était-ce pas pareil avec Rylan ? Elle le trouve pourtant attirant et elle aime passer du temps avec lui, mais elle n'a pas faim de lui comme de Connor.

Connor est... addictif. Elle a envie de lécher chaque centimètre de son corps, de découvrir ce qu'elle doit faire pour lui arracher à nouveau ce gémissement guttural. Elle l'a entendu quand elle a pris son sexe dans sa bouche, mais y aurait-elle droit si elle léchait son téton ? Le lobe de son oreille ? Son cou ? Elle meurt d'envie de le découvrir.

Connor vient vers elle et prend la bouteille d'eau de ses mains tremblantes.

– Merci.

– De rien.

– Tu voulais m'offrir autre chose, peut-être ? demande-t-il avec un regard lourd de sous-entendus.

– Non. Juste... de l'eau. Je serai à l'intérieur si tu as besoin de moi.

Elle l'entend rire alors qu'elle retourne dans le chalet où elle reprend sa tâche ennuyeuse. Elle essaie d'accéder au système de communication qu'utilisent les Exécuteurs, mais, si l'icône est bien sur la page d'accueil des tablettes, elle ne trouve pas le lien vers la page d'authentification habituelle. Elle ne peut pas demander de l'aide à Xander, de peur d'avoir à lui expliquer comment elle est au courant que ce logiciel existe.

Elle passe le reste de la journée à trifouiller les tablettes et à faire des pauses dehors, cherchant n'importe quelle excuse pour voir Connor. En fin d'après-midi, elle abandonne son projet et elle s'occupe à faire le ménage.

La porte d'entrée ne s'ouvre que plusieurs heures plus tard, laissant pénétrer dans la pièce un air chargé d'humidité. Elle sent Connor avant de le voir. Sa présence semble transformer les particules de l'air, réchauffant son sang et faisant vibrer son corps.

Elle se tourne et son cœur cesse de battre quand elle voit son expression.

– Xander, dit-il.

L'autre homme lève la tête, l'esprit ailleurs.

– Hmm ?

– Dégage.

Xander ne réagit pas tout de suite, mais il rit lorsqu'il comprend, et il recule sa chaise pour se lever. Quelques secondes plus tard, la porte d'entrée se referme en grinçant.

Connor s'approche d'elle à la manière d'un prédateur.

– Tu t'es amusée, aujourd'hui ? demande-t-il.

– Euh, ouais, je suppose. J'ai trafiqué les tablettes et...

– C'est moi que tu as trafiqué.

Son cœur bat la chamade lorsqu'elle voit son regard s'enflammer.

– Si tu veux t'envoyer en l'air, alors viens me le demander, gronde-t-il. Tu n'as pas besoin d'inventer des excuses pour venir dehors. Tu n'as pas besoin de me narguer avec ton joli petit cul pendant que j'essaie de travailler.

– Pourquoi je te demanderais quoi que ce soit ? C'est toi qui décides, tu te souviens ?

Elle est surprise d'être aussi calme alors que son cœur s'affole.

– Ça ne veut pas dire que tu ne peux pas me dire ce que tu veux, répond-il avant de sourire d'un air diabolique. C'est simplement moi qui décide si je te le donne ou pas. Mais ne t'en fais pas, tu m'as bien fait comprendre ce que tu voulais. Maintenant, déshabille-toi.

Elle saisit automatiquement le bouton de son chemisier, puis elle se fige en fronçant les sourcils.

– Pourquoi je n'arrive pas à te dire non, bon sang ?

– Tu as envie de me dire non ? répond-il d'un ton moqueur. Tu préfères rester habillée ?

– Non. Je veux être nue. Et toi aussi. Je veux sentir ta peau sur la mienne et tes mains partout sur moi.

Elle retient son souffle, essayant de garder les idées claires. Elle ne comprend pas pourquoi elle lui obéit aveuglément ni pourquoi son cerveau ne fonctionne plus dès qu'il lui donne un ordre.

– Peut-être que la question à me poser est : pourquoi je te dis oui si vite ? Je ne prends même pas le temps d'y réfléchir. Je fais juste... ce que tu me demandes.

Il fait un pas vers elle et caresse sa joue.

– L'autre nuit, tu m'as demandé quel était ton truc. Tu ne l'as pas encore compris ?

Elle secoue lentement la tête.

– Tu n'as pas envie de réfléchir, Hudson. Tu veux qu'on te dise quoi faire.

– Ce n'est pas vrai. Je peux réfléchir par moi-même.

– Je n'ai pas dit que tu n'en étais pas capable. J'ai dit que tu n'en avais pas envie, répond-il alors que sa main descend sur sa gorge.

– C'est... ce n'est pas vrai.

– Tu ne veux pas tenir les rênes, déclare-t-il en touchant avec son pouce l'endroit où son pouls bat la chamade.

Parce que, justement, tu passes tout ton temps à t'assurer de ne jamais faire de faute, de tout contrôler, n'est-ce pas ?

Non. Oui. Elle ne sait plus. Elle n'arrive plus à penser quand il la touche.

– C'est toujours comme ça avec les gens de la cité. Vous ne vous rendez même pas compte que vous le faites, mais vous érigez des murs et cachez vos pensées pour garder le contrôle. Vous ne savez même pas combien vous êtes frustrés. Le CM vous nourrit, vous protège et vous offre une prétendue égalité, mais au fond de vous, vous savez que ce n'est pas juste.

Elle est hypnotisée par ses yeux, ses paroles et ses doigts calleux qui glissent sous son chemisier.

– Tu es arrivée ici et, petit à petit, tu as baissé ta garde jusqu'à te mettre à nu.

Il lui retire son tee-shirt, la laissant torse nu.

– Mais t'es encore coincée dans l'ancien état d'esprit. Tu te soucies encore des règlements et de ce qui est bon ou mauvais. Je vais t'avouer un secret, bébé, dit-il en souriant. Il n'y a aucun règlement, ici.

Il ouvre sa braguette et, instinctivement, elle l'aide à baisser son short, levant une jambe après l'autre pour s'en débarrasser.

Il finit de le dégager et se lèche les babines en voyant sa culotte en dentelle.

– Tu n'as aucune raison de réfléchir maintenant, Hudson. Tu n'as qu'à sentir.

Il plaque sa main sur son sexe, par-dessus son tanga, et son sang s'embrase. Elle ne peut que le sentir. Tant de sensations, c'est une overdose de désir.

– C'est épuisant, non ? murmure-t-il. De toujours tout contrôler, de vouloir lâcher prise, désespérément, et de ne pas pouvoir le faire parce que tu n'as confiance en personne, sauf en toi-même.

Il glisse sa main dans sa culotte, survolant son clitoris sans le toucher.

– Arrêter de résister. Cesser de réfléchir. C'est ça, ton truc. C'est ça qui t'excite, donner les rênes à quelqu'un d'autre pour quelques heures ou quelques minutes.

A-t-il raison? Il lui semble que c'est possible. Elle n'a pas été élevée pour être suiveuse, Hudson une meneuse? Or, on ne l'a jamais autorisée à se laisser aller.

N'est-ce pas injuste, d'ailleurs? Dominik et ses hommes ont le droit de faire ce qu'ils veulent. Ils reviennent à la colonie après leurs rafles et relâchent leur frustration et leur agressivité, alors qu'elle est envoyée dans sa chambre en étant priée de se tenir tranquille Elle ne pouvait même pas prendre du plaisir sans se soucier que Dom punisse l'homme qui le lui avait donné.

Il suffit que Connor effleure son clitoris pour que son cerveau s'embrouille encore plus. Cependant, une autre pensée parvient à passer le brouillard de son désir. De qui parle vraiment Connor? D'elle? Ou est-ce lui qui rêve de lâcher prise, lui qui suffoque sous le poids des responsabilités?

Elle n'a pas le temps d'y réfléchir davantage, car il frotte enfin son clito et le titille, déclenchant des décharges électriques qui remontent le long de sa colonne vertébrale. Sa langue sort pour humidifier sa lèvre inférieure et elle la regarde avec fascination. Elle veut sentir sa langue sur elle, en elle. Elle veut sentir le même plaisir enivrant qu'hier soir, mais Connor a d'autres projets.

– Monte sur la table. Allonge-toi et écarte les jambes.

Une fois de plus, elle ne le questionne pas. La table en bois est froide et rugueuse. Elle se sent plus vulnérable que jamais, allongée ainsi alors qu'il la surplombe, la toisant de la tête aux pieds.

– Plus grand, marmonne-t-il.

Elle écarte davantage les jambes et voit son regard s'assombrir. Elle a du mal à respirer, allongée ainsi, attendant qu'il fasse quelque chose. Il lui semble qu'une éternité s'écoule avant qu'il ne commence à se déshabiller. Il enlève son jean, ses chaussures, son marcel noir. Chaque fois qu'un nouveau bout de peau bronzée voit le jour, son cœur bat un peu plus vite. Lorsqu'il est enfin complètement nu, elle n'entend plus que le bourdonnement de son sang dans ses oreilles.

Il se branle lentement, une fois, deux fois, puis il saisit son jean et sort des sachets argentés de sa poche. Des capotes.

– Où tu les as trouvées ? demande-t-elle, son cerveau retrouvant un instant de conscience.

Il ne doit pas être facile de s'en procurer dans le coin, or il est évident que la population insurgée a des moyens de contraception, sinon il y aurait beaucoup plus d'enfants.

– On peut obtenir tout ce qu'on veut quand on connaît les bonnes personnes. Et puis, comme Rylan baise tout ce qui bouge, je m'assure toujours d'en avoir un stock.

Elle éclate de rire, mais il y coupe court quand il saisit de nouveau sa verge et caresse son gland avec son pouce, langoureusement.

Il déroule ensuite le préservatif sur sa queue d'une main experte, et il avance entre ses cuisses, son sexe toujours en main.

Son vagin se contracte sur du vide et elle gigote, impatiente.

– S'il te plaît.

– S'il te plaît quoi ?

– Je veux te sentir en moi.

Il promène son autre main à l'intérieur de ses cuisses et il glisse un doigt en elle, mais seulement sur un centimètre, à peine.

– Plus. S'il te plaît, le supplie-t-elle.

Il enfonce un peu plus son index et s'arrête. Ce n'est toujours pas assez et, à en croire son regard satisfait, il le sait. Il s'amuse à la taquiner. Son doigt remonte entre ses lèvres et dessine des cercles autour de son clitoris, avec juste assez de pression pour la rendre folle de désir.

– Tu n'es plus dans la cité, bébé. Dis-moi ce que tu veux, et n'aie pas peur d'être cochonne.

Il sourit jusqu'aux oreilles et elle en a le souffle coupé. C'est une des rares fois où il semble amusé sans être moqueur. Il se branle de nouveau et elle n'en peut plus.

– Arrête de me tourmenter et baise-moi, gronde-t-elle.

Son sourire s'élargit.

– Bon sang, Connor. Plonge ta queue en moi et prends-moi jusqu'à ce que je hurle...

Il la pénètre si profondément et de façon si soudaine qu'elle crie plus tôt que prévu. Le corps d'Hudson s'étire pour l'accueillir alors que ses muscles se resserrent pour ne pas le laisser partir. Elle est si pleine ! Son cerveau n'est plus que bouillie alors qu'un désir effréné se précipite dans ses veines.

– C'est ce que tu voulais ? ricane-t-il.

Il pose une main à plat sur son ventre et ne bouge plus, debout entre ses cuisses, enfoui en elle.

– Oui, gémit-elle. Non. Je veux plus. Je veux que tu bouges.

– Comme ça ?

Il se retire légèrement et la pénètre de nouveau, lentement, comme s'il avait tout son temps.

– Non, râle-t-elle. Pas comme ça, et tu le sais.

– Je ne sais que ce que tu me dis. Ce que tu me supplies de faire.

Il ment, bien sûr. Il sait parfaitement ce que son corps lui dit. Il sait ce dont elle a besoin, mais il veut l'entendre le dire. Si elle n'était pas si excitée, elle aurait été gênée par les mots qui quittent sa bouche.

– Vite. Et fort. Je veux que tu me baises si fort que je te sentirai pendant des jours.

Une satisfaction machiavélique noircit son regard, puis il recule son bassin et l'avance brusquement, violemment, si fort que la table recule. Chaque aller-retour lui fait perdre un peu plus la tête et, bientôt, elle oublie tout en dehors des va-et-vient frénétiques de sa queue et de ses yeux noirs de désir.

Ses pectoraux se contractent alors qu'il se penche sur elle, appuyant ses mains de part et d'autre de sa tête pour continuer de la marteler sans pitié. Ce nouvel angle crée une friction délicieuse sur son clito et elle se contracte jusqu'à la pointe des pieds.

Connor s'empare de sa bouche et l'embrasse sauvagement, mordant si fort sa lèvre inférieure qu'un goût de sang recouvre sa langue. Sa brutalité devrait l'effrayer, mais c'est tout le contraire. Elle déclenche un orgasme insoutenable qui lui donne le vertige et lui arrache un cri strident.

Il continue de la baiser alors qu'elle atteint le septième ciel, et il pousse un grognement lorsqu'elle passe ses bras dans son dos et le griffe.

– Putain oui, fais-moi mal.

Sa voix rauque la fait gémir et elle le griffe jusqu'en bas du dos avant de serrer ses fesses fermes, soulevant son bassin pour rencontrer le mouvement du sien. Elle sent sa verge pulser en elle et lorsqu'elle regarde ses traits tirés, elle devine que son orgasme n'est pas loin.

– Jouis pour moi, bébé, susurre-t-elle en plongeant ses griffes dans ses fesses.

Elle n'en revient pas de lui avoir donné un tel ordre. Lui non plus, apparemment, car un éclat approbateur illumine son regard et il glousse doucement. Cependant, son éclat de rire est interrompu par un lourd grognement.

– Putain, gronde-t-il.

Il s'enfonce une dernière fois en elle et s'allonge sur sa poitrine, tremblant, haletant contre sa gorge.

Son corps proteste lorsqu'il se retire et elle est accablée de désespoir, puis aussitôt d'une nouvelle vague d'excitation. Il vient de lui offrir l'orgasme le plus puissant de sa vie, et elle veut déjà remettre le couvert.

Plutôt, elle est impatiente de recommencer. Merde. Si elle ne fait pas attention, cet homme pourrait bien lui faire perdre la tête.

Chapitre 11

Connor a du mal à s'habituer à voir une femme dans la cuisine. Jusqu'à maintenant, Xander ou Kade s'occupaient de faire à manger, une soupe ou un ragoût, ou parfois des œufs quand Pike était allé à la ferme avec laquelle ils font du troc. Ils cuisinent simplement, ils préparent des plats rapides qui suffisent à les nourrir un jour de plus. Ce n'est jamais de la grande cuisine et, parfois, ce n'est même pas particulièrement appétissant.

Connor entre et regarde avec de grands yeux la quantité énorme d'ingrédients posés sur le plan de travail. Bon sang, elle fait à manger pour une armée !

Quant à Rylan, cet enfoiré est en train d'aider Hudson au lieu de s'acquitter de l'unique tâche que Connor lui a demandé d'accomplir. Il arrête de peler les patates pour le regarder d'un air coupable.

– C'était inévitable, frérot. Elle m'a traîné ici.

– Je ne savais pas comment allumer ce truc, intervient

Hudson en désignant la cuisinière à bois. Tout est électrique dans la cité.

– Je réparerai la moto demain, promet Rylan en se concentrant de nouveau sur les patates.

Connor balaie le plan de travail des yeux.

– On attend du monde ? demande-t-il sèchement.

– Je voulais vous préparer un bon repas, répond Hudson en rougissant. Pour vous remercier de m'avoir accueillie.

Elle se hisse sur la pointe des pieds pour atteindre le placard le plus haut, et ses fesses ressortent délicieusement. Connor est immédiatement excité. Bon sang, il rêve de la prendre comme ça, penchée sur le plan de travail, par-derrière.

– Ça le fait bander de te voir cuisiner, fait remarquer Rylan à Hudson.

Elle referme le placard et le regarde en soupirant.

– Je commence à croire que tout le fait bander.

Elle a tort. D'habitude, il se maîtrise bien mieux. Il n'a jamais baisé avec la même femme plus d'une fois. Il jouit, la fait jouir, puis il s'en va. Il n'a jamais eu envie de remettre le couvert. Même les habituées de chez Lennox ne parviennent pas à l'intéresser plus d'une nuit. Mais Hudson... bon sang, il a encore envie d'elle.

Il n'a pas arrêté de penser aux bruits qu'elle a faits hier, à sa chatte serrée. Il a encore la marque de ses ongles sur sa peau.

Il vient derrière elle et attrape sa hanche avant de l'embrasser dans le cou. Son parfum sucré et féminin l'enivre et l'étourdit. Elle utilise le même shampoing à la noix de coco qu'il y a dans toutes les cabanes, mais l'odeur est loin de l'exciter autant quand elle est sur sa propre tête.

– Tout ce que tu fais me fait bander, corrige-t-il avant de la mordre.

Elle sursaute, puis elle s'appuie contre lui en ronronnant de plaisir.

– Dis à Rylan comment tu m'as fait bander, hier, marmonne-t-il. Dis-lui ce que je t'ai fait.

Connor mord la mâchoire d'Hudson au moment où Rylan apparaît devant elle, posant ses mains sur sa taille.

– J'ai hâte de l'entendre, susurre Rylan.

Il s'empare du cou d'Hudson, de l'autre côté de Connor, et elle frémit des pieds à la tête.

– Dis-lui, ordonne-t-il.

– Sur la table, s'exclame-t-elle.

– Sur la table... quoi ? demande Rylan en riant.

– Il...

Elle gémit lorsque Connor empoigne son cul.

– Il...

Le désir d'Hudson remplit l'air et elle laisse tomber sa tête sur le côté alors que Rylan dévore son cou.

– J'attends toujours, la taquine-t-il. Dis-moi ce qu'il t'a fait exactement.

Connor promène sa main sur ses fesses, puis il la passe entre ses jambes pour saisir sa chatte, fort.

– Il m'a prise sur la table, et c'était... oh bon sang, continue, gémit-elle en se frottant à sa main, oubliant ce qu'elle disait. S'il te plaît, Conn, n'arrête pas. Continue ce que tu fais...

– Surtout ne faites pas attention à moi, siffle la voix sarcastique de Pike. Je peux attendre.

Hudson sursaute, surprise, et le charme est immédiatement rompu. Son excitation disparaît et elle s'éloigne des deux hommes.

Pike est dans l'embrasure de la porte, observant la scène avec un désintérêt flagrant.

– Il ne fallait pas vous arrêter pour moi, ajoute-t-il.

Il est sacrément impressionnant

Connor remarque bien la manière dont Hudson se crispe en entendant son ami, il ne peut pas lui en vouloir.

– Il faut que je te parle, dit-il en ressortant.

Connor lui emboîte le pas, laissant Hudson et Rylan à leurs préparations culinaires. Sur le perron du chalet, Pike allume une cigarette et souffle un nuage de fumée aussi grise que ses yeux.

– Elle va rester combien de temps, Conn ?

– Je ne sais pas. Pour l'instant, rien de précis.

– Elle ne devrait pas être ici.

– Elle travaille pour mériter sa place. Les autres semblent l'apprécier, et elle nous a aidés pour le raid. Pour l'instant, on n'a aucune raison de la laisser partir.

– Bon sang, tu veux bien arrêter de penser un instant à sa chatte et te concentrer sur la menace qu'elle représente ? demande Pike d'un ton glacial. Elle a un putain d'Exécuteur à ses trousses !

Connor n'a pas besoin de piqûre de rappel. Il est peut-être accro à sa chatte, mais il n'a pas perdu de vue le danger qu'elle représente. Knox est aussi dangereux que Dominik, peut-être même plus.

– Reese nous préviendra si Knox vient dans notre direction, répond-il en haussant les épaules. Si ça arrive, on demandera à Hudson de tracer sa route.

– Et si on n'est pas prévenus à temps ?

– On s'en sortira, mec. Comme toujours.

Pike devient silencieux, mais Connor sent son regard assassin sur lui.

– Dis ce que tu as à dire, marmonne-t-il. Je ne suis pas d'humeur à te tirer les vers du nez.

Les joues de Pike se creusent alors qu'il tire sur sa cigarette et il expire brusquement.

– Pourquoi tu ne peux pas admettre la véritable raison pour laquelle tu l'as autorisée à rester ?

Connor fronce les sourcils.

– Tu veux qu'elle reste parce que Knox est à ses trousses, accuse Pike en jetant son mégot par-dessus la rambarde. Tu espères qu'il va la trouver, parce que Dominik pourrait être avec lui. Tu veux qu'ils viennent.

La perspicacité de Pike l'agace. Aucun des autres ne s'est demandé pourquoi il avait accepté d'accueillir une citoyenne présentant autant de risques. Rylan est trop entiché du sublime visage d'Hudson, et Xander et Kade semblent apprécier sa franchise et sa volonté de plaire. Mais Pike a compris... il comprend toujours.

– Mes projets pour Dominik n'ont jamais été un secret, répond-il froidement. Je t'ai dit quelles étaient mes intentions le jour où on s'est rencontrés. Bon sang, j'étais en route pour le trouver quand Ry et toi vous êtes pointés et avez décidé de me compliquer la vie.

– Pour mettre fin à ta mission suicidaire, tu veux dire. Quand on t'a rencontré, tu te fichais de vivre ou de mourir. Tu voulais juste la peau de Dominik.

– C'est toujours le cas, siffle-t-il. Tu crois que ça a changé ? Tu crois que je vais le laisser s'en tirer, après ce qu'il a fait ?

– Bouh, pauvre de toi, ricane Pike. Dominik a tué ta famille. Tu sais quoi ? Il a tué beaucoup de gens, mec.

Il a tué ma femme, espèce d'enfoiré.

Connor se tait. Ses hommes ne savent que ce qu'il a bien voulu leur dire. Ils sont au courant de son désir de vengeance, mais ils n'ont pas besoin de savoir pour Maggie.

Maggie ne regarde personne d'autre que lui. Lui et Dominik. Et ça ne sera réglé que lorsqu'il aura tranché sa gorge d'une oreille à l'autre.

– Qu'est-ce que tu veux que je te dise, bon sang ? Oui, je veux la peau de Dominik. Oui, j'ai l'intention de le tuer dès que j'en aurai l'occasion. Si ça ne te plaît pas, dégage. Si tu n'aimes pas qu'Hudson soit ici, fous le camp, dit-il en désignant les bois. Personne ne t'oblige à rester, mec. Tu n'es pas enchaîné à un arbre et tu ne me dois rien. Tu ne dois rien à personne. Si ça ne te plaît pas, va-t'en.

Un silence pesant s'installe entre eux, et Pike finit par soupirer.

– On en arrivera peut-être là, Conn. On pourrait bien en arriver là.

Il y a assez de chaises dans la salle à manger pour cent personnes, mais il n'y a que six convives ce soir, et Connor sait que cela gêne Hudson. Elle n'arrête pas de regarder les fauteuils vides recouverts de poussière, mais elle ne dit rien, et il lui en est reconnaissant, parce qu'il n'a aucune envie d'expliquer une nouvelle fois pourquoi il n'ouvre pas ses portes à plus d'Insurgés.

Il a déjà accueilli cinq personnes, et c'est trop, en ce qui le concerne. Le pire, c'est que ses cinq amis savent se défendre. Ils n'ont pas besoin de sa protection, ils ont juste décidé de le suivre, pour une raison stupide et inexplicable.

Quant au reste du monde, qu'il aille se faire foutre. Il ne peut pas sauver toute l'humanité, et il y a d'autres communautés en terre libre où les demandeurs d'asile peuvent se réfugier. Lennox lui a parlé d'un bunker, à l'est, avec une centaine d'Insurgés, alors voilà. Toutes ces pauvres brebis égarées n'ont qu'à aller là-bas et lui foutre la paix.

– Merci pour ce repas, ma belle. C'est délicieux.

Connor sourit en voyant le regard infiniment reconnaissant de Rylan. Il doit admettre qu'il trouve le repas succulent, lui aussi. C'est clairement meilleur que les soupes fades de Xander.

– Mais je t'en prie, répond-elle d'un air joyeux.

– Comment tu as appris à cuisiner ? demande Kade.

La question de son ami éveille sa suspicion, aussi. Les citoyens ne préparent pas leurs repas puisqu'ils mangent dans les réfectoires qui leur sont alloués.

Hudson gigote sur sa chaise, mal à l'aise.

– Connor vous a dit pour mon père, n'est-ce pas ?

– Ouais, qu'il travaillait pour le Conseil ?

– Oui. Ma famille avait donc certains privilèges. On avait notre propre cuisinière. Elle s'appelait Mary, et elle était toujours gentille avec moi. Je crois que c'est parce que ma mère n'était plus là et que j'étais la seule fille de la... maison.

Connor remarque qu'elle hésite sur le dernier mot et, sans savoir pourquoi, cela éveille ses soupçons.

– Je m'asseyais dans la cuisine et je la regardais faire, poursuit Hudson en souriant. Un jour, elle m'a dit de me rendre utile, et elle m'a appris tout ce qu'elle savait, explique-t-elle avant que sa mine ne devienne triste. J'ai fait à manger pour mon père et mon frère, une ou deux fois, mais mon père a dit que je n'avais rien à faire dans une cuisine.

Une gêne s'empare de Connor et il ne peut l'ignorer.

– Tu n'as jamais mentionné un frère.

Le visage d'Hudson s'emplit de peine et de remords, d'une tristesse profonde.

– Je n'en ai pas parlé parce qu'il n'est plus dans ma vie. Je l'ai laissé derrière moi quand je me suis enfuie, admet-elle d'une voix tremblante. Je suppose que ça ne me donne pas le droit de penser à lui.

Un sanglot étouffé provient du côté de Kade.

– Ça va ? lui demande-t-elle d'une voix tendre.

Il hoche la tête et se racle la gorge.

– Ouais, ça va.

Il semble hésiter et Connor le voit serrer plus fort sa fourchette.

– J'ai laissé mon frère dans la cité, moi aussi.

Il n'en dit pas plus, et le groupe a la décence de se taire, jusqu'à ce que Rylan rompe le silence en toussant nerveusement.

– Tamara a dit qu'elle allait à la cité la semaine prochaine, dit-il en regardant Connor. Elle a dit de faire passer le message à Lennox si on veut quoi que ce soit.

Connor secoue la tête.

– Il n'y a rien en ville qu'on ne puisse trouver dans les entrepôts.

– C'est ce que je lui ai répondu, dit Rylan en souriant. Elle était sacrément déçue.

– Ouais, ricane Xander, parce qu'elle veut qu'on lui soit redevable. Cette garce aime collecter les faveurs.

– Tamara ? demande timidement Hudson. Je l'ai rencontrée à la... chez Lennox.

Connor sourit, attendri qu'Hudson ne puisse toujours pas dire « maison close ».

– Elle est intéressante, ajoute-t-elle.

– C'est une façon de voir les choses, rétorque Kade.

– Sans rire, intervient Rylan, ne laisse pas sa belle gueule te duper. Tamara est mortellement dangereuse. C'est probablement la personne la plus puissante en terre libre.

– Ah bon ? Pourquoi ? demande Hudson, surprise.

Soudain, tout le monde se tait, et Connor réprime un soupir quand ils se tournent vers lui. Les yeux de Rylan lui demandent ce qu'il peut révéler, et Connor comprend. Quoi qu'il se passe entre eux, Hudson est encore une étrangère et une ex-citoyenne. Ils ont eu les mêmes craintes quand Kade les a rejoints. Il a dû faire ses preuves avant d'être au courant de leurs secrets.

Cependant, Connor n'a aucun scrupule à dire la vérité sur Tamara, surtout parce que la plupart du temps, cette femme est véritablement casse-pieds. Cela dit, elle est aussi une des rares femmes qui ne veut pas coucher avec lui, ce qu'il apprécie.

Il hausse les épaules et se tourne vers Hudson.

– C'est une trafiquante.

– Qu'est-ce qu'elle trafique ? demande-t-elle en fronçant les sourcils.

– De la contrebande. Tout. Elle a des contacts dans toutes les colonies et plus d'un Exécuteur dans sa poche.

– Elle soudoie les Exécuteurs ? Comment ? Avec quoi ?

– Du sexe, de l'argent et n'importe quoi d'autre. Elle s'est fait une jolie petite réputation. Si tu as besoin de quoi que ce soit, Tamara te l'obtiendra.

– En échange de quoi ? demande-t-elle.

– De sexe, d'argent, de n'importe quoi d'autre, répète-t-il en souriant.

– De services, intervient Xander d'une voix lugubre. Chaque fois que je lui ai demandé quelque chose, elle m'a demandé un service en retour. Et c'est toujours chiant. La dernière fois, j'ai dû faire trois jours de route vers le sud pour lui ramasser de la lavande.

Hudson éclate de rire.

– Pourquoi elle avait besoin de lavande ?

– Apparemment, elle connaît quelqu'un qui s'en sert pour faire des lotions pour le corps, ce genre de conneries, répond-il en plantant sa fourchette dans une pomme de terre. Donc ouais, j'ai risqué ma vie pour lui cueillir des fleurs. Crois-moi, ça n'en vaut pas la peine.

Hudson semble toujours intriguée.

– Alors il y a tout un aspect... comment dire... business dans la vie en terre libre ? Des réseaux de trafiquants, des maisons comme celle de Lennox ?

– Il y a aussi des communautés sédentaires, ouais, dit Xander. En gé-néral, elles sont dans des bunkers ou très haut dans les montagnes, quelque part où l'accès n'est pas facile. Enfin, sauf si tu t'appelles Reese et que t'as les couilles de commander une ville entière.

– Qui est Reese ?

– La seule femme avec qui Rylan ne peut pas baiser, intervient Kade.

Tout le monde éclate de rire, y compris Pike, dont le rire semble si rouillé que Connor est surpris que ses cordes vocales en soient capables.

Hudson ne peut s'empêcher de surenchérir :

– Tu veux dire qu'il y a une nana sur cette planète qui est insensible à ton charme ?

– C'est vrai, soupire Rylan. Reese se désape pour tout le monde, sauf pour moi.

– Qu'est-ce que tu lui as fait ?

Rylan grimace, feignant d'être blessé.

– Je suis outré que tu penses que je mérite un traitement aussi abject, Blondinette.

– Ah ! Parce que t'es blanc comme neige, c'est ça ?

– Absolument.

– N'importe quoi, rétorque Xander. T'es un obsédé et un enfoiré, voilà tout. Ça te fait du bien de rencontrer quelqu'un qui est insensible à ton charme, de temps en temps.

– Elle n'est pas insensible, répond Rylan en jouant des sourcils. Je dirais plutôt qu'elle est accablée par ma virilité surpuissante. Encore quelques visites à Foxworth et je la séduirai, vous verrez.

Hudson se tourne de nouveau vers Connor.

– On pourrait peut-être y faire un tour un de ces jours ? demande-t-elle. Ah non, corrige-t-elle. C'est sans doute une mauvaise idée.

– Tu déconnes, p'tite fille, marmonne Pike. Tu ne peux pas te permettre d'arpenter la colonie alors qu'un des Exécuteurs les plus puissants de la colonie est à ta recherche.

Un silence pesant s'abat sur la table. Hudson se mord la lèvre et se tait, les yeux rivés sur son assiette. Pike continue de manger, comme s'il n'avait rien dit, et Connor se retient de soupirer, déçu mais pas surpris que Pike ait ruiné un dîner très agréable.

Chapitre 12

Hudson a fait son maximum avec les tablettes, mais elle a beau essayer, elle n'arrive pas à accéder au logiciel qu'elle cherche. Elle est officiellement prête à admettre sa défaite.

– Xander ?

– Ouais, poupée ? répond-il depuis l'autre côté du chalet.

Le surnom la fait sourire. Tous les mecs lui ont trouvé un surnom mignon, mais il n'y a rien de sexuel lorsque cela vient de Xan ou de Kade. Quant à Rylan... eh bien, c'est Rylan. Il flirte en permanence avec elle, même si elle a remarqué que c'était uniquement en présence de Connor. Enfin, lorsque Pike l'appelle « fillette », ce n'est ni mignon ni sexuel mais parfaitement dédaigneux.

Pour ce qui est de Connor... chacune de ses paroles dégouline de sexe. Hudson ne peut même pas penser à lui sans être excitée, peut-être parce qu'il passe la majorité de son temps enfoui en elle. Cela fait une semaine qu'il est venu la voir pour la première fois dans sa cabane, et depuis il l'a retrouvée presque chaque nuit pour la faire grimper aux rideaux et repartir en la laissant épuisée et rassasiée.

Ça la dérange qu'il ne reste jamais la nuit entière avec elle et qu'il continue de se méfier d'elle. Il ne lui montre que les aspects de lui-même qu'il veut bien dévoiler. Son désir, son besoin d'être dominateur, ses traits d'humour occasionnels. Le reste n'est qu'un grand puzzle frustrant qu'elle n'arrive pas à reconstituer.

– Qu'est-ce que je peux faire pour toi ? demande Xander en apparaissant à ses côtés.

– Ah... euh...

Elle cligne plusieurs fois des yeux, essayant de redescendre sur terre.

– J'ai besoin que tu m'aides avec ça, explique-t-elle en allumant une tablette. Je n'arrive pas à accéder à un truc, tu vois cette icône ?

Elle tapote l'écran, et Xander se rapproche pour mieux le voir.

– Ouais, je l'ai déjà vu, mais je crois que c'est un vieux logiciel que la cité n'utilise plus. On ne peut jamais aller plus loin que la page d'accueil.

– Il n'est pas vieux, justement, répond Hudson en secouant la tête. Ils l'utilisent encore.

– Ok, si tu le dis, rétorque Xander d'un air douteux. Et ça sert à quoi ?

– À communiquer. Les Exécuteurs s'en servent pour envoyer des messages sécurisés quand ils sont sur le terrain, ou pour mettre au point des réunions, faire des modifications sur les plannings, ce genre de choses.

Elle hésite une seconde en se demandant combien elle devrait révéler de ce qu'elle sait.

– Dominik y met aussi le programme des rafles et l'emploi du temps hebdomadaire de ses hommes. Il y indique combien il y a de gardes par unité, de quelles armes ils auront besoin, où ils vont...

– Comment tu sais tout ça ? siffle Xander.

– Je vous l'ai dit, je travaillais à l'infirmerie ou sur le terrain. Le chef des unités avait toujours une tablette sur lui, et ses hommes en avaient une plus petite. Ils ne cachaient pas ce qu'ils faisaient et ils ne couvraient pas leurs écrans pour m'empêcher de regarder, admet-elle en haussant les épaules, alors j'ai beaucoup regardé.

Xander étudie longtemps son visage avant de se concentrer sur la tablette tactile.

– Dis-moi comment ça marche.

– Eh bien, quand ils lançaient le logiciel, une petite boîte de dialogue s'ouvrait et ils devaient s'authentifier. Ensuite, ils étaient dirigés vers d'autres pages. Tu crois que tu pourrais t'amuser avec et voir si tu peux entrer ?

– Mais bon sang, oui, bien sûr !

Elle fronce les sourcils, surprise par autant d'enthousiasme.

– Ah ! Ok, merci.

– Tu ne vois vraiment pas l'importance que ce logiciel peut avoir pour nous ? Combien l'info qu'on peut obtenir est essentielle ? On aurait en permanence un temps d'avance sur les Exécuteurs. On saurait où ils font leurs rafles, combien ils sont... Bon sang, c'est potentiellement une mine d'or, dit-il en lui prenant la tablette et en repartant vers son bureau.

Hudson est envahie par la panique. Mince. Est-ce qu'elle a fait une erreur en lui parlant du logiciel ? Et si Connor et les autres utilisaient l'info pour s'en prendre à son frère ?

Tu n'as plus de frère, Hudson.

Cette pensée lui fait l'effet d'un coup de poignard dans le cœur. Cela dit, elle suppose que c'est vrai. Durant les deux dernières années, Dominik s'est transformé, devenant peu à peu quelqu'un qu'elle ne reconnaissait pas, cruel, barbare, sans cœur. Or, il n'a pas toujours été comme ça, bon sang. Il fut un temps où son frère était gentil et honorable, doté d'une loyauté féroce et d'un besoin farouche de protéger ses proches.

Que lui est-il arrivé ?

Elle n'a pas la réponse et, aussi douloureux que ce soit, elle doit oublier Dominik. Elle savait qu'en s'enfuyant de la caserne, elle coupait définitivement les ponts avec son frère. Maintenant, si elle veut un avenir dans ce nouveau monde, elle doit mettre son passé derrière elle.

Un moteur vrombit dehors, lui apportant un soulagement immédiat. Connor et Rylan étaient partis jeter un œil sur les détecteurs de mouvement qui fonctionnaient mal. Ils sont partis assez longtemps pour l'inquiéter, même si Xander l'a rassurée en lui disant qu'ils les auraient contactés par talkie-walkie s'ils avaient eu un souci.

Cependant, elle veut voir de ses propres yeux qu'ils vont bien.

– N'hésite pas à m'appeler si t'as besoin de moi, dit-elle à Xander en se levant pour sortir.

Il ne lui répond pas, concentré sur la tablette. Elle a remarqué que Kade est le seul à être capable d'atteindre Xan quand il travaille. S'il l'interrompt, Xan arrête immédiatement et sans hésiter ce qu'il est en train de faire. Hudson ne comprend pas vraiment leur relation. Ils ne sont pas ouvertement affectueux l'un envers l'autre, et ils ne semblent pas coucher ensemble parce qu'ils ne se comportent pas comme un couple. Toutefois, il est évident qu'ils sont plus que de simples amis.

Lorsqu'elle passe la porte, elle trouve Rylan en train de décharger la Jeep. Il a des taches de boue sur le visage, sur les vêtements et même par paquets dans les cheveux.

– Qu'est-ce qui t'est arrivé ? demande-t-elle en riant.

– La pluie d'hier soir a transformé la montagne en un marécage géant. T'aurais dû venir avec nous, on patinait et on glissait dans tous les sens. C'est marrant.

– Où est Connor ?

– Il est parti se doucher. Et c'est ce que je vais faire aussi, déclare Rylan en l'embrassant sur la joue avant de partir vers sa cabane.

Elle sourit et part dans la direction opposée, vers celle de Connor. La porte n'est pas fermée à clé, donc elle entre et la referme derrière elle. Son pouls accélère lorsqu'elle entend la douche et qu'elle imagine Connor nu sous le jet d'eau. Elle réalise soudain qu'elle n'a pas à l'imaginer, puisqu'elle peut aller le voir de ses propres yeux. Elle ouvre lentement la porte sans frapper et regarde en direction de la cabine de douche. Il n'y a pas la moindre trace de vapeur, ce qui lui dit qu'il économise l'eau chaude, comme toujours.

Elle a tout juste eu le temps d'admirer ses fesses musclées qu'il tourne la tête et plonge son regard noisette dans le sien.

– Tu vas rester plantée là ou tu te joins à moi ? gronde-t-il d'une voix lourde de désir.

Hudson se déshabille si vite que c'en est presque drôle. Elle ouvre la porte vitrée et pousse un cri quand l'eau froide touche sa peau. Elle se couvre de chair de poule et essaie de s'échapper, mais Connor l'en empêche en la prenant dans ses bras, la faisant crier de nouveau quand sa peau glacée touche la sienne.

– Laisse-moi partir, le supplie-t-elle. J'ai changé d'avis, il est impossible d'être excité dans de l'eau aussi froide.

– Je ne suis pas d'accord, rétorque-t-il avec un sourire narquois, baissant les yeux sur son érection.

Heureusement, il a pitié d'elle et il ajuste le robinet. L'eau devient tiède, c'est beaucoup mieux. Il l'embrasse et, soudain, la température de l'eau est le cadet de ses soucis. Elle saisit ses épaules mouillées tandis qu'il plonge sa langue dans sa bouche. C'est ferme et insistant. De longues caresses la font frissonner de nouveau, mais pour une raison complètement différente. Elle est accro à ses baisers, à sa façon de la taquiner et de lui arracher des gémissements désespérés.

Sa bouche s'attaque à sa gorge, déposant des baisers sur sa peau mouillée, et elle regarde l'eau ruisseler sur son torse, dévaler ses muscles compacts et se faufiler à travers ses poils noirs. Ses mains tremblent en le touchant et en explorant sa peau, étudiant ses différentes cicatrices. Certaines sont vieilles, d'autres plus récentes. Elles sont la preuve de la violence qu'il a connue, de ce pour quoi il se bat: sa survie, sa domination.

Elle promène une main sur ses abdos, cherchant la verge dure et épaisse. Quand elle commence à la caresser, le grognement de Connor rebondit sur les parois vitrées.

– Continue de me toucher comme ça et je vais éjaculer dans ta main.

– Peut-être que c'est ce que je veux, répond-elle en le branlant plus vite, ravie de voir son excitation transformer ses traits.

Elle se sent si vivante quand elle est avec lui, téméraire et effrontée.

Libre.

Elle s'était crue heureuse dans son ancienne vie. Elle aimait son travail à l'hôpital, elle avait des amies parmi les infirmières. Certes, la caserne était un festival de testostérone, mais Dominik ne la traitait jamais comme si elle était inférieure à lui.

Sa force était respectée, et pas seulement par Dom mais par leur père, qui l'avait laissée croire qu'elle pouvait faire tout ce qu'elle décidait.

Puis son père est décédé, et son monde a basculé. Ça ne s'est pas fait de façon subite, mais graduelle, comme la planète qui se détruit peu à peu. Les températures augmentent d'un degré pendant des années, des décen-nies, jusqu'à ce qu'un jour on se rende compte que les glaciers du Nord ont fondu.

Dominik a changé, tout comme l'ambiance à la caserne. Même l'atmosphère de la cité a changé. Toutefois, Hudson comprend que même avant ça, elle ne vivait qu'une moitié de vie, car on ne lui avait jamais permis de goûter au plaisir qu'elle ressent maintenant.

Cette prise de conscience la pousse à saisir la bouche de Connor pour un baiser féroce. Il se contracte, comme s'il était surpris par sa passion, puis il lui répond, écrasant son corps contre le sien pour la pousser contre le mur carrelé. Sa verge, coincée entre eux deux, glisse sur son clitoris et lui arrache un cri. Connor ricane et, lui jetant un regard machiavélique, il recommence, obtenant une nouvelle lamentation.

– T'es tellement belle, comme ça.

– Comme quoi ?

Elle peine à se concentrer sur ses paroles alors que ses gestes sont si délicieusement distrayants, alors que sa verge fait l'amour à son clito, chaque merveilleux frottement la rapprochant un peu plus du précipice.

– Trempée, marmonne-t-il. Luisante. Ta peau est toute rose et ta chatte est bouillante contre ma queue.

Il glisse deux doigts en elle et une détonation de plaisir explose dans son corps, lui faisant recroqueviller ses orteils sur le sol de la douche. Instinctivement, elle écarte les jambes pour lui donner un meilleur accès et elle avance et recule son bassin contre sa main.

– Tu me laisserais te faire tout ce que je veux, n'est-ce pas, Hudson ?

– Oui, chuchote-t-elle d'un ton désespéré.

– Parce que tu sais que quoi que je fasse, ce sera bon, répond-il.

Il la doigte avec force, caressant ses parois intérieures jusqu'à ce qu'elle se sente à la fois pleine et vide. Elle veut plus, elle a besoin de plus. Sa verge est lourde contre sa hanche, brûlant sa peau comme pour la narguer, parce qu'elle sait qu'elle la remplirait mille fois mieux que ses doigts.

Elle va devoir le supplier de la prendre contre le mur de la douche. De s'enfouir en elle et de la faire grimper aux rideaux pour atteindre ce lieu où elle n'a plus à réfléchir, où elle n'a plus qu'à nager dans le plaisir et à profiter de cette liberté qu'elle ne croyait pas si précieuse.

Cependant, elle n'a pas le temps de le supplier, ni de réfléchir, ni quoi que ce soit, car Connor l'entraîne hors de la cabine de douche, la soulève et pousse la porte de la salle de bains avec un coup de pied.

– Putain, il faut que je sois en toi, grogne-t-il d'un ton féroce qui la fait frémir.

Aucun homme n'a jamais été aussi désespéré de la prendre et ne l'a jamais regardée ainsi, comme s'il mourait de ne pas s'enfouir en elle.

Ils mettent de l'eau partout dans la chambre, mais Connor ne semble pas le remarquer. Il saisit quelque chose sur la table, une capote apparemment, et le cœur d'Hudson se met à battre si fort qu'elle n'entend plus que ça. Un fracas lui parvient néanmoins et elle ouvre les yeux pour réaliser que Connor a balayé tout ce qui recouvrait la table, y compris la lampe, qui se brise en mille morceaux par terre. Tout à coup, il la retourne et plaque sa poitrine sur la table.

Elle fourmille de plaisir. Il l'avait tourmentée en lui parlant de la prendre sur cette table, le soir de leur rencontre. À l'évidence, il ne fait pas de menaces en l'air. Il la doigte de nouveau, lentement et superficiellement. Elle se cambre et recule ses fesses contre lui, essayant de se rapprocher.

– Tu mouilles tellement pour moi, gronde-t-il.

C'est vrai, elle est si prête pour lui que c'en est presque insupportable.

– Donne-moi ton sexe, pleure-t-elle. S'il te plaît. Tes doigts ne suffisent pas. J'ai besoin...

Elle a le souffle coupé lorsqu'il l'empale avec sa queue, s'enfonçant si profondément qu'elle tombe en avant, cognant ses coudes sur la table, manquant se frapper la tête contre le mur. Il la comble parfaitement, l'étirant un peu plus à chaque va-et-vient puissant.

– C'est ça que tu veux ? demande-t-il d'une voix rauque qui la fait frissonner. Tu veux que je te baise comme ça ? Assez fort pour casser la table ? Assez fort pour te faire hurler ?

Il la transperce de nouveau et lui arrache un cri désespéré. La tension entre ses jambes est plus qu'insupportable, à présent, elle est atroce. Chaque fois qu'il s'enfonce en elle jusqu'au bout, il touche un point dont elle ne soupçonnait pas l'existence et qui l'excite encore plus que son clitoris. Elle ferme fort les yeux pour supporter les sensations de plaisir, de douleur, et la tension intense qui finit par craquer comme un élastique, la faisant décoller vers une tout autre dimension.

Connor éjacule alors qu'elle est parcourue de spasmes, plongeant ses ongles dans ses hanches, soufflant contre son épaule. Elle n'entend rien en dehors du bourdonnement dans ses oreilles, et sa chatte se contracte encore quand il se retire et la relève. Il passe ses bras autour de sa taille et la serre fort contre lui, d'une manière possessive, collant leurs corps trempés par la douche et la sueur.

– Comment tu peux avoir cet effet sur moi ? demande-t-il d'une voix torturée.

– Quel effet ?

Il avance le bassin et frotte son sexe encore dur contre ses fesses.

– Tu me transformes en animal, marmonne-t-il. Je n'ai pas les idées claires quand je suis en toi.

Un rire haletant lui échappe.

– Si ça peut te rassurer, je n'arrive pas non plus à réfléchir quand tu es en moi.

Il rit à son tour et semble presque angoissé. Il la tourne vers lui et l'embrasse, plongeant sa langue dans sa bouche en reculant. Il s'allonge sur le lit et l'étend sur lui, caresse ses cheveux mouillés, suçant sa langue, l'embrassant avec une urgence qui la surprend. Elle réalise tout à coup qu'il le ressent aussi, ce besoin surpuissant, ce sentiment terrifiant que ce n'est jamais assez. Car c'est le cas, ça n'est jamais assez. Elle a toujours plus envie de lui, comme un besoin de se perdre en lui, toujours plus loin, jusqu'à ce qu'il n'y ait nulle part où aller.

Ses baisers finissent par s'adoucir, par devenir plus tendres que d'habitude, et les caresses lentes de sa langue accompagnent celles de ses mains dans son dos.

– J'aime ça, chuchote-t-elle contre ses lèvres.

Un sentiment indéchiffrable traverse son regard avant qu'il ne devienne taquin.

– Se bécoter ? Ou baiser à en perdre la tête.

– Les deux, mais je parlais de s'embrasser.

Elle dépose un baiser sur sa pomme d'Adam avant de relever la tête en riant.

– Tu sais, je n'ai embrassé mon premier garçon qu'à dix-sept ans.

– Si tard ? Tu dis que les ados de la cité n'avaient pas les couilles d'embrasser une fille aussi belle que toi ?

– Ils avaient tous trop peur de mon frère, admet-elle. Il interdisait à qui que ce soit de me toucher.

– Ah ouais ? Alors, qui a eu le courage d'affronter sa colère ?

– Timothy, répond-elle en rougissant. C'était le mec le plus mignon que j'avais rencontré, et j'avais le béguin pour lui. Mais crois-moi, il était loin d'être courageux. Je l'ai piégé dans un coin du couloir, un jour, après le cours de maths, et je lui ai dit que s'il ne m'embrassait pas, je dirais à D...

Mince, elle était à deux doigts de dire *Dominik*.

– ... je dirais à mon frère qu'il m'avait embrassée quand même, donc, vu qu'il allait avoir des ennuis, autant qu'il en tire quelque chose.

Connor éclate de rire, et elle se dit que c'est le son le plus doux qu'elle a jamais entendu.

– Putain, ton premier baiser était juste le fruit d'un chantage ?

– Ouaip, avoue-t-elle avec un sourire timide. Mais ça en valait la peine. J'ai eu des picotements et tout.

Il rit de nouveau et sa poitrine se contracte.

– Ton frère l'a appris ?

– Non. Je n'ai rien dit et Timothy non plus. Mais ça n'est arrivé qu'une fois, explique-t-elle d'une voix triste. Tous les garçons avaient peur d'être avec moi. C'était nul. Et toi ? demande-t-elle en se forçant à sourire. Tu te souviens de ton premier baiser ?

– Bien sûr. Elle s'appelait Kara. On avait tous les deux treize ans, dit-il en souriant. On s'est échappés du campement, un soir, et on s'est pelotés dans les bois pendant des heures.

Elle a envie de lui demander plus de détails à propos de ce campement, de sa vie, de lui, mais son expression gênée l'incite à la prudence. Au lieu de répondre, elle baisse la tête pour l'embrasser. Leurs lèvres se rencontrent, ou plutôt s'effleurent, et Hudson sent tout de suite qu'il s'est refermé sur lui-même.

– Laisse-moi rester avec toi cette nuit, chuchote-t-elle.

Tout à coup, il est hors d'atteinte. Sa mâchoire se contracte et un éclat mécontent illumine son regard.

– Mauvaise idée, grogne-t-il.

– Pourquoi ?

– Parce qu'il n'est pas question de ça.

Elle est si frustrée qu'elle pourrait jeter quelque chose contre le mur. Elle se relève et s'assoit au bord du lit.

– Et de quoi est-il question ?

– De baise.

L'honnêteté de sa réponse ne devrait pas la vexer, mais c'est le cas et elle ne peut retenir l'amertume dans sa voix.

– Je ne suis pas amoureuse de toi, si c'est ce qui t'inquiète. Je suis toujours ton règlement, Connor. Je ne vois pas pourquoi le fait de partager un lit pose problème.

Il s'assoit à son tour, et elle remarque qu'il bande encore, ce qui l'agace. Comment peut-il être excité ? Est-ce qu'il s'en fiche d'être... quoi ? Impoli ? Irrespectueux ? Mais il ne l'est pas, en fait. Il est simplement honnête quant à ce qu'il veut. Comme il l'a été depuis le début.

– Je dors seul, dit-il simplement.

Cela lui fait l'effet d'une douche froide, elle comprend qu'il lui demande de partir.

– Très bien. Alors je dors seule aussi, apparemment.

Elle se lève et va chercher ses vêtements dans la salle de bains, se sentant plus anéantie qu'elle ne le devrait. Eh mince ! Elle s'attache trop à ce type. Elle essaie trop de le « décoder », mais peut-être n'y a-t-il rien à découvrir. Peut-être que c'est vraiment un enfoiré sans cœur qui est bon au pieu. Très bien. Elle peut le supporter. Elle n'a qu'à arrêter de le pousser dans ses retranchements, s'en tenir au sexe et profiter de tout le plaisir qu'il lui donne jusqu'à ce qu'elle en ait assez de lui.

Tout le reste est futile.

Connor attend qu'Hudson soit partie pour aller fumer sous le porche. Il ne fume jamais, à moins de se sentir perturbé, et là, il se sent sacrément agité.

Il se redresse en attendant un bruit de pas et se détend aussitôt en voyant l'ombre de Rylan approcher depuis sa cabane, à côté de la sienne. Le visage de son ami est soudain éclairé d'une lueur orange lorsqu'il allume une cigarette.

– T'as le droit de l'apprécier, tu sais.

– Je n'ai jamais dit que ce n'était pas le cas, répond Connor en fronçant les sourcils.

– Ce n'est pas ce que je dis, et tu le sais. Il est évident que tu l'apprécies. Et il est tout aussi évident que tu n'en as pas envie.

Ses doigts se resserrent sur sa cigarette et il manque la casser en deux.

– Elle voulait dormir dans mon lit, chuchote-t-il.

– Espèce de veinard, soupire Rylan. Ça fait vraiment des plombes que je ne me suis pas endormi dans les bras d'une femme.

– La prochaine fois, je te l'enverrai, marmonne-t-il.

Sauf que son ventre se noue rien que d'y penser. Ça ne le dérange pas de partager Hudson pendant le sexe, parce que ça excite Hudson et lui aussi, d'ailleurs. Mais il n'aime pas l'idée qu'Hudson se blottisse contre Rylan, dans son lit.

Or, pourquoi ça le dérangerait ? Ce n'est pas comme s'il voulait qu'elle soit sa femme. Il en a déjà eu une et elle est enterrée six pieds sous terre, à côté de toutes les personnes à qui il tenait.

– Non, tu ne feras jamais ça, répond Rylan en riant.

Il déteste constater que son ami le connaît aussi bien.

– Ouais, eh ben je devrais peut-être, justement. Tu mérites d'être heureux, et elle pourrait te combler.

– Frérot, ça a l'air super en théorie, mais on sait tous les deux qu'elle ne m'aime pas de cette façon. Certes, elle veut bien chevaucher ma bite jusqu'à ce qu'on ne tienne plus debout, mais elle ne veut pas me câliner. Elle ne veut pas être avec moi. Et ça me va, au fait. Je ne cherche pas quelque chose de sérieux.

Mais Connor non plus. Il a essayé, une fois, et ça ne lui a apporté qu'une soif de vengeance encore inassouvie.

– Ne la rejette pas, dit Rylan d'une voix calme. Je crois que tu as besoin d'une femme comme ça dans ta vie.

– Une femme comment ?

– Qui n'a pas peur de t'envoyer bouler.

– Mais pour ça, je t'ai toi, rétorque-t-il en souriant à contrecœur.

– Ce n'est pas la même chose, abruti. Elle te met au défi, répond son ami avant d'écraser sa cigarette dans le cendrier. Et elle te fait encore bander après quoi, presque deux semaines ? C'est un record pour toi. D'habitude, tu te lasses au bout de deux heures à peine.

Connor ne peut pas le nier, même si, en réalité, il veut surtout garder ses distances avec les femmes. Il est trop facile de s'attacher dans ce monde. Or, il ne veut pas courir le risque d'avoir le cœur brisé de nouveau. Il veut que personne ne compte sur lui. Il ne veut plus jamais se retrouver dans une situation impossible, où ses choix auraient un impact sur la vie des gens.

– Je vais me coucher, dit-il soudain. Réveille Xan si t'as encore besoin de parler chiffons.

– T'es une vraie tête de mule parfois, tu le sais, ça ?

– Parfaitement. Bonne nuit, frérot.

Il entre dans sa cabane et ferme la porte pour mettre une barrière physique entre lui et Rylan. Entre lui et Hudson.

Entre lui et le reste de ce fichu monde.

Chapitre 13

Elle n'irait pas jusqu'à dire que nettoyer la grange est un travail passionnant, mais elle apprécie d'avoir une tâche régulière à accomplir. Elle ne sait même pas si l'espace leur servira, ce pourrait être une superbe salle de réunion, mais Connor reste parfaitement opposé à l'idée d'ouvrir le campement à d'autres Insurgés.

Elle est couverte de poussière et de crasse lorsqu'elle retourne à sa cabane après avoir passé l'après-midi à déplacer des meubles d'un côté de la grange à l'autre avec Kade. Il était d'accord pour dire qu'il valait mieux ne rien jeter au cas où ça pourrait leur servir plus tard, donc ils ont baptisé un coin de la grange le « coin de stockage » et ils y ont tout entreposé.

Elle voulait se laver et se changer avant de dîner, mais lorsqu'elle sort de la douche, elle décide finalement de sauter le repas. C'est à Xander de cuisiner ce soir, et son estomac se noue en pensant au plat insipide qu'il va leur servir. Non merci. Elle fera un tour dans la cuisine plus tard pour se servir directement dans les placards. Peut-être que Connor lui apportera à manger quand il viendra la voir ce soir. La dernière fois qu'elle l'a aperçu, il parlait à Pike du générateur, mais elle sait qu'il viendra la trouver tôt ou tard, il le fait toujours.

Maintenant qu'elle a décidé d'accepter leur relation pour ce qu'elle est et de ne pas rêver de ce qu'elle n'est pas, elle n'a aucun scrupule à lui parler de ses exigences. Cela dit, en vérité, elle n'a qu'une exigence : du sexe.

Beaucoup de sexe.

Heureusement pour elle, il semble ravi de la satisfaire.

Quelqu'un frappe à sa porte et elle sourit, apparemment Connor a décidé de sauter le repas aussi et de passer tout de suite au dessert. Cependant, ce n'est pas Connor qu'elle trouve à la porte mais Rylan, et Hudson se dépêche de le faire entrer.

– Qu'est-ce qui s'est passé ?

Il lui répond par un sourire timide. Il se tient le bras gauche, qui arbore une coupure profonde depuis le coude jusqu'à l'épaule. Le sang ne coule pas à flots, mais des saletés sont collées à sa chair.

– Je suis tombé d'un arbre, répond-il en lui donnant la trousse de premier secours coincée sous son aisselle. Tu peux me rafistoler ?

Elle ne sait si elle doit rire ou lui faire une leçon à propos de son imprudence. Elle comprend, à présent, pourquoi les autres insistent pour faire le plein de bandages et d'antibiotiques aussi souvent, Rylan est un aimant à blessures.

– Et ne dis rien à Conn, ajoute-t-il. Je me sens déjà assez stupide sans avoir à supporter sa leçon de morale.

– Assieds-toi, répond-elle en réprimant un sourire.

Il s'installe au bord du matelas et elle fouille dans la trousse.

– Est-ce que j'ai envie de savoir pourquoi t'étais en haut d'un arbre ?

– Non, vaut mieux pas, soupire-t-il.

Elle appuie une compresse imbibée de solution antiseptique sur la plaie.

– Bordel de merde, gronde-t-il. J'avais oublié que t'étais une brute.

– Il n'y a pas de manière douce de nettoyer une plaie, alors serre les fesses et tais-toi, répond-elle en tamponnant la blessure. J'ai changé d'avis. Dis-moi ce qui s'est passé.

Mais Rylan reste silencieux, alors elle lève la bouteille d'alcool en le regardant d'un air menaçant.

– Ne m'oblige pas à la vider sur ton bras.

– T'es affreuse ! s'exclame-t-il en grimaçant. Si tu veux tout savoir, je chassais. J'ai perdu de vue ma proie et il me fallait un meilleur poste d'observation, alors j'ai grimpé dans un arbre. Fin de l'histoire.

– Hmm.

Cela fait deux semaines qu'elle vit dans leur campement, et elle n'a jamais vu Rylan chasser. Pas une fois. C'est plutôt le domaine de Pike.

– Qu'est-ce que tu chassais ?

– Un animal.

– Ah bon ? Tu veux dire que tu ne chassais pas un humain ?

– C'est ça, fais la maligne !

– C'était quoi ? Une biche ? Un cerf ?

– Ouais, exactement.

Sa réponse vague éveille la curiosité d'Hudson, et une idée lui vient soudain, lui arrachant un grognement.

– C'était cette fichue louve, n'est-ce pas ? Sérieusement, quand est-ce que tu vas laisser tomber ?

– Jamais ! rétorque-t-il. Pas tant que cette bête ne sera pas morte. Elle est... ne me regarde pas comme ça ! Je ne suis pas fou, d'accord ? Si je ne la tue pas, elle continuera de me pourrir la vie.

– Doux Jésus. Cette louve n'a rien contre toi, ricane Hudson. C'est dans ta tête.

– Doux Jésus ? répète-t-il en souriant.

Waouh. Elle se tait en réalisant ce qu'elle vient de dire. Cela fait à peine deux semaines qu'elle est ici et elle parle déjà comme si elle avait toujours été Insurgée. Maintenant qu'elle y pense, elle a crié *Mon Dieu* plusieurs fois hier soir, quand Connor la prenait contre le mur.

En parlant du loup... La porte s'ouvre brusquement et il apparaît dans l'embrasure. Lorsqu'il voit Rylan, il s'arrête et soupire.

– Qu'est-ce que t'as encore fait ?

Il a beau poser sa question d'un ton agressif, Hudson voit son regard inquiet. Il disparaît dès que leurs regards se croisent, mais pas assez vite. Il peut jouer à la brute autant qu'il veut, elle n'est pas dupe. Ce n'est pas parce qu'elle ne l'oblige plus à parler, depuis quelques jours, qu'elle ne l'a pas observé. Elle a découvert que Rylan a raison, Connor n'est pas dur à comprendre quand on regarde d'assez près.

Il tient énormément à ses hommes, mais il fait tout pour le cacher. Il aboie ses ordres comme le chef d'une armée, mais il n'est pas à l'aise lorsqu'il le fait. Quelle que soit la bataille qu'il mène, intérieurement, elle a un sacré effet sur lui. Par moments, elle le rend maussade, à d'autres il est carrément sombre, mais Hudson ne le prend pas avec des pincettes, comme le font ses amis. Il s'avère que Pike et elle ont au moins un point commun, ils n'ont pas peur d'envoyer valser Connor quand il se comporte comme un enfoiré.

– Qu'est-ce qui te fait croire que c'est de ma faute ? dit Rylan en fronçant les sourcils.

– C'est toujours de ta faute, dit Connor en regardant Hudson. Il va survivre ?

– Hélas, oui, répond-elle en souriant.

– Merde. On était à deux doigts d'en être débarrassés.

Son trait d'humour fait faire un saut périlleux à son cœur. Il est si rare de le voir baisser sa garde et rire de bon cœur.

– Allez vous faire foutre, tous les deux, marmonne Rylan dans sa barbe.

Hudson met une bonne dose de gel antibiotique sur son bras, puis lui pose un bandage.

– Là, c'est fini.

Elle se redresse, surprise lorsque Connor vient l'embrasser. C'est aussi rare que de le voir rire, il ne l'embrasse que pendant le sexe, et lorsqu'il la touche ainsi, ce n'est toujours qu'un moyen pour l'exciter et la préparer pour le sexe.

Elle trouve presque pathétique de constater la vitesse à laquelle elle saisit l'affection qu'il lui offre. Elle approfondit le baiser avant qu'il ne puisse reculer, plongeant sa langue dans sa bouche, lui soustrayant un gémissement. Elle titille ensuite le bout de sa langue, et elle arrache un grognement à Rylan, aussi.

– Bon sang, vous êtes super-chauds, tous les deux.

Elle interrompt le baiser en entendant sa voix, mais lorsqu'elle tourne la tête vers lui, elle ne voit pas la moindre trace de jalousie dans son regard, seulement une sincère appréciation comme s'il aimait vraiment les voir s'embrasser. Il suffit d'ailleurs de regarder entre ses jambes pour voir combien il aime ça.

Elle et Rylan n'ont rien fait ensemble depuis cet après-midi dans le potager. Elle s'était demandé si Connor avait décidé que ça ne l'intéressait plus, mais son regard lui dit l'inverse à présent.

– Ta queue est en forme ? Ou tu l'as blessée aussi ?

Rylan lui fait un doigt d'honneur avant de répondre.

– Ma queue va très bien, enfoiré.

– Ah ouais ? Alors, sors-la, grogne Connor. Je suis d'humeur à avoir un public, ce soir.

Hudson vide tout l'air de ses poumons, elle n'est pas certaine de s'habituer un jour à la franchise avec laquelle ces mecs parlent de sexe.

Connor la regarde en haussant les sourcils, comme pour demander sa permission. Elle hoche la tête et, immédiatement, il se rapproche d'elle pour lui ôter son tee-shirt. Elle frissonne lorsque ses mains rêches empoignent ses seins, et ses tétons durcissent instantanément.

– Qu'est-ce que t'en dis, Ry ? Je la fais jouir rapidement ou je la tourmente un peu ? demande-t-il en riant avant de se baisser pour lui enlever son legging et son tanga.

– Tu connais déjà la réponse, frangin.

Pourvu que ce soit rapidement, se dit Hudson. Ils n'ont même pas encore commencé et elle est déjà parcourue par des vagues de chaleur plus bouillantes les unes que les autres, et tendue comme une arbalète. Elle est si chaude qu'elle doit serrer les cuisses pour soulager son excitation.

– Alors, on va jouer un peu, décide Connor.

Hudson déglutit pendant qu'il la mène vers le fauteuil en face du lit et l'oblige à s'y asseoir. Il s'agenouille devant elle et écarte ses cuisses.

– Putain, t'es déjà tellement mouillée, grogne-t-il en regardant sa chatte.

Elle retient son souffle lorsqu'il plonge un doigt en elle. Ses nerfs crépitent et sa peau se couvre de chair de poule. Elle tourne la tête vers Rylan qui a baissé son pantalon et qui empoigne son érection épaisse. Un éclat lubrique illumine son regard quand il observe Connor enfouir son doigt en elle. Soudain, Connor passe d'une lenteur taquine à un rythme furieux. Il passe à deux doigts et la baise assez fort pour la faire sursauter de plaisir et de douleur.

Dieu merci. Il ne va pas la torturer comme il l'a dit. Il va la laisser jouir. Hudson ferme les yeux et se livre aux sensations de plus en plus intenses. L'orgasme approche, il est si près. Elle expire brusquement alors que son sexe se contracte et que...

Les doigts de Connor disparaissent.

– Espèce d'enfoiré, gronde-t-elle en ouvrant les yeux.

Il claque de la langue et s'adresse à Rylan d'un ton moqueur.

– On a créé un monstre. Elle est tellement plus gloutonne depuis qu'elle t'a sucé, mec.

– Une vraie goinfre, répond Rylan en se branlant lentement sans quitter Hudson des yeux. Tu devrais avoir honte, ma belle, de le traiter d'enfoiré. Tu sais bien qu'il te punira plus tard.

Il n'a pas tort, et le regard incandescent de Connor le confirme.

– Absolument, il va falloir te punir, vigoureusement, déclare-t-il en approchant sa tête de l'entrejambe d'Hudson.

Un frisson la parcourt des pieds à la tête quand il pose ses lèvres sur elle. Sa langue la titille en l'effleurant à peine, et elle soulève le bassin pour se rapprocher. Elle pourrait le supplier de lui donner plus, mais elle sait que ça ne changera rien. Cet enfoiré est têtu comme une mule et il ne lui cédera rien tant qu'il ne l'aura pas décidé.

Il la taquine de plus belle, explorant lentement son sexe avec sa bouche, comme s'il cherchait à mémoriser le moindre détail. Du bout de la langue, il caresse ses grandes lèvres puis les petites, chatouille sa fente et se promène sur sa chair frissonnante, la léchant et la suçant partout, sauf à l'endroit où elle le désire le plus. Son clitoris enfle et pulse si fort que c'en est douloureux, mais il continue de l'éviter, ricanant chaque fois qu'elle pousse un grognement frustré.

– Tu vois ? Elle est tellement avide, murmure-t-il à son ami, qui rit à son tour.

Elle voit tout juste Rylan à travers le voile de plaisir qui obscurcit son champ de vision. Cependant, elle l'entend, son rire satisfait, le claquement de sa main sur sa verge, les grognements qu'il pousse quand Connor écarte davantage ses jambes et tourne la tête pour embrasser l'intérieur de sa cuisse.

Il recommence donc à la tourmenter, à la couvrir de doux baisers et de coups de langue insoutenables. Bon sang, il va la tuer. Elle parvient à peine à respirer. Elle n'a pas les idées claires, tout son sang a quitté son cerveau pour se précipiter dans son clitoris. Son corps entier est concentré sur la douleur lancinante entre ses cuisses.

Connor remonte de nouveau vers sa chatte en la léchant. Elle s'attend à ce qu'il la taquine encore, et quand le bout de sa langue lape brièvement son clitoris, enfin, elle soulève le bassin si vite qu'elle en fait trembler le fauteuil.

– Oh oui...

Sa langue disparaît aussitôt, et un cri agonisant lui échappe.

– Oh, aie pitié d'elle, Conn, dit Rylan. Elle gigote tellement qu'elle va casser le fauteuil.

– Tu veux que je sois indulgent, chérie ?

Elle est trop excitée pour parler et doit se contenter de faire oui de la tête.

– Tu veux ma bouche sur ce joli petit bouton de rose ?

Elle hoche de nouveau la tête.

Il baisse la tête et dépose un baiser infiniment doux sur le monticule de chair tendue. Il le goûte avec sa langue et un soulagement énorme s'abat sur elle, mais ce n'est pas assez. Elle soulève de nouveau son bassin pour un meilleur contact.

Cette fois-ci, il le lui donne, suçant son clitoris alors que son pouce descend pour ouvrir légèrement sa fente. Chaque caresse de son pouce ou de sa langue fait crépiter un peu plus ses nerfs, mais ce n'est toujours pas assez. Elle plonge ses mains dans ses cheveux et essaie de l'appuyer contre elle, mais ses cheveux sont trop courts. Heureusement, il ne semble plus vouloir la torturer. Il suce plus fort son clitoris en le prenant entièrement dans sa bouche et sort sa langue pour le caresser, réveillant son plaisir, la rapprochant encore un peu du précipice.

– Oooh, gémit-elle en cherchant son souffle, je vais...

Elle est interrompue par la paume de sa main s'abattant sur son clitoris. L'éclat de douleur est si inattendu que son orgasme disparaît aussi vite qu'il s'apprêtait à jaillir.

– Je te déteste ! s'exclame-t-elle d'une voix désespérée.

– Mais non, répond-il en riant. T'adores ça.

Pas du tout. Mais si. Elle ne sait plus ce qu'elle pense. Son corps ne lui appartient plus, il appartient à Connor et il ne répond qu'à lui.

– Qu'est-ce que t'en penses ? demande-t-il à Rylan. Est-ce qu'elle a assez souffert ?

Hudson implore l'autre du regard, le suppliant de dire oui, d'ordonner à Connor de lui ôter cette douleur insupportable. Cependant, Rylan se contente de se lever et de s'agenouiller aux côtés de Connor.

– Non, marmonne-t-il. Loin de là.

– On est d'accord.

Le regard machiavélique de Connor lui coupe le souffle. Lentement, il pose deux doigts sur son sexe pour écarter ses lèvres, ouvrant la voie pour Rylan, qui ne perd pas une seconde pour prendre le relais, léchant lentement son clitoris.

Son cœur accélère lorsqu'elle croise le regard de Connor et y voit une satisfaction pure et virile. Cependant, lorsque la langue de Rylan dessine des cercles sur son clito avant de l'aspirer dans sa bouche, sa vision devient floue. Il le libère avec un bruit de succion et descend vers sa fente.

La première fois qu'il plonge sa langue en elle, elle gémit.

La seconde fois, elle jouit.

L'orgasme la prend par surprise. Elle est consciente que Connor frotte son bouton avec son pouce et que Rylan la baise avec sa langue. L'idée que deux hommes sont dédiés à lui procurer du plaisir, à elle et à elle seule, intensifie son orgasme et elle jouit une deuxième fois, de manière différente mais non moins puissante. Cette fois, les frissons se concentrent dans son clitoris avant de se propager dans le reste de son corps.

C'est trop, trop intense. Elle ne peut qu'y céder et se laisser porter par la vague.

Le cœur de Connor bat la chamade dans sa poitrine pendant qu'il regarde Hudson prendre son pied. Son abandon complet et l'extase sur son visage lui coupent le souffle. Sa queue est dure comme fer et pulse douloureusement dans son jean.

– Putain, siffle-t-il. Tu es tellement belle quand tu jouis, bébé.

Rylan lève la tête et soupire.

– Je me suis un peu emballé. Je ne pensais pas que ça la ferait grimper aux rideaux.

– Deux fois, répond Connor en souriant.

Les paupières d'Hudson sont lourdes et ses yeux voilés lorsqu'elle le regarde.

– Je suis... désolée ? dit-elle.

Il doit se retenir de rire. Bon sang, il aime beaucoup cette femme, sans doute plus qu'il ne le devrait, mais il ne peut s'en empêcher. Il trouve son sarcasme attachant, et il y a quelque chose de rafraîchissant dans son empressement à explorer sa sexualité et son acceptation totale de sa domination.

Il aime même la façon dont elle donne des ordres à ses hommes, même si ça les rend fous. Cependant... ils la laissent faire quand même. Ils ont beau marmonner et rouspéter, Kade, Xan et Rylan lâchent tout pour aider Hudson dans chaque nouvelle tâche qu'elle s'est attribuée dans le campement.

Cependant, elle n'est pas comme ça avec Connor. Plus maintenant, plus depuis qu'elle a demandé à passer la nuit avec lui et qu'il l'a rejetée.

Pendant qu'ils baisent, elle ne se retient pas. Elle lui donne tout. Mais en dehors de la chambre, elle garde ses distances. Si elle a des questions sur les Insurgés, elle s'adresse à Xan. S'il s'agit de parler des corvées du campement, elle va voir Kade. Lorsqu'elle a besoin de réconfort, elle trouve Rylan.

C'est exactement ce que voulait Connor. Il voulait qu'Hudson se contente de leur arrangement purement sexuel et qu'elle arrête de lui demander plus que ce qu'il peut lui donner. Alors, pourquoi est-il si agacé qu'elle accepte enfin ce qu'il demandait ?

– Tu n'es pas désolée du tout, gronde Rylan. Tu voulais cet orgasme.

– Si ça peut vous rassurer, vous m'avez vraiment tourmentée avant que je jouisse. Deux fois, ajoute-t-elle en souriant.

– Sale gosse !

– C'est à nous d'être gloutons maintenant, dit Connor, interrompant leurs railleries. Grimpe sur le lit, chérie. Je te veux à quatre pattes.

Hudson n'a l'air ni incertaine ni apeurée, juste excitée de faire ce qu'il demande. Elle s'installe à quatre pattes et ses cheveux blonds lui tombent sur une épaule alors qu'elle cambre ses fesses en arrière, sans honte.

– Comme ça ? demande-t-elle en le regardant d'un air faussement timide.

Doux Jésus. Qu'est-ce qu'elle a pu changer en deux semaines ! La jeune femme innocente aux yeux de biche qui ne cessait de rougir quand il l'a emmenée chez Lennox a bel est bien disparu, laissant place à cette sauvageonne confiante qui n'a aucun scrupule à agiter ses fesses sur demande.

Il voit sa chatte mouillée et gonflée par les orgasmes et il en a l'eau à la bouche. Il a envie de se glisser en elle et de la baiser jusqu'à ce qu'elle jouisse de nouveau, mais il préfère se mettre devant elle et amener son gland entre ses lèvres roses.

– Ouvre grand, murmure-t-il.

Elle ouvre la bouche et il avance le bassin. Immédiatement, Hudson sort la langue pour laper son gland, déclenchant une nuée de frissons bouillants dans sa verge puis dans ses couilles.

Rylan est au pied du lit, sa queue dans sa main, jouant avec son piercing en regardant la bouche d'Hudson. Connor plonge sa main dans ses cheveux et en saisit une poignée quand elle plaque sa langue sur la peau sensible en dessous de son sexe.

– Je parie que ta chatte se sent vide, n'est-ce pas, bébé ?

Elle gémit, et les vibrations se propagent de nouveau dans ses testicules.

– Tu veux que Rylan te remplisse pendant que tu me suces ?

Elle hoche la tête en gémissant de nouveau.

Connor regarde son ami et penche la tête vers la table de chevet.

– Il y a des capotes dans le tiroir.

Rylan semble d'abord décontenancé, puis il comprend ce que ça implique. Il ne dit rien, va ouvrir le tiroir et, quelques secondes plus tard, il se positionne derrière Hudson. Il caresse son dos jusqu'à sa tête et effleure la main de Connor lorsqu'il plonge la sienne dans ses cheveux. Rylan pourrait la pénétrer d'une seconde à l'autre, mais il se penche en avant, plaquant son torse sur son dos pour chuchoter dans son oreille.

– T'as peut-être joui deux fois, ma belle, mais maintenant c'est à nous.

Hudson répond en aspirant Connor de toutes ses forces. Il baisse la tête et se dit qu'il pourrait la regarder toute la nuit, admirer ses lèvres roses s'étirer autour de lui en le suçant avec une détermination intense. Une vague de plaisir parcourt ses veines, et ses couilles se contractent. Il tient à un fil, et lorsqu'il lève la tête, il est surpris de voir que Rylan joue encore avec Hudson.

Il s'attendait à ce que son ami s'enfouisse en elle aussi vite que possible, mais il attend, avançant et reculant le bassin pour caresser sa chatte avec sa verge, promenant tendrement sa main sur son dos.

Sa poitrine se contracte en constatant leur proximité grandissante. Une proximité qui ne l'inclut pas.

– Baise-la, ordonne-t-il d'une voix rauque et ferme.

Rylan lève brusquement la tête avant d'obéir, s'alignant sur Hudson avant de s'enfouir en elle, lentement. Affreu-sement lentement. Hudson grogne de plaisir et les vibra-tions de sa voix manquent faire jouir Connor brutalement. Bon sang, si Rylan ne se dépêche pas, c'est lui qui va quitter la fête en premier. Or Rylan, l'enfoiré qui, un jour, a baisé si fort que lui et sa partenaire sont passés à travers une cloison chez Lennox, continue de caresser les hanches d'Hudson, comme si elle était une jeune fille vierge qu'il fallait traiter avec tendresse.

Doux Jésus. Ça suffit.

Connor tire les cheveux d'Hudson pour lui faire lever les yeux, puis il se retire jusqu'à ce que son gland repose sur sa lèvre inférieure.

– T'es prête ?

Elle répond en le léchant, et il pousse un grognement.

Il regarde Rylan en hochant la tête, et cette fois-ci son ami n'ignore pas son ordre. Les deux hommes agissent de façon synchronisée, s'enfonçant en elle de sorte que l'un ou l'autre la remplisse toujours, Connor se glissant dans sa bouche, Rylan transperçant sa chatte. Hudson ferme les poings sur les draps et avance et recule pour les rencontrer, comme si elle ne savait pas si elle voulait plus de la bite de Rylan ou de Connor. Elle demande toujours plus, et ça l'étonne et le ravit, car il a toujours cherché cette intensité chez une femme, sans jamais la trouver.

– Putain, grogne Rylan en agrippant ses hanches pour se maintenir en elle quand il éjacule.

Hudson lève les yeux vers Connor, suçant plus fort sa queue tout en jouissant sur celle de son ami, balançant ses hanches d'avant en arrière en gémissant continuellement sur sa verge engorgée, jusqu'à ce que la tension dans ses testicules éclate et qu'une vague de plaisir ahurissant déferle en lui. Il éjacule sur sa langue et sur ses lèvres et elle le lape avec des petits coups de langue qui le font frissonner.

Pendant tout ce temps, elle le fixe, elle ne peut le quitter des yeux. Son regard n'est que pour lui, et pour lui seul, et c'est encoreplus excitant que tout ce qu'ils ont fait ce soir. Rylan a raison, ils sont super-chauds, ensemble. Ils brûlent si fort que le reste du monde disparaît. Il ne reste plus que ces grands iris gris et cette faim insatiable qui le rendent fou chaque fois qu'il pose les yeux sur elle. Ce genre de flamme peut être dangereuse, addictive.

Or en cet instant, alors qu'il la redresse et goûte sa semence sur ses lèvres, le plus périlleux est sans doute qu'il est heureux de se laisser brûler.

Chapitre 14

La routine d'Hudson consiste à travailler, manger, dormir et baiser. De toute sa vie, elle n'a jamais été aussi heureuse.

Connor l'a autorisée à vider les cabanes vides, même si elle sait que ça ne l'enchante pas. Il semble vouloir les laisser sales et inhabitables, comme pour prouver son refus d'accepter qui que ce soit d'autre. Toutefois, Hudson a vite découvert une faille dans ses qualités de meneur. Si elle veut qu'il dise oui à quelque chose, il lui suffit de lui demander pendant le sexe, et il cède comme un château de cartes.

Et Hudson n'a aucune honte à tirer profit de cette découverte.

Elle a du mal à croire qu'elle vit ici depuis un mois déjà. Elle se souvient à peine de son ancienne vie et elle est surprise de constater à quel point celle-ci ne lui manque pas.

– Tu crois que Pike arrêtera de me détester un jour ?

Elle emboîte le pas à Rylan, parcourant les bois à la recherche du détecteur de mouvement qui a été déclenché. La plupart du temps, l'alarme est le résultat du passage d'un animal ou d'un coup de vent, mais Connor insiste pour vérifier à chaque incident.

– Il ne te déteste pas, répond Rylan en riant.

– Il m'a à peine dit cinq phrases, et ça fait un mois que je suis là.

– Personne n'a droit à plus de cinq phrases, ma blondinette. Crois-moi, tu n'as rien de spécial. Enfin si, ajoute-t-il en lui lançant un clin d'œil par-dessus son épaule, mais sur un tout autre registre.

– Mouais.

– Je suis sérieux. Ça fait des années que je le connais. S'il déteste quelqu'un, il le dit de vive voix.

– Si tu le dis. Mais je suis curieuse, comment vous êtes-vous rencontrés ? D'ailleurs, comment vous êtes-vous tous retrouvés ici ?

– Si tu veux des ragots sur Connor, t'as qu'à demander, se moque-t-il. T'es pas obligée de faire semblant de t'intéresser à nous autres.

– Mais c'est le cas, râle-t-elle. Vous ne parlez jamais de vos passés respectifs.

Elle ne peut pas nier, bien sûr, que celui de Connor l'intéresse plus que les autres. Elle ne lui pose plus de questions personnelles, mais ça ne veut pas dire qu'elle ne meurt pas d'envie d'en savoir plus sur lui.

– On ne parle pas de nos passés parce qu'il n'y a pas grand-chose à dire, répond Rylan.

Il a beau garder un ton nonchalant, Hudson commence à penser qu'il est loin d'être aussi cool qu'il veut le laisser croire. Elle a l'impression que ses sourires moqueurs et son rire facile ne servent qu'à couvrir une souffrance qu'il veut que personne ne voie.

– Allez, fais-moi plaisir, insiste-t-elle. T'as grandi où?

– Dans une ferme. Beaucoup plus au sud, dans ce qu'ils appelaient autrefois le Texas.

– T'as des frères et sœurs ?

– Non, il n'y avait que mes parents et moi. Quand ils sont morts, j'ai rejoint un groupe d'Insurgés qui se mobilisaient pour l'Armée du Peuple. J'avais seize ans. Non, dix-sept, je crois. C'est là que j'ai rencontré Pike, au camp d'entraînement.

– Waouh, je ne savais pas que tu le connaissais depuis aussi longtemps.

– Si, ça fait dix ans. Bon sang, le temps passe vite, hein ? Bref, Pike et moi avons gravi les échelons et on nous a confié la tâche de former les nouvelles recrues qui voulaient se battre, mais il n'y a jamais vraiment eu d'initiative organisée. Ils avaient beau s'entraîner et fanfaronner, tout le monde avait trop peur d'attaquer le CM. D'ailleurs, ils ont encore trop peur. On a fini par se lasser de leurs promesses et on a quitté le groupe. On déambulait sans but quand on a rencontré Connor.

– C'était où?

– À l'Ouest. Les Exécuteurs venaient d'anéantir son campement et il allait vers l'Est. On lui a collé aux basques en dépit de ses nombreuses protestations, explique Rylan en souriant jusqu'aux oreilles. Au début, ça ne lui a pas plu, puis j'ai fini par le séduire avec mon charme naturel. C'était pas facile, j'ai dû travailler deux fois plus dur pour compenser la sale humeur de Pike.

– J'imagine !

– Pour être honnête, je crois qu'au début, Connor a préféré Pike. Ça t'a peut-être échappé, mais Conn n'est pas très bavard, lui et Pike se sont entendus à merveille.

Connor n'est pas bavard, en effet. Ça la rend folle, d'ailleurs, ça le tuerait de lui dire n'importe quoi à propos de lui ? À ce stade, elle se contenterait même de connaître sa couleur préférée !

– Bref, on a trouvé ce vieux camping en marchant et on a décidé que c'était l'endroit idéal pour passer l'hiver. Il fallait refaire le stock de matériel et fortifier l'endroit, donc il a fallu faire pas mal de raids. C'est comme ça qu'on a rencontré Xander. Il connaissait Lennox parce qu'il s'y arrêtait de temps en temps, mais c'était un nomade et il n'avait pas envie de s'installer. Je me suis entendu avec lui et je l'ai convaincu de revenir ici avec nous.

– Alors, Kade est arrivé le dernier ? De la cité ?

– Cet abruti se faisait attaquer par des brigands quand on l'a croisé. On l'a tiré d'affaire et on l'a soigné parce qu'il était blessé. C'est moi qui voulais qu'il reste ici.

– Je n'en doute pas une seconde.

Hudson a remarqué que Rylan aimait s'entourer de gens. Il n'est seul que quand il va se coucher.

– Voilà, tu sais tout. Je t'avais dit que c'était pas très intéressant.

Hudson est persuadée que ç'aurait été passionnant s'il n'avait pas omis tous les détails. Il aurait pu lui dire comment ça se passait dans une ferme, comment étaient ses parents, quels dangers il avait connus étant enfant. Cependant, elle est plutôt mal placée pour parler d'omissions, puisqu'elle n'a pas été complètement honnête, elle non plus.

Elle n'oublie pas, dans un coin de sa tête, que Dominik et Knox la cherchent encore. Elle le sent, comme si leur colère et leur frustration lui étaient transmises par ondes radio. C'est une angoisse qu'elle ressent souvent, comme la prémonition qu'un destin tragique l'attend. Chaque fois qu'elle se détend un peu, ce sentiment revient la hanter, lui rappelant que la situation peut déraper à tout moment.

Bizarrement, ce sentiment revient maintenant, alors que Rylan lui prend la main pour l'aider à enjamber un tronc couché. Le malaise l'a à peine saisie qu'un cri strident et inhumain résonne à travers la forêt.

– Qu'est-ce que c'était ? s'exclame Hudson.

Rylan pointe déjà son fusil en provenance du bruit.

– Reste là, ordonne-t-il.

– Hors de question, répond-elle en sortant son poignard de son fourreau et en lui emboîtant le pas.

Des brindilles cassent sous leurs bottes tandis qu'ils approchent de la source du bruit. Hudson manque être projetée à terre lorsqu'une boule de poils blanche la bouscule. Elle enregistre quatre pattes, un museau et une gueule tenant une chose poilue et noire, mais l'animal disparaît entre les arbres avant qu'elle ait eu la possibilité de mieux le voir.

Rylan saisit son bras pour la stabiliser, fusil pointé sur la créature.

– Ça va ?

– Très bien, oui. C'était ta louve ?

– Non, la mienne est noire comme la nuit, parce que c'est la créature du diable.

Hudson regarde autour d'elle, inquiète.

– Tu crois qu'il y a eu une bagarre ?

– Allons voir, mais reste près de moi, je n'aimerais pas que ton joli minois s'abîme, sinon tu ne trouveras jamais de mari, ricane-t-il.

Elle lève les yeux au ciel, mais lui obéit et reste à ses côtés. Elle ne rencontrait pas beaucoup d'animaux sauvages à la caserne.

Les Exécuteurs avaient installé une clôture électrique qui faisait déguerpir tout ce qui s'en approchait, donc les risques d'être attaqué par un loup étaient sacrément faibles.

Cependant, lorsqu'elle et Rylan atteignent la scène du crime, ils découvrent qu'ils ne courent pas le moindre danger. Ils ne ressentent qu'une profonde tristesse.

– Oh, murmure-t-elle.

– Merde, marmonne Rylan.

Hudson regarde le loup noir étendu par terre dans une flaque de sang. Sa gorge est ouverte et sa patte arrière est tordue dans un angle impossible.

Les traces de pattes ensanglantées qu'Hudson découvre par terre lui donnent envie de pleurer. Elle repense aux bergers allemands et aux rottweilers qu'ils élevaient à la caserne pour accompagner les Exécuteurs dans leurs rafles. Mais il n'y a pas de vétérinaire dans la cité ; la vie des animaux n'a aucune valeur, là-bas. Lorsqu'un chien était blessé, ils abrégeaient sa souffrance. Cependant, parfois, Dominik apportait un animal à Hudson, à l'hôpital, pour qu'elle le soigne en secret, du moins il le faisait avant qu'il ne devienne sans pitié comme ses troupes.

Sa gorge se noue tandis qu'elle approche timidement de la bête, espérant qu'elle est en vie, qu'elle pourra faire quelque chose. Mais il n'y a aucune guérison possible après avoir été égorgée.

– Putain, gronde Rylan.

Lorsqu'elle se retourne, elle voit son angoisse reflétée dans ses yeux.

– T'étais pas censée mourir comme ça, espèce d'idiote.

Il faut quelques secondes à Hudson pour comprendre qu'il parle au loup. Elle revient à ses côtés et prend sa main.

– C'est ta louve ?

– C'était moi qui étais censé la tuer, répond-il en déglutissant.

Sauf que... il ne l'aurait jamais fait. Sa relation avec cette bête était inhabituelle, c'est le moins qu'on puisse dire, mais Hudson réalise tout à coup combien elle était importante pour Rylan, combien il en avait besoin pour occuper son esprit.

– Tu sais bien que non, dit-elle d'une voix douce.

– Non, c'est vrai, soupire-t-il.

Ils regardent tous deux la louve morte.

– Est-ce qu'on devrait l'enterrer ? demande Hudson.

– Non, elle fait partie de la chaîne alimentaire, maintenant.

C'est une façon un peu dure de voir les choses, mais Hudson est plutôt d'accord. Elle se dit aussi qu'il serait impossible de l'enterrer étant donné que la terre est compacte et qu'ils n'ont pas de pelle.

Ils tournent les talons pour repartir d'où ils sont venus, mais ils ont à peine fait deux pas qu'un autre bruit rompt le silence.

– T'as entendu ? demande Hudson en fronçant les sourcils.

– Ouais. Qu'est-ce que... ?

Elle l'entend de nouveau, un mélange de grognement et de couinement.

Elle se concentre sur le bruit et le suit, passant devant le corps de la louve pour se diriger vers un amas de petits buissons. Elle se crispe lorsqu'elle remarque les traces de sang allant vers la végétation. Ou non, elles vont plutôt dans l'autre sens, comme si on avait traîné quelque chose hors des buissons.

– Bon sang, Hudson. Laisse-moi jeter un œil avant que...

– Oh Mon Dieu ! s'écrie-t-elle. Ry, viens vite m'aider.

Il apparaît à ses côtés et se sert du canon de son fusil pour écarter les branches entremêlées, puis il voit la même chose qu'Hudson.

Des louveteaux.

Hudson en compte cinq, tous noirs comme la nuit, et son cœur se brise lorsqu'elle voit leurs poils couverts de sang. Elle se mord la lèvre face à une autre gorge déchiquetée, une gorge minuscule comparée à celle de sa mère.

Les larmes jaillissent de nouveau et, cette fois, elles coulent sur ses joues. La diablesse de Rylan a dû protéger ses petits de l'autre loup, et maintenant ils sont tous morts. Rylan et elle ont dû imaginer ces grognements.

Sa vision est tellement floue à cause des larmes que lorsqu'elle aperçoit un mouvement dans la masse de corps noirs, elle se dit qu'elle l'a imaginé. Elle cligne rapidement des yeux, essayant d'y voir mieux, et elle tombe à genoux au moment où une petite tête émerge de la pile.

Des yeux d'un bleu glacial la regardent. Le louveteau a une tête adorable, un petit museau et des dents minuscules et à peine formées. L'animal essaie de lui montrer les crocs et de grogner, mais cela ressemble davantage à un couinement et le cœur d'Hudson fond immédiatement.

– Tout doux, petit loup, chuchote-elle. Je ne vais pas te faire de mal.

– Hudson... gronde Rylan.

Elle l'ignore et se penche pour attraper le bébé loup. Il tente de lutter en gigotant pour lui échapper, mais elle le tient plus fort, et il essaie même de la mordre avec ses petits crocs.

Lorsqu'elle l'a bien en main, elle se lève et le tient en l'air pour le montrer à Rylan, comme un trophée. Le louveteau fait à peu près la taille de la tête de sa mère, il ne doit pas avoir plus d'un mois.

– Il est vivant ! s'exclame-t-elle d'une voix émerveillée.

– Elle, corrige Rylan.

Elle suit son regard et sourit.

– Elle est vivante, concède Hudson en tenant l'animal contre sa poitrine.

Il ne gigote plus et s'attache désormais à enfouir sa tête contre ses seins, comme s'il essayait de se cacher.

– On peut la garder ? demande-t-elle.

– Mauvaise idée, ma belle. C'est un animal sauvage.

– Mais non, c'est un bébé, répond-elle en serrant plus fort la boule de poils. Elle mourra si on la laisse ici.

– Connor va péter un câble si on ramène un loup au campement. C'est une bouche de plus à nourrir.

– Je me charge de Connor et je la nourrirai moi-même, rétorque Hudson d'une voix ferme.

Elle n'a pas l'intention de reculer, et Rylan doit le voir car il pousse un grognement exaspéré.

– Bordel de merde. On ne peut pas...

Une sonnerie jaillit de nulle part, ils regardent autour d'eux avant de réaliser que le son provient du téléphone satellite dans la poche arrière de Rylan. Xander essaie toujours de les faire marcher et il leur a ordonné d'en prendre un avec eux au cas où il parviendrait à faire un miracle.

Rylan semble confus en sortant le téléphone. Il le regarde un moment avant d'appuyer sur un bouton et de le porter à son oreille.

– Ouais ?

Il se tait et écoute quelques secondes, puis il sourit jusqu'aux oreilles.

– T'es un génie, tu le sais ça ? T'as réussi !

Hudson est tout aussi impressionnée. Waouh. Xander a vraiment réussi à faire marcher les téléphones. Ce type est génial.

– On se met en route, dit Rylan avant de regarder Hudson. Ah, euh... tu devrais sans doute prévenir Connor qu'on ramène un invité.

Connor subit vingt minutes d'une tension intense en attendant que Rylan et Hudson rentrent au campement.

Lorsque Rylan a informé Xan qu'ils auraient des « invités », Connor a tout de suite supposé le pire, ils ont croisé la route d'un mec perdu dans les bois, ils ont rencontré un groupe de brigands, ils ont capturé un Exécuteur...

La boule de poils dans les bras d'Hudson n'était même pas dans ses scénarios les plus pessimistes.

– Qu'est-ce que c'est que ça ? demande-t-il.

– On l'a trouvée dans les bois, répond Hudson d'un ton défensif. On ne pouvait pas la laisser mourir là-bas.

Connor ne répond pas. Il inspire lentement et profondément, puis il se tourne vers Rylan.

– T'es complètement malade ? Pourquoi tu l'as laissée rapporter ça ici ? On n'a pas besoin d'une autre bouche à nourrir.

– Je t'avais dit que c'est ce qu'il dirait, dit Rylan à Hudson.

– Je m'en fiche, déclare-t-elle en défiant Connor du regard. Je la nourrirai moi-même. Elle partagera mes portions.

Un mélange d'incrédulité et d'irritation le fait fulminer.

– Cette chose ne peut pas manger du *ragoût*, Hudson. Elle ne peut pas avoir plus d'un mois, elle a besoin du lait de sa mère.

– Sa mère est morte, rétorque-t-elle. Et elle serait morte aussi si on ne l'avait pas sauvée.

Connor se passe la main dans les cheveux. Ils sont trop longs et ils ont besoin d'une bonne coupe, mais il apprécie la longueur parce qu'il peut les empoigner plutôt que d'étrangler cette femme.

Bon sang, avec Hudson, c'est une distraction après l'autre. Depuis qu'elle s'est pointée, il a perdu de vue la chose qui lui importait le plus : trouver Dominik. Certes, Hudson l'a rapproché de son but en parlant à Xander du logiciel des Exécuteurs, mais Connor sait qu'il mettrait beaucoup plus la pression à Xan s'il n'était pas aussi épris d'Hudson.

Il est temps de cesser de penser avec sa bite, bon sang. Dominik doit être son seul objectif. Sa vengeance doit être sa seule pensée. Il avait fait de son mieux pour être celui dont Maggie avait besoin, et s'il lui a failli dans la vie, il est hors de question qu'il échoue dans la mort.

Il ne peut pas continuer de laisser Hudson le distraire, et il ne peut pas lui passer tous ses caprices, comme lessiver et ranger les cabanes qu'il vaut mieux laisser vides, ou nettoyer la grange pour qu'elle serve de lieu de rencontre, un jour. Et maintenant, voilà qu'elle ramène des loups ?

Trop c'est trop.

– Le loup dégage, dit-il simplement.

– Si elle dégage, alors moi aussi, répond-elle d'une voix ferme.

– Très bien, alors va-t'en. Je n'ai pas le temps pour ces conneries. Je ne vais pas autoriser un loup à courir partout dans le campement et dormir d'un œil au cas où elle essaierait de m'égorger.

Hudson éclate de rire, ce qui l'agace davantage encore.

– Tu crois qu'elle va t'égorger ? s'exclame-t-elle en lui montrant le louveteau. Elle a encore ses dents de lait ! Elle ne peut même pas croquer la peau d'une tomate !

– Elle ne restera pas toujours un bébé. Comment tu crois qu'elle se comportera quand elle sera adulte ?

– Parfaitement bien, parce que j'ai l'intention de la dresser. Je ne l'abandonnerai pas, Conn, déclare Hudson en haussant les épaules. Alors soit tu nous fous dehors, soit tu ravales ta fierté et tu me laisses faire.

– Bordel de merde !

Un rire attire son attention vers le porche, où Xander et Kade regardent leur échange, un sourire aux lèvres.

Pike les observe aussi, appuyé contre un poteau, le regard aussi neutre que d'habitude.

Connor réprime un autre juron lorsqu'Hudson le congédie en s'adressant à Rylan.

– Où peut-on lui trouver du lait ?

– Euh...

Le malaise de son ami, qui sait combien Connor est furax, est évident. Doux Jésus. Il n'arrive pas à croire qu'ils aient cette conversation. Les loups n'ont pas leur place dans ce campement. Point à la ligne. Est-ce qu'il est vraiment le seul ici à avoir la tête sur les épaules ?

– Ne réponds pas à cette question, gronde-t-il à Rylan. Le loup ne reste pas.

– Alors tu m'ordonnes de partir ? demande Hudson en le fusillant du regard.

Il la dévisage en retour, à deux doigts d'appliquer sa menace et de lui dire de déguerpir et de prendre son nouvel ami avec elle, mais les mots refusent de quitter ses lèvres.

– Je vais trouver du lait, dit la voix rauque de Pike.

Hudson le regarde, bouche bée.

– Ah bon ? Et comment tu vas faire ? demande-t-elle.

Pike vient vers eux, soulevant la poussière à chaque pas.

– Nos produits laitiers viennent d'une ferme à environ cent kilomètres au nord d'ici. D'habitude, je vais les voir une fois par mois, répond-il avant de s'adresser à Connor. Je sais que je ne devais pas y aller avant la semaine prochaine, mais je peux prendre une des motos et y aller maintenant.

Connor n'en revient pas.

– T'es fou ? demande-t-il avant de regarder les autres un par un. Vous êtes tous tarés ?

Rylan passe d'un pied sur l'autre, gêné. Pike et Kade ne répondent pas. C'est Xan qui finit par répondre.

– Oh, allez, Conn. Regarde cette petite tête. Elle est adorable.

Il refuse de regarder le loup. D'ailleurs il ne veut pas voir Hudson non plus. Il est fou de rage et il se sent impuissant, ce qu'il supporte encore moins. Il est en train de perdre son ascendant sur eux.

– Vous savez quoi ? Faites ce que vous voulez. À l'évidence, vous êtes tous complètements tarés.

Il tourne les talons et part à grandes enjambées.

Même la réaction de Connor ne peut mettre Hudson de mauvaise humeur. Après qu'il est parti, elle a emmené leur nouvelle recrue dans sa cabane et elle a passé des heures à la caresser, à lui parler et à la câliner.

C'est officiel, elle est amoureuse.

Et elle n'est pas la seule, d'ailleurs. Xander, Kade et Rylan sont tous passés à différents moments de la journée pour voir le louveteau, et il a fallu à peine quelques minutes pour qu'ils soient tous fous de l'animal.

Elle est sans doute fleur bleue, mais son cœur bat plus fort quand elle regarde la louve. La petite boule de poils a désormais baissé sa garde, et elle explore la cabane, maladroitement, fourrant son nez partout, se roulant par terre, pendant qu'Hudson la regarde faire depuis son lit, comme une mère fière de son petit.

Connor n'a peut-être pas la moindre compassion, mais il semblerait qu'Hudson en ait trop. Cela dit, qu'est-ce qu'elle était censée faire ? Laisser le loup mourir ?

Toutefois, même si elle ne regrette pas de l'avoir sauvé, elle se sent coupable à l'idée que Pike risque potentiellement sa vie pour aller chercher du lait. Jamais elle ne se serait attendue à ce qu'il se propose de l'aider et elle a beau être très touchée, elle ne peut se détendre que lorsqu'elle le voit à sa porte, quelques heures plus tard.

– Tu vas bien ? s'exclame-t-elle.

Il semble surpris par son soulagement.

– Ouais, je vais très bien, marmonne-t-il. Je n'ai eu aucun souci, aujourd'hui.

Elle ouvre plus grand la porte et il entre, un sac en toile de jute sur l'épaule.

– Je n'ai pu obtenir que huit litres, mais je crois que tu pourras lui donner de la viande hachée quand ses dents définitives arriveront.

– Elles commencent déjà, dit Hudson en le regardant sortir des carafes de son sac.

Le louveteau se frotte à leurs pieds en couinant et les traits de Pike s'adoucissent. Il se racle la gorge et plonge de nouveau la main dans son sac pour en sortir un petit biberon.

– Le gamin d'Alex et Danielle a deux ans, alors il ne l'utilise plus. Peut-être que ton loup va aimer.

– Tes amis ont un enfant ? demande-t-elle en écarquillant les yeux.

Il hoche la tête et ses traits se durcissent de nouveau.

– Ne le dis à personne. Tu sais ce qui arrivera si tes amis Exécuteurs l'apprennent.

Hudson est stupéfaite, mais elle décide de ne pas répondre à son commentaire. Elle préfère s'occuper de nourrir son loup.

– Je n'avais pas l'intention de le dire, j'étais juste surprise, c'est tout, dit-elle en prenant le biberon et en le dévissant. Merci d'être allé les voir. Je te revaudrai ça.

– Ça c'est clair, répond Pike en refermant le sac. Remplis le biberon et je vais ranger le lait à la cave. Il va tourner si tu le laisses ici.

Elle hoche la tête et remplit précautionneusement le biberon avant de se baisser pour prendre le louveteau dans les bras.

– Elle fera un bon partenaire de chasse si tu la dresses comme il faut, dit Pike en observant l'animal.

– Dans ce cas, peut-être que tu pourrais m'aider, tente Hudson.

– Peut-être, répond-il en tournant les talons. Bonne nuit.

– Attends.

– Quoi ?

– Pourquoi... pourquoi tu m'as aidée ?

– Ce n'est pas toi que j'ai aidée, répond-il en désignant la louve. C'est elle.

– D'accord, mais pourquoi ? insiste-t-elle.

Il reste silencieux plusieurs secondes.

– J'avais un chien quand j'étais petit. Je l'aimais beaucoup. C'était mon compagnon.

– Ah.

Elle caresse la tête du louveteau en scrutant le regard de Pike.

– Qu'est-ce qui lui est arrivé ?

– Les hivers étaient beaucoup plus rigoureux, à l'époque. On manquait de vivres. Alors on...

Il hausse les épaules et saisit la poignée de la porte. Hudson a un mauvais pressentiment.

– Quoi ?

– On l'a mangé, répond-il simplement avant de sortir.

Il faut plusieurs heures à Hudson pour trouver le courage d'aller à l'étable. Il est minuit passé, mais elle sait que Pike ne dort pas et elle sent son regard sur elle dès qu'elle passe la porte.

– T'es réveillé ? demande-t-elle timidement.

– Qu'est-ce que tu veux ?

Elle s'approche un peu plus, le temps que ses yeux s'adaptent à l'obscurité. Le louveteau gigote dans ses bras, mais elle ne desserre pas son étreinte, car Pike la rend nerveuse et ça la rassure.

– Je lui ai fait un petit lit par terre, explique Hudson, mais elle ne fait que pleurer et monter sur mon lit, et... j'ai peur de lui rouler dessus et de l'écraser si je la laisse dormir avec moi, alors, euh... j'ai pensé que comme tu as plus d'expérience avec les animaux, vu que t'avais un chien...

Pike s'assoit et attend qu'elle poursuive.

– ... je ne veux pas qu'elle pleure toute la nuit, alors... tu me rendrais service si tu la gardais ici avec toi.

Un rire sec et moqueur échappe à Pike.

– Ne me prends pas de haut, Hudson. Je ne suis pas...

Il s'arrête quand il voit son expression choquée.

– Quoi ? marmonne-t-il.

– Tu m'as appelée Hudson, répond-elle en réprimant un sourire triomphant. Tu ne m'appelles jamais par mon prénom.

Il se racle la gorge.

– Et je ne voulais pas être condescendante, dit-elle.

– Ah bon ? Alors, ne fais pas mine de ne pas pouvoir t'occuper du loup, on sait tous les deux que t'en es capable. T'as pitié de moi, c'est ça ? Tu crois que j'ai besoin d'une boule de poils pour me tenir compagnie ?

– Non. Je crois que tu veux une boule de poils pour te tenir compagnie. Je ne pensais pas que t'aurais les couilles de l'admettre.

– Crois-moi, fillette, j'ai toutes les couilles qu'il faut, déclare-t-il avant d'ouvrir les bras. Donne-la-moi.

Hudson sourit jusqu'aux oreilles et s'empresse de le cacher, fermant la bouche en serrant les lèvres. Elle avance vers Pike et met le louveteau dans ses bras. Bon sang, sa poitrine se contracte lorsqu'elle voit la louve se blottir contre le torse musclé de Pike.

– Elle a un nom ? demande-t-il d'une voix rauque.

– Oui, mais tu vas détester, répond-elle en souriant. Elle s'appelle Hope[1].

– C'est un nom de chochotte, pour un loup, dit-il en lui caressant la tête.

– Je m'en fiche. J'aime.

– Alors si t'aimes, dit-il d'un ton moqueur, je suppose que c'est pas grave.

---

1. Espoir.

Chapitre 15

Hudson pensait que le dressage du loup serait plus difficile que ça. Elle copie les techniques qu'elle a vu les Exécuteurs employer avec leurs chiens, mais là où les hommes de Dominik s'appuyaient sur des techniques de punition, elle préfère utiliser un système de récompense.

Le seul bémol, c'est que Pike ne cesse d'interférer dans le processus, parce que, sans qu'elle ne comprenne pourquoi, le loup est devenu « leur loup ». Ils ont passé les derniers jours à se disputer comme des parents à propos de l'éducation de leur enfant.

Ils se chamaillent de nouveau, ce matin, parce que Pike a décidé que Hope n'écoutait Hudson que quand celle-ci lui faisait miroiter des récompenses. Il insiste donc pour les retirer du dressage.

– Et si on est dans les bois, qu'on a besoin qu'elle se couche, et qu'elle nous ignore parce qu'on n'a pas de morceau de viande à lui donner ? demande-t-il à Hudson.

Sa voix est chargée d'émotion, c'est la première fois qu'Hudson voit ce mec montrer le moindre sentiment.

– C'est le début du procédé, rétorque-t-elle. Elle finira par écouter parce qu'elle pense obtenir une récompense, et après ça, elle obéira par instinct.

Un bruit de pas attire l'attention d'Hudson et elle tourne la tête pour découvrir Connor sur le porche. Son expression ne révèle rien, mais elle sait qu'il n'est pas content. Il ne lui a presque pas adressé la parole depuis qu'elle a ramené Hope au campement, et il daigne à peine la regarder. Hudson n'aime pas ça, bien sûr, mais ça ne la dérange pas suffisamment pour abandonner le loup, ce qui est sans doute ce qu'il espère en prenant ses distances avec elle.

Leurs regards se croisent un instant, puis il vient vers eux et s'adresse à Pike, sans accorder un regard à l'adorable boule de poils qui est assise à ses pieds.

– Je vais chez Lennox, à la tombée de la nuit.

– Pour quoi faire ? répond-il en se crispant.

– Pour leur donner un des téléphones satellites. C'est plus logique de s'en servir pour rester en contact avec lui. On peut utiliser nos radios, ici. J'aimerais voir Tamara, aussi, pour lui demander d'obtenir plus de téléphones, dit-il d'un ton résigné.

– Alors, je viens avec toi, répond Pike.

– J'y vais seul, rétorque Connor en secouant la tête.

– T'auras besoin de renforts.

– Mais non. Je ne vais pas y rester longtemps.

– Je peux venir avec toi, si tu veux, propose Hudson. J'aimerais bien parler à Tamara, moi aussi, pour voir si elle peut m'obtenir deux ou trois trucs.

– Comme quoi ? demande Connor en fronçant les sourcils.

– Tu sais, des vêtements, des crèmes, des trucs de fille, répond-elle en rougissant.

Il ne lui demande pas plus de détails et elle en est soulagée, car il y a une chose qu'elle veut que Tamara lui procure et elle ne veut pas encore mettre Connor au courant.

– D'accord, tu peux venir.

Son manque d'enthousiasme est plus qu'insultant. D'accord, il lui en veut d'avoir adopté le loup, mais il serait temps de s'en remettre, bon sang.

Peut-être qu'il s'en est remis, justement, se dit-elle. Peut-être qu'il a tourné la page et qu'il ne veut plus avoir affaire avec elle ? Peut-être qu'ils ont atteint le stade dont il avait parlé dans son règlement ? Ce moment où, si l'un d'entre eux n'était plus intéressé par le sexe, ce serait fini, sans dispute ni larmes ?

Sa poitrine se resserre. Elle ne veut pas que ce soit fini. Ils ont beau être en froid, elle veut encore être avec lui. Elle est toujours aussi accro à lui !

– Les autres restent ici, dit Connor à Pike. Y compris votre animal, ajoute-t-il d'un ton moqueur.

Hudson soupire en le regardant s'éloigner. Il la rend folle, parfois. C'est comme s'il faisait tout pour ne pas prendre racine ici, faisant le strict minimum pour survivre, refusant d'offrir aux autres ce qu'ils veulent tant, un endroit qui serait leur maison. Or, en même temps, sa simple présence met Hudson plus en sécurité qu'elle ne l'a été de toute sa vie. Elle comprend pourquoi Rylan et les autres se sont joints à lui et pourquoi ils l'ont forcé à les accepter. Connor est puissant, même quand il n'essaie pas de l'être. Il suffit de le regarder pour voir en lui un meneur.

Il pourrait accomplir tant de choses s'il acceptait ce rôle au lieu de tout faire pour le fuir, se dit Hudson.

– Assis.

La voix grinçante de Pike la ramène au présent. Elle sourit lorsqu'elle voit Hope assise joyeusement aux pieds de Pike, la tête levée vers lui.

– Couché ! ordonne-t-il.

La louve continue de le regarder. Il pousse un juron et s'agenouille pour frapper son poing dans le sol.

– Couché, Hope !

Elle le regarde en clignant les yeux, et Pike se lève d'un bond en la fusillant du regard.

– Pourquoi elle le fait quand c'est toi qui lui demandes, et pas avec moi ?

– Pour deux raisons. Parce que je lui demande gentiment, et que je lui donne des récompenses.

Hudson tourne les talons en éclatant de rire avant que Pike n'ait pu lui faire encore une fois la leçon. Elle retourne dans sa cabane pour enfiler ses vêtements de travail, puis elle traverse le camp pour s'atteler à faire le ménage dans une autre cabane. Elle ne voit pas la journée passer. Après avoir frotté le cabanon du sol au plafond, elle saute dans la douche et se frotte des pieds à la tête, puis elle enfile un jean noir et un tee-shirt à manches longues noir et elle part à la recherche de Connor. Il l'attend à côté de sa moto, en jean et tee-shirt noir également.

– T'es prête ? grogne-t-il.

Elle hoche la tête, trop distraite par ce qu'elle voit pour parler, sa barbe de trois jours, les tatouages qui dépassent de ses manches, les muscles bandés de ses bras.

Elle ne réfléchit pas à deux fois et elle empoigne sa nuque pour baisser sa tête et l'embrasser. Il se raidit, mais ne recule pas. Il ne bouge pas, laissant Hudson effleurer sa bouche avec la sienne, lécher sa lèvre inférieure et la mordiller jusqu'à ce qu'enfin, il réagisse. Il grogne et plonge sa langue dans sa bouche, taquinant la sienne, mais, même si c'est la dernière chose qu'elle veut, Hudson recule la tête pour rompre le baiser.

– Arrête de me faire la gueule, ordonne-t-elle. C'est fatigant.

Il semble d'abord confus, ce qui est inhabituel chez lui, puis il se dépêche de remettre son masque neutre.

– Alors, arrête de ramener des loups, grommelle-t-il.

– Je promets de ne pas en ramener d'autre si tu arrêtes de râler à propos de celui-ci, répond-elle en souriant.

Il lève les yeux au ciel.

– Je vais y réfléchir.

Cependant, elle voit déjà sa colère se dissiper, et il est presque doux lorsqu'il l'aide à monter sur la moto.

Cette fois, le trajet semble passer plus vite. La moto fend la nuit et le vent fait voler les cheveux blonds d'Hudson dans tous les sens, lui rappelant qu'elle n'a pas de casque. Connor lui a expliqué que les leurs ont été volés il y a quelques mois par des brigands qui ont fouillé leur campement temporaire pendant qu'ils étaient en plein raid. Il lui a dit qu'il en cherchait d'autres, mais qu'il n'en avait pas encore trouvé. Apparemment, il connaît des gens qui ont des casques en trop, mais il ne veut pas leur devoir quoi que ce soit.

Hudson a encore du mal à comprendre ce système de troc et d'arrangements, avec qui c'est intéressant, et qui il faut éviter. Elle ne voit pas l'intérêt d'un système aussi compliqué, mais elle suppose qu'elle finira par s'y faire, un jour ou l'autre.

Lorsqu'ils arrivent chez Lennox, Connor vérifie que la sécurité de son pistolet est enclenchée et le fixe dans sa ceinture avant d'entrer dans la maison comme s'il était chez lui. Hudson lui emboîte le pas, un peu inquiète quand ils approchent du salon principal.

Elle ne sait pas à quelle scène de luxure elle va être confrontée cette fois-ci.

À sa grande surprise, la plupart des gens sont habillés, ce soir. Il y a moins de monde, aussi, et plus de la moitié des convives sont des femmes, occupées à discuter calmement, assises dans les canapés. Tous tournent la tête quand Hudson et Connor entrent, puis retournent à leurs occupations.

Connor salue quelqu'un de la main, derrière elle, puis il touche la joue de Hudson avec une tendresse à laquelle elle ne s'attendait pas.

– Reste avec Jamie, chérie. Je vais voir Lennox.

Il tourne les talons, la laissant avec la blonde qui chevauchait Rylan la dernière fois.

Après un silence gêné, elle lui tend la main.

– On n'a pas été présentées, je m'appelle Hudson.

L'autre femme lui serre la main en souriant.

– Je suis Jamie. J'ai été impolie la dernière fois que t'étais ici. J'aurais dû venir te saluer, mais j'étais occupée avec Rylan.

– Ouais, j'ai remarqué, répond Hudson en riant.

– Il ne vient plus autant qu'avant, alors je dois en profiter quand c'est le cas, tu comprends.

Il y a quelque chose dans le ton de voix de Jamie qui interpelle Hudson. Ses yeux bleus se sont adoucis quand elle a prononcé le prénom de Rylan. Merde. Est-ce que Rylan sait que cette nana est amoureuse de lui ? Sans doute pas. Il ne la mènerait pas en bateau et il serait sans doute moins enclin à coucher avec elle s'il savait ce que Jamie ressent pour lui. Comme Connor, Rylan fait tout son possible pour ne pas mêler ses émotions au sexe.

– Alors, t'es la meuf de Conn ? demande Jamie en la balayant du regard.

– Euh... non, pas vraiment. C'est... compliqué.

– Ça l'est toujours, ma belle, répond Jamie en lui prenant le bras. Allez, viens rencontrer les autres nanas.

Jamie passe les vingt minutes suivantes à la présenter à tout le monde, sans jamais cesser de parler. Il s'avère qu'elle et Lennox se connaissent depuis qu'ils sont gamins.

Ils étaient nomades avant de tomber sur cette maison et ils ont décidé d'en faire leur résidence permanente. Layla et Piper vivent ici également, en plus de quelqu'un qui s'appelle Nell.

Quant aux autres, les gens s'arrêtent quand ils sont dans les parages, et Jamie avoue à Hudson qu'elle et Lennox ne ferment jamais la porte à personne.

La personnalité pétillante de Jamie est contagieuse et Hudson se surprend à se détendre en discutant avec elle. Elles viennent de se servir à boire quand deux hommes font signe à Jamie de les rejoindre.

– Ah, il faut que tu rencontres Beck, s'exclame-t-elle en tirant Hudson par le bras. Tu vas l'adorer.

Beck est le diminutif de Beckett. Lui et son ami ont la vingtaine et ils ont tous deux des sourires ravageurs, des tatouages un peu partout et une confiance sexuelle qui aurait fait rougir Hudson si elle n'était pas habituée à Connor et Rylan.

– Bon sang, t'es superbe, siffle Travis, l'ami de Beckett. Pourquoi t'es pas déjà à poil, ma belle ?

– Et pourquoi tu ne la sors que maintenant ? demande Beckett à Jamie.

– Je viens d'arriver dans le coin, admet Hudson.

– Tu crèches où? demande Travis.

– Avec des amis.

Elle fait exprès de rester vague et les hommes ne lui demandent pas plus de détails. Elle a vite découvert que la plupart des Insurgés ne sont pas aussi curieux que les gens de la cité.

– Tu restes dans les parages ou tu poursuis ta route ? demande Beckett.

– Je reste ici.

Du moins, elle l'espère. Vu le comportement lunatique de Connor, elle n'est sûre de rien.

– C'est bon à savoir, répond-il en souriant. J'ai hâte d'apprendre à te connaître, alors.

Ce type est incroyablement attirant. Elle n'arrive pas à quitter des yeux ses fossettes, et l'encre colorée qui recouvre ses bras est envoûtante.

Travis et Jamie s'éloignent et elle reste seule avec Beckett, qui est celui qui a trouvé sa moto à Connor.

– Alors, tu es mécano ? demande-t-elle.

– J'aime bidouiller des moteurs, un hobby plus qu'un boulot. Parfois, je trouve une bécane et je la répare, puis j'essaie de la troquer avec quelqu'un, comme Connor et ses potes. Mais globalement, je répare des trucs pour m'occuper.

– Je n'y connais rien en voitures, avoue-t-elle. Je ne sais même pas conduire une boîte de vitesses manuelle.

Il se rapproche d'elle et enroule une mèche blonde autour de son doigt.

– Je pourrais t'apprendre, un de ces quatre. On habite à Foxworth, avec Trav. Ce n'est pas très loin d'ici.

Ce nom lui dit quelque chose.

– Foxworth... c'est une ville, c'est ça ? Où une certaine Reese est chef ?

– Ah ça, pour être chef, elle l'est, dit-il en souriant. Reese est casse-couilles, mais elle est hyper-fun aux fêtes.

– Les fêtes ?

– Ouais, on en lance une tous les mois. C'est un moyen de libérer la pression, de se détendre. Je ne sais pas pourquoi, elles finissent toujours en partouze géante. Tu devrais vraiment nous rendre visite, ajoute-t-il à voix basse. Reese n'a rien contre les visiteurs. Mais je dois te prévenir que Foxworth peut être addictif. Il se pourrait que tu ne veuilles plus jamais repartir...

Son expression change brusquement, et Hudson pense savoir qui en est la cause. *Connor.* Elle l'a senti marcher vers eux quand l'air s'est chargé d'électricité.

– Beckett, dit-il froidement.

– Conn. Comment va la Harley ?

– Très bien, répond Connor en posant une main sur la nuque d'Hudson. Nell te cherchait.

Beckett les observe tour à tour avant de s'arrêter sur Hudson en souriant.

– C'était un plaisir de te rencontrer, Hudson. Peut-être qu'on se recroisera un jour.

Elle lui sourit en retour, mais sa joie s'efface quand elle voit l'expression de Connor. Ses traits sont froids et son regard noir.

– Va avec lui si tu veux, gronde-t-il en hochant la tête en direction de Beckett. Je suis sûre que ça ne dérangerait pas Nell. Elle aime la chatte autant que la bite.

Hudson ravale sa colère, parce que quelque chose dans le regard de Connor lui dit qu'il veut la provoquer. Ce qu'elle ne comprend pas, c'est pourquoi.

Elle étudie son visage et lui répond d'une voix calme.

– Est-ce que toi, tu veux que j'aille avec lui ?

***

Connor se crispe en entendant sa question. Est-ce qu'il veut qu'elle baise avec Beckett ? Mon Dieu, bien sûr que non. Il a dû se retenir de l'étrangler juste parce qu'il parlait à Hudson.

Cependant, il ne veut pas qu'elle sache combien ça l'a agacé de la voir flirter avec un autre homme. Car il n'aime pas que ça l'ait dérangé à ce point. Depuis qu'elle lui a ouvertement désobéi en rapportant le louveteau au campement, il fait tout pour garder ses distances, mais finalement il n'a réussi qu'à se punir lui-même.

Il devient fou de ne pas la toucher, bon sang.

– Fais ce que tu veux, chérie, dit-il d'un ton indifférent.

Elle continue de l'étudier avec attention jusqu'à ce qu'il se sente complètement transparent.

– Je sais que je peux faire ce que je veux. Je te demande ce que tu veux. Toi.

Il ferme les poings et serre les dents.

– Qu'est-ce que tu veux, Connor ? insiste-t-elle.

– À ton avis ? s'exclame-t-il.

Il saisit sa nuque et l'embrasse fougueusement, rattrapant les jours de frustration et de manque. Il en veut à cette femme d'avoir réussi à passer ses défenses. Il lui en veut de s'être immiscée dans sa vie, d'avoir séduit ses hommes, de faire qu'il lui est désormais impossible de traverser son propre campement sans penser à elle.

Plutôt que de reculer, Hudson semble accueillir le baiser agressif. Sa langue trouve la sienne, le faisant frémir de plaisir. Il n'a jamais rencontré de femme dont l'intensité rivalise avec la sienne.

Elles ont beau être enthousiastes, même les femmes qu'il a prises ici, dans cette maison, n'arrivent pas à la cheville d'Hudson lorsqu'il s'agit de passion. Hudson se lance tête baissée dans tout ce qu'elle fait, que ce soit un baiser ou le dressage de ce fichu loup. Elle ne fait jamais rien à moitié. Jamais.

Elle frotte son corps chaud et souple contre lui, comme une chatte en chaleur. Il la pousse contre le mur et met sa cuisse entre les siennes, frottant sa queue contre son ventre. Le bouton de son jean racle contre son érection, créant une friction qui lui arrache un gémissement. Il a terriblement envie d'elle. Il a toujours envie d'elle.

– C'est ça que je veux, gronde-t-il d'une voix rauque.

Ses mains tremblent lorsqu'il défait son jean et le baisse, avec son tanga, sur ses cuisses.

– Je veux te prendre contre ce mur et t'entendre crier mon prénom quand tu jouis.

– Alors, fais-le, dit-elle d'une voix bien plus calme que la sienne.

Il caresse son sexe pour savoir si elle est prête. Elle est déjà trempée. Quand il glisse un doigt en elle, elle plaque brusquement sa tête contre le mur et gémit, et Connor sait que tout le monde l'entend. Cependant, il se fiche d'avoir un public. Il a trop envie d'elle, il ne peut pas s'arrêter. Pas plus qu'il ne pourrait arrêter une tornade.

Il n'enlève pas son jean, se contentant de le baisser juste assez pour libérer sa queue. Il titille son clitoris avec son gland et observe la façon dont son regard se voile et ses joues rougissent.

– Viens en moi, dit-elle.

Elle n'a pas à lui demander deux fois. Il pousse son gland entre ses lèvres chaudes et s'enfonce en elle si fort qu'ils gémissent tous les deux.

Elle est délicieuse. Bon sang, soit les trois jours de séparation lui ont fait oublier à quel point c'était bon, soit... merde ! Ils n'ont pas mis de capote. Des alarmes retentissent dans sa tête, lui ordonnant de se retirer, mais elle est trop étroite et trop mouillée et c'est trop bon pour envisager quoi que ce soit d'autre que s'enfoncer davantage en elle.

– Entoure-moi avec tes jambes.

Elle lui obéit, lui cédant le contrôle. Elle l'étreint avec ses bras et ses jambes et il est la seule chose qui la tient, le seul qui a le pouvoir de bouger. Il la serre fort contre lui avec un bras, et il pose son autre main sur le mur, derrière sa tête, pour la protéger lorsqu'il commence à la baiser. Ses allers-retours sont rapides et profonds, et elle plante ses ongles dans son cou.

Il manque perdre connaissance quand il sent les muscles de sa chatte convulser autour de lui.

– Oh ouais, c'est ça. Serre ma queue, bébé.

Elle se contracte de nouveau, et sa vision devient floue quand une vague de plaisir déferle dans ses veines. Il accélère le rythme, son corps frappe le sien à chaque va-et-vient. Hudson se met à haleter, mais il sait que son orgasme n'est pas encore là. Il veut qu'elle prenne son pied, bon sang. Il veut sentir sa chatte le serrer quand elle jouit, entendre les gémissements gutturaux qu'elle fait quand elle lâche prise.

– Je ne jouis pas tant que tu ne jouis pas aussi, marmonne-t-il dans son oreille.

Il modifie l'angle de pénétration en se penchant en avant de sorte que son bassin frotte son clitoris. Il dessine un cercle avec ses hanches et Hudson gémit si fort qu'elle pourrait réveiller les morts.

– Mon Dieu, siffle-t-elle en plantant ses ongles dans sa peau et en le griffant, le faisant grogner de douleur. Continue. Ne t'arrête pas, s'il te plaît.

Connor n'arrête pas, il accélère, l'empalant sous cet angle jusqu'à ce que sa queue soit trempée par son excitation et qu'il n'entende plus que son souffle rauque.

– Jouis, gronde-t-il.

– Alors aide-moi, le supplie-t-elle.

– C'est ça que tu veux ? demande-t-il en riant avant de plonger une main entre eux.

Il appuie sur son clitoris avec son pouce en même temps qu'il s'enfouit de nouveau en elle, et il est récompensé par son cri. Sa chatte se referme sur lui tandis qu'elle jouit et elle mord son épaule. Il adore la voir perdre le contrôle ainsi. Il adore être celui qui lui fait perdre le contrôle.

Ses jambes tremblent autour de lui alors qu'il continue de la baiser durant son orgasme, les yeux rivés sur son visage. Elle est si belle. Elle regarde dans le vide et ses yeux sont voilés par le plaisir, il est ému de voir combien elle lui fait confiance. Elle sait qu'il lui procurera du plaisir et qu'il ne la laissera pas tomber. Il n'a jamais été avec une femme qui se donnait entièrement. Cette confiance est plus puissante que n'importe quel aphrodisiaque. Elle rend humble et elle est terrifiante et si excitante qu'il sent son orgasme approcher.

Sa raison lui revient dans le dernier instant et il parvient à se retirer brusquement alors qu'un plaisir inédit l'éblouit. Il soulève le tee-shirt d'Hudson et se déverse sur son ventre, recouvrant sa peau pâle avec sa semence, la faisant briller à la lumière de la bougie.

Il est pantelant quand il la regarde dans les yeux. Elle semble aussi choquée que lui, comme si elle ne s'était pas attendue à ce que leur union soit aussi féroce.

– Connor, dit la voix amusée de Lennox.

Connor se tourne et se crispe quand il voit que tout le monde les regarde. Certains sont fascinés, d'autres excités, mais c'est le sourire narquois de Lennox qui l'agace le plus. Son ami regarde les seins nus d'Hudson, les fesses de Connor, son sperme luisant sur son ventre. Bon sang, il n'aurait pas mieux marqué son territoire s'il s'était fait tatouer son nom sur le bras.

– Il faut que je te parle, dit Lennox.

Furieux contre lui-même, Connor saisit une serviette sur une table et la donne à Hudson.

– Essuie-toi, ordonne-t-il. Je te retrouve dehors.

Il range sa queue et remonte sa braguette avant de tourner les talons, sentant le regard surpris d'Hudson dans son dos.

– Eh bien, je ne m'attendais pas à ça.

Hudson tourne brusquement la tête, surprise de voir Tamara venir vers elle. Elle est encore à bout de souffle et toute frémissante après cette partie de jambes en l'air effrénée, et toujours confuse par le départ soudain de

Connor. Ce type possède son corps comme s'il en était le propriétaire, et il l'a fait dans une pièce pleine de gens. Et maintenant il la plante là, comme s'il ne s'était rien passé.

Hudson évite le regard incrédule de Tamara, s'essuie rapidement le ventre et baisse son tee-shirt, comme si ce qui venait de se passer n'était rien de spécial.

– Tu ne t'attendais pas à quoi ?

– Chérie, il vient de planter son drapeau dans ta chatte et de l'appeler Connorland.

– Quoi ? demande-t-elle en levant la tête.

Tamara boit une petite gorgée de son verre.

– Connor ne baise que dans les chambres privées. S'il l'a fait aujourd'hui, où tout le monde peut le voir, c'est qu'il voulait envoyer un message. Il dit à tout le monde que tu es à lui. Comment t'as fait ? demande-t-elle d'un ton surpris. Tu dois avoir une chatte magique, bébé.

Hudson ne répond pas, car elle est trop préoccupée par ce que vient de dire Tamara. Est-ce que Connor a vraiment fait ça ? Il l'a déclarée sienne devant tout le monde ? C'est une idée bien trop déconcertante pour y penser tout de suite, alors elle hausse les épaules, faisant mine de ne pas être affectée.

– Tu es arrivée quand ? demande-t-elle à Tamara pour changer de sujet.

Tamara porte un pantalon en cuir et un corset, comme la dernière fois, mais ses longs cheveux bruns sont relevés en un chignon sur le haut de sa tête qui lui donne un air bizarrement hautain.

– J'ai passé la journée ici. J'étais à l'arrière, avec Lennox, quand Conn est arrivé. On a parlé longuement de ses téléphones satellites.

– Ouais, Connor en voulait d'autres. Tu as accepté de l'aider ?

– Oui, et il n'est pas ravi de me devoir une faveur, répond la femme en souriant. Mais il comprend que tout a un prix.

– En parlant de prix...

Hudson passe sa main dans ses cheveux ébouriffés après que Connor les a empoignés.

– ... J'espérais que tu pourrais m'obtenir quelque chose, à moi aussi.

– Je vois. De quoi t'as besoin ?

– D'une contraception.

Le regard félin de Tamara scintille tandis qu'elle regarde la serviette que tient encore Hudson.

– Oui, il semblerait que ce soit vraiment nécessaire. Des capotes ?

– Des injections, corrige Hudson en secouant la tête. Dans la cité, les reproductrices ont une piqûre deux fois par an. Chacune dure six mois.

Le sourire disparaît des yeux de Tamara et elle la regarde désormais d'un air suspect.

– Comment t'es au courant ?

Hudson déglutit.

– Euh... quelqu'un m'en a parlé. Je ne sais plus qui.

– N'importe quoi.

– C'est vrai, insiste-t-elle.

– Laisse tomber, s'exclame-t-elle en riant. Je sais que tu viens de la cité.

– Quoi ?

– Chérie, j'ai l'air d'une idiote, à ton avis ? Je l'ai su dès que je t'ai vue. Les citoyens sont affreusement faciles à repérer.

Elle se tait brusquement et l'étudie en silence pendant plusieurs secondes.

– Et puis... reprend-elle, t'as ses yeux.

Un frisson parcourt le dos d'Hudson et son sang se glace.

– De q... qui ?

Tamara balaie la pièce du regard, comme pour s'assurer que personne ne s'intéresse à elles, puis elle regarde de nouveau Hudson et parle à voix basse.

– De Dominik. Tu lui ressembles comme deux gouttes d'eau.

Le cœur d'Hudson bat plus vite que jamais.

– Non, tu te trompes, dit-elle.

– Tes traits sont plus doux, c'est vrai, et tes cheveux sont légèrement plus clairs, mais personne ne peut douter que vous êtes frère et sœur. La dernière fois que t'étais ici, je me suis demandé pourquoi personne n'avait remarqué la ressemblance, puis j'ai réalisé qu'en fait, peu de gens ont déjà vu Dominik. Ils connaissent son nom, savent ce qu'il fait, et ils ont peur de lui... mais c'est bête, non ? Tu ne trouves pas idiot de craindre quelqu'un qu'on n'a jamais rencontré ? C'est absurde.

Hudson n'en croit pas ses oreilles, et des centaines de pensées s'emmêlent dans sa tête.

Tamara sait qui elle est. Elle sait.

– Tu dois être sa sœur, c'est ça ?

Hudson a la tête qui tourne. Et si Tamara le disait à Connor. Et si...

– Détends-toi, Hudson. Tu ne crois pas que si je voulais te dénoncer, je l'aurais déjà fait ? Je sais que tu habites avec Conn et les mecs. J'aurais facilement pu leur envoyer un message, si je le voulais.

Hudson finit par retrouver sa voix, mais elle est encore tremblante.

– Pourquoi tu ne l'as pas fait ?

Tamara semble réprimer un sourire.

– Alors, tu ne le nies pas ?

– Pour quoi faire ? T'as déjà décidé que t'avais raison. Mais quoi que tu penses savoir...

– Je ne pense pas savoir, je sais, point à la ligne. Et ta réaction l'a confirmé, ajoute-t-elle en souriant avant de lui donner son verre. Bois, t'as l'air d'en avoir besoin.

Elle boit une grande gorgée, et l'alcool brûle sa gorge jusque dans son ventre, mais aucune quantité de whisky ne pourrait réchauffer son sang glacé.

– Alors... sa sœur ?

– Jumelle, répond Hudson.

Tamara hoche la tête et Hudson boit une autre gorgée.

– Pourquoi tu ne l'as dit à personne ?

– Parce que je suis une femme d'affaires intelligente qui comprend que chaque chose a sa valeur. Tu veux savoir ce qui a le plus de valeur dans ce monde ? Les secrets.

– Qu'est-ce que tu veux en échange ?

– Pour l'instant ? Rien. C'est une autre raison pour laquelle je suis douée pour ce que je fais, je prends du recul et je vois les choses à long terme. Les gains de courte durée n'ont aucun intérêt dans ce monde.

Hudson a la nausée, et ce n'est pas parce qu'elle a vidé un verre plein de whisky en l'espace de dix secondes. L'idée que Tamara se serve de cette information contre elle la rend malade.

– Ne t'en fais pas, la rassure-t-elle. Je te préviendrai longtemps à l'avance avant de venir collecter mon dû. Et tu sais quoi ? Je me sens tellement mal de t'avoir déstabilisée à ce point que je vais te procurer tes médocs gratuitement. T'en penses quoi ? Tu n'auras pas à me les rembourser.

– Roh, dis donc, merci ! s'exclame Hudson d'un ton lourd de sarcasme.

– Ne me regarde pas comme ça. Je peux être une très bonne alliée si tu m'y autorises, dit-elle en souriant jusqu'aux oreilles. J'assure tes arrières, Hudson.

Elle assure ses arrières ? C'est ça, ouais. Autant dire qu'elle tient un flingue sur sa tempe et qu'elle peut tirer la gâchette à tout moment.

Sa nausée s'aggrave de façon si dramatique qu'Hudson craint vraiment de vomir. Elle respire profondément, essayant d'apaiser son estomac et de calmer son cœur affolé. Il ne sert à rien de paniquer. Tamara va se taire, pour le moment, donc elle n'a aucune raison d'angoisser tout de suite.

Il faut qu'elle se détende. Et qu'elle respire. Et qu'elle trouve un moyen de faire taire sa nouvelle alliée.

Pour de bon.

Chapitre 16

Il y a très peu de mariages officiels en terre libre puisqu'ils n'ont lieu que lorsque les deux parties croient encore en une religion, comme ça avait été le cas de la femme de Connor.

Le père de Maggie, qui était prêtre avant la guerre et qui avait continué à exercer son ministère après, avait éduqué ses filles selon l'idée qu'une union devait être sanctionnée par un dieu pour être valable. Connor avait accepté la cérémonie parce qu'il voulait rendre Maggie heureuse, mais leur statut de couple marié était peu connu en dehors de la cité.

La plupart des Insurgés font référence à leur partenaire comme « ma femme » ou « mon homme ». Leur engagement l'un auprès de l'autre est généralement sous-entendu, sauf lorsqu'il s'agit de faire passer un message, de marquer sa possession en public et rendre évident pour tout le monde que l'un ou les deux sont intouchables.

Ce soir, Connor a envoyé un message.

Il ne l'a pas fait intentionnellement ou consciemment. Ses hommes batifolaient tout le temps dans le salon principal. Lui, non. En le faisant ce soir, il a dressé un panneau signalant à toutes les personnes présentes chez Lennox qu'Hudson est à lui. Qu'elle est importante à ses yeux. Il leur a montré sa faiblesse, et même si Lennox est un allié de taille, Connor sait qu'il n'hésiterait pas à l'exploiter et à utiliser Hudson contre lui, si nécessaire.

Hudson ne dit pas un mot en s'installant derrière lui sur la moto. Il apprécie son silence, parce qu'il n'est absolument pas d'humeur bavarde.

La lune étant entourée de nuages, ce soir, il n'a d'autre choix que d'allumer ses feux de route, ce qui ne fait qu'aggraver son sentiment d'être exposé. Or, il doit choisir entre être repéré par des Exécuteurs ou risquer de casser le cou d'Hudson en percutant quelque chose, et il ne veut pas la mettre en danger.

Le fait qu'il mette son bien-être avant le sien est ahurissant. Quand a-t-il commencé à la percevoir comme faisant partie du groupe ? Il n'en est pas sûr. Tout ce qu'il sait, c'est qu'il est important pour lui de la protéger.

Cela fait trente minutes qu'ils roulent quand ses phares éclairent un mouvement au bord de la route. Connor distingue deux silhouettes. Ce doit être des Insurgés, parce que les brigands sont toujours en groupe et que les Exécuteurs ne se déplacent pas à pied. Il ralentit, instinctivement, et s'en veut immédiatement car les silhouettes s'arrêtent et se mettent à agiter les bras. Il entend les mots « stop » et « s'il vous plaît » et « au secours », et Hudson serre son épaule en insistant pour qu'il s'arrête, sinon il aurait continué sa route.

Merde. Il n'a vraiment pas besoin de ça.

– Reste sur la moto, ordonne-t-il. On ne sait pas à qui on a affaire.

Il tient son pistolet en main et a déjà enlevé la sécurité lorsque les vagabonds titubent vers eux. Deux hommes, l'un a la quarantaine, l'autre est adolescent.

– Ne tirez pas, s'écrie le plus jeune. S'il vous plaît, on a besoin d'aide.

Connor les détaille avec attention de la tête aux pieds, notant leurs vêtements poussiéreux, leurs cheveux ébouriffés, le chiffon ensanglanté qui sert de bandage au bras de l'adolescent.

– Qu'est-ce qui s'est passé ? demande Hudson en observant la blessure à son tour.

– Des brigands, répond le plus âgé.

Il se rapproche et les phares éclairent son visage, révélant son œil enflé et sa lèvre fendue et recouverte d'une croûte de sang.

– Ils nous ont attaqués à une quinzaine de kilomètres d'ici.

– Ils étaient combien ? demande Connor.

– Au moins sept.

– Neuf, corrige le jeune. J'ai compté.

Hudson commence à bouger, mais Connor pose sa main libre sur sa cuisse et la serre, lui ordonnant par ce geste de rester là.

– Où allez-vous ? leur demande-t-il.

– Vers le sud, répond l'homme. On se dirige vers la côte. On espère trouver un bateau qui nous emmènera à la colonie du Sud. Mon fils a été poignardé pendant l'attaque, dit-il d'une voix hésitante. On a besoin de... vivres... d'eau pour laver la plaie...

Devant le visage de Connor, il ne finit pas sa phrase.

– Il y a une maison à une trentaine de kilomètres d'ici, répond poliment Connor. Ils auront tout ce dont vous avez besoin et ils vous laisseront vous reposer là-bas jusqu'à ce que vous soyez prêts à reprendre votre route, répond-il en remettant son pistolet à l'arrière de son jean. Dites à Lennox que c'est Connor qui vous envoie.

– Mais... commence Hudson.

– Bonne chance, ajoute-t-il.

Il fait vrombir le moteur et accélère, laissant les vagabonds derrière eux.

– À quoi tu joues, Connor ?

La voix d'Hudson est étouffée par le vent, mais il sent la colère émaner de son corps. Il garde la tête baissée et dévale la route déserte, mais ce n'est ni la vitesse ni le vent qui doivent l'inquiéter. Ce sont les poings d'Hudson lui frappant les épaules alors qu'elle lui crie de s'arrêter. Il pousse un juron qui disparaît dans une bourrasque et il ralentit seulement parce que les bras d'Hudson ne l'entourent plus et qu'il a peur qu'elle tombe.

– Laisse-moi descendre ! aboie-t-elle en le frappant de nouveau.

– Bordel ! s'exclame-t-il, furieux.

Il a tout juste arrêté la moto sur le bas-côté qu'Hudson en descend et marche dans la direction opposée.

– Où tu vas, putain ?

Ses bottes frappent le bitume à chaque enjambée furieuse, mais elle ne parcourt qu'une dizaine de mètres avant de s'arrêter brusquement, comme si elle réalisait soudain la distance qu'il a déjà mise entre eux et les vagabonds.

Elle se tourne et avance vers lui comme un animal féroce.

– C'était quoi, ça, Connor ? Bonne chance ? s'écrie-t-elle, le regard noir de colère. Tu les as envoyés valser comme de vulgaires ordures !

Sa colère explose enfin et lui arrache un grognement.

– Tu voulais que je fasse quoi ? Que j'empile quatre personnes sur une foutue moto ? On n'aurait pas pu les prendre même si on en avait eu envie. La seule solution était de les envoyer chez Lennox.

– À trente bornes ! s'écrie-t-elle. Lennox est à trente bornes. Ils vont mettre des heures pour y arriver. J'aurais pu attendre avec le gamin le temps que tu emmènes le père chez Lennox, ou on aurait pu y aller nous-mêmes et emprunter une voiture à quelqu'un, à Beckett ! Beckett a une voiture, et je suis sûre qu'il serait venu les chercher. On n'était pas obligés de les abandonner, Connor.

Il faut à Connor un effort surhumain pour se calmer. Il respire lentement, compte jusqu'à cinq dans sa tête et il n'ouvre la bouche qu'une fois qu'il est sûr de ne pas dire quelque chose de blessant.

– Il y a des brigands dans le coin, Hudson, dit-il simplement. Le gamin et son père ont été attaqués près d'ici, donc on ne peut pas se permettre de rester là, à se disputer au bord de la route. T'as qu'à me crier dessus quand on sera rentrés au campement, chérie.

– Ne t'avise pas de m'appeler chérie ! sanglote-t-elle. J'aurais au moins pu jeter un œil à son bras. J'aurais pu regarder ses blessures et...

– Il allait très bien.

– Il s'est fait attaquer ! s'exclame-t-elle en secouant la tête, incrédule. C'est quoi ton problème ? Il y a des gens qui ont besoin de ton aide, ici. Comment peux-tu t'en foutre en ce point ?

Sa mâchoire se contracte.

– Pourtant je t'ai accueillie, toi, non ?

– Ouais, et bien sûr c'était ton idée, n'est-ce pas ? Arrête un peu, tu veux ? C'est sans doute Kade qui t'a convaincu de faire demi-tour, ou peut-être Rylan, mais quoi qu'il en soit, tu n'aurais eu aucun scrupule à me laisser me débrouiller toute seule. Ça ne t'aurait pas empêché de dormir.

– On parlera de ça plus tard, gronde-t-il d'un ton impatient. On a un long trajet devant nous.

Elle le regarde un moment, bouche bée, comme si elle le voyait pour la première fois, puis elle devient silencieuse. Si silencieuse et pendant si longtemps qu'il envisage presque de la prendre par-dessus son épaule et de l'attacher à la moto.

– Je dis stop, dit-elle finalement.

– Quoi ?

– T'as dit que quand l'un d'entre nous en aurait assez de... nous... on devait en informer l'autre, déclare-t-elle d'une voix triste. Eh bien, je dis stop. J'en ai assez, Connor.

Il ne peut expliquer la douleur qui l'envahit et lui tord l'estomac.

– Pourquoi ? Parce je ne veux pas risquer nos vies pour des étrangers ? Lennox va s'occuper d'eux, bon sang, rétorque-t-il d'une voix dure qui la fait grimacer. Ces gens n'ont rien à voir avec nous, poursuit-il d'une voix plus douce. Avec notre... relation.

– T'as raison. Eux, non. Mais toi, oui.

– Qu'est-ce que c'est censé vouloir dire ?

– Ça veut dire que j'en ai assez de jouer à deviner qui tu es.

Elle a l'air si triste qu'il est à deux doigts d'aller vers elle et de la prendre dans ses bras, mais il a peur de se prendre une gifle.

– Pour moi, il ne s'agit plus que de sexe, admet-elle. Je ne suis pas comme toi, d'accord ? Je ne peux pas séparer mes émotions du sexe, du moins pas avec toi. C'est différent avec Rylan parce que je sais qui il est. Je peux m'amuser avec lui sans m'attacher, parce que ce n'est que du sexe, deux personnes qui se font du bien. Mais, je te le dis, il ne me fait rien ressentir. Et je ressens quelque chose pour toi.

La respiration de Connor devient difficile.

– Tu vas me faire souffrir.

Sa voix calme et froide lui tord un peu plus le ventre.

– Je le vois, maintenant. Je n'ai pas arrêté de me dire que tu n'étais pas vraiment un enfoiré sans cœur et qu'au fond, tu devais t'attacher aux gens. À moi, aux mecs, aux autres. Mais ce n'est pas le cas, n'est-ce pas ? Tu te fiches vraiment de tout le monde, hein ?

Il essaie de ravaler le nœud dans sa gorge pour parler.

– Hudson...

– Est-ce que tu sais seulement ce que ça fait de ressentir quelque chose pour une autre personne ? De se soucier qu'elle meure ou qu'elle vive ? De vouloir tendre la main pour aider quelqu'un, même si cela implique de mettre sa propre vie en danger ? Tu sais ce que c'est d'aimer quelqu'un ?

La gorge de Connor est si serrée qu'il ne peut respirer. Il ne peut pas parler, et son silence ne fait qu'aggraver l'amertume qui assombrit le visage d'Hudson. Ses accusations empoisonnent l'air qui les entoure.

– Ouais, c'est ce qu'il me semblait.

Elle lui tourne le dos et retourne vers la moto, le congédiant. Il a l'impression qu'il vient de se faire gifler. Il regarde ses épaules crispées, ses cheveux blonds fouettant son dos, et quelque chose craque en lui. Elle n'a pas le droit de l'accuser ainsi, de lui dire qu'il se fiche de tout le monde, qu'il est incapable d'aimer. Elle ne sait absolument rien de lui.

– Oui, crache-t-il.

– Oui quoi ? lance-t-elle sans se retourner.

– Je sais ce que c'est d'aimer quelqu'un.

Il voit ses épaules se contracter davantage.

– Je ne te crois pas, répond-elle sans s'arrêter.

– J'aimais ma femme.

Ça a le mérite d'attirer son attention. D'ailleurs, cela fait plus que ça. Elle trébuche, se rattrape et se tourne vers lui, choquée.

– Tu es marié ?

– Je l'étais, dit-il. Elle est morte.

Bordel de merde. Il regrette d'avoir dit tout ça mais il voulait remettre Hudson à sa place. Elle n'a pas le droit de le juger. Mais maintenant, ses traits s'adoucissent et son regard s'attendrit. Il n'aurait pas pu se sentir plus à nu s'il avait été à poil.

– On rentre à la maison, maintenant ? grogne-t-il.

– Non.

Merde. Il connaît cette expression. Elle lui dit qu'ils n'iront nulle part tant qu'elle n'aura pas obtenu ce qu'elle veut entendre.

– Qu'est-ce qui est arrivé à ta femme ?

– Je viens de te le dire. Elle est morte.

Hudson se rapproche de lui et prend son menton dans sa main, le tirant vers elle pour qu'il la regarde.

– Comment est-elle morte ?

– À ton avis, putain ? C'est Dominik qui l'a tuée.

Hudson retient son souffle. Elle est choquée, mais elle a également l'air confuse, ce qu'il trouve étrange. Pour quelle raison serait-elle confuse ? Les Exécuteurs tuent les Insurgés. Fin de l'histoire.

– Tu... l'as vu la tuer ?

Connor secoue la tête.

– Je ne l'ai pas vu appuyer sur la gâchette, mais je l'ai vu s'éloigner de la scène. Il m'a suffi de voir les corps pour comprendre ce qui s'était passé.

– Tu n'étais pas là quand ton campement a été pris d'assaut ?

La question lui fait l'effet d'une douche glacée. Il aurait dû y être. Il n'aurait jamais dû laisser Maggie seule.

– J'étais en train de chasser. J'étais le seul à savoir faire. Les gens que Maggie insistait pour accueillir... étaient... ils étaient faibles. C'étaient des femmes qui avaient toujours été protégées par des hommes, des enfants dont les parents étaient morts d'une maladie ou d'autre chose. Maggie et ses sœurs étaient vraiment des cœurs sensibles. Elles adoptaient tous ceux qu'elles croisaient, explique-t-il d'une voix irritée. On était douze, et il fallait trouver de la nourriture.

Hudson semble hésiter un instant, puis elle lui prend la main. Il la laisse faire, parce que soudain il se sent un peu fragile, comme s'il pouvait tomber d'une seconde à l'autre.

– On avait entendu des rumeurs selon lesquelles les Exécuteurs faisaient des rafles dans le coin, admet-il. Je voulais partir, mais Maggie insistait pour qu'on reste. Elle voulait qu'on prenne racine quelque part.

Hudson n'est pas insensible à l'amertume qu'elle perçoit dans sa voix.

– Il est normal de vouloir s'installer dans un endroit où on se sent en sécurité.

– Je sais, je n'aurais pas dû la laisser me convaincre. Au fond de moi, je savais que c'était une erreur. Mais tout le monde en avait marre de voyager, et on avait un campement solide. On avait un puits, un verger et une forêt à deux pas avec plein de gibier. C'est là que j'étais quand les Exécuteurs sont venus. J'étais sur la trace d'une biche, dans les bois. J'avais laissé un gamin qui s'appelait Dan en charge du camp, il n'avait que dix-sept ans, mais en dehors de moi, il était le seul à savoir se servir d'un pistolet. J'ai bien essayé d'apprendre à Maggie à tirer, mais elle a toujours résisté. Elle disait que même si elle apprenait, elle ne pourrait jamais tuer un être vivant, que ce soit un animal ou un humain.

Ses souvenirs lui brisent encore un peu plus le cœur. La compassion de Maggie était une des raisons pour lesquelles il était tombé amoureux d'elle. Ça, et son éternel optimisme. Il n'avait réalisé que bien plus tard que ce n'était pas de l'optimisme mais de la naïveté. Elle pensait qu'au fond, tout le monde était bon et qu'un acte bienveillant pouvait accomplir beaucoup plus qu'un geste violent. Elle avait essayé d'en convaincre Connor, aussi, mais c'était comme demander à un animal de réprimer son instinct de survie. Connor n'était pas tendre et il n'était pas optimiste. Il avait toujours été un enfoiré cynique qui faisait ce qu'il fallait pour survivre.

Toutefois, il avait essayé. Il avait tout fait pour devenir l'homme que Maggie voulait, parce qu'il l'aimait et qu'il voulait la rendre heureuse. Après sa mort, il avait enfin accepté la triste vérité. Maggie avait tort. Non seulement dans sa volonté de le changer, mais dans sa façon de percevoir le monde.

– Son père l'avait couvée, poursuit-il. Maggie et ses sœurs avaient grandi dans une ferme isolée. Elles n'avaient jamais rencontré de brigands ni d'Exécuteurs, elles n'avaient jamais vu la violence qui sévissait de l'autre côté des barrières de leur petit paradis. Leur père n'avait même pas pris la peine de leur apprendre à se défendre, parce qu'il pensait qu'elles étaient en sécurité chez lui. Maggie n'a jamais eu la moindre chance de survivre, déclare-t-il en secouant la tête.

Hudson serre sa main il serre la sienne en retour, fermement, parce qu'elle est devenue sa ligne de vie, l'empêchant de se noyer dans le passé. Dans le souvenir du corps sans vie de Maggie par terre, une balle dans le front. Ses sœurs. Les autres.

– Dominik les a assassinés, siffle Connor. Je les connaissais, Hudson. Ils se seraient rendus dès leur arrivée.

Aucun n'était entraîné. Aucun n'aurait résisté. Ça veut dire qu'il a tiré sur des gens désarmés qui ne représentaient aucune menace.

Le souffle d'Hudson devient lourd et laborieux.

– Qu'est-ce qui s'est passé quand tu es revenu au campement ?

– J'ai entendu les coups de feu dans les bois et j'ai fait demi-tour, mais tout était silencieux quand je suis arrivé au camp. Il n'y avait pas de cris, pas de tirs. Juste le silence.

C'était affreusement macabre, mais Connor s'était toujours demandé si Maggie avait crié quand les Exécuteurs avaient débarqué.

Si elle avait crié en voyant ses amis et sa famille mourir. Si elle avait crié avant de mourir à son tour, ou si elle s'était accrochée à son espoir jusqu'au bout. Est-ce qu'elle croyait que tout irait bien ? C'était sa phrase préférée. *Tout ira bien, Conn. Je le sais.*

Elle ne savait rien.

– Je me suis caché dans les arbres, dit-il. J'ai regardé les Exécuteurs sortir de la maison et aller vers leurs véhicules. Je les ai entendus parler. L'un d'eux était choqué de ce qu'ils avaient fait, il disait que c'était mal. Son pote lui a répondu que les ordres étaient des ordres, et que Dominik voulait qu'ils envoient un message à tous les Insurgés qui allaient à l'encontre du Conseil.

– Avant, ils laissaient le choix aux Insurgés de rejoindre la société ou accepter l'emprisonnement, dit Hudson d'une voix tremblante. Les meurtres de sang-froid ne sont pas dans leur code moral. Du moins, c'est ce que mon père me disait.

– Il n'y avait pas le moindre code, ce jour-là, marmonne Connor. Et crois-moi, Dominik avait même l'air satisfait quand il a rejoint ses hommes. Il leur a dit qu'il ne servait à rien d'enterrer les corps, qu'il fallait les laisser pourrir.

Il ferme le poing et Hudson pousse un cri, lui rappelant qu'il tient encore sa main.

– Pardon... Je ne voulais pas te faire mal, dit-il en desserrant son étreinte.

– T'en fais pas, répond-elle en caressant doucement sa main.

– Je n'oublierai jamais son regard. Et son sourire satisfait, comme s'il était fier de ce qu'il avait accompli. J'aurais pu lui tirer dessus, sur lui et sur les autres. Ils se seraient défendus, et je serais mort, mais au moins j'en aurais descendu quelques-uns. Mais il y avait une chance pour que Maggie ou d'autres soient encore en vie, alors j'ai attendu qu'ils s'en aillent et je suis retourné au campement. J'aurais dû tuer Dominik quand j'en avais l'occasion.

– Ils étaient tous morts ? chuchote Hudson.

– Tous.

Elle se rapproche de lui et appuie sa tête sur son épaule.

– Je suis désolée, Connor.

– Ouais, moi aussi, dit-il alors qu'une vague de honte se met à bouillonner en lui. C'était à moi de les protéger. De protéger Maggie.

– Tu chassais pour les nourrir. Tu ne pouvais pas savoir que les Exécuteurs allaient attaquer.

– Je te l'ai dit, je savais qu'ils étaient dans les environs. J'aurais dû insister et ordonner à tout le monde de plier bagage. Je n'aurais pas dû écouter Maggie.

– Tu as fait ce qui t'a semblé bon sur le moment.

– J'ai fait ce qui était bon pour elle. Pas pour le groupe, et encore moins pour moi, pas quand mon instinct me disait que c'était une erreur. Quel genre de meneur ça fait de moi ? J'ai laissé les beaux yeux de ma femme et ses demandes absurdes me faire culpabiliser et j'ai pris la pire décision pour le groupe. Tu ne comprends pas ?

Je ne veux pas être un meneur. Je n'ai jamais voulu cette responsabilité.

Il met la main dans sa poche arrière pour attraper une cigarette. Ses doigts tremblent lorsqu'il l'allume et il tire si fort dessus qu'il en a le tournis.

– J'ai passé ma vie à prendre des décisions à la place des autres. Je me suis occupé de ma mère après la mort de mon père. Je me suis occupé de tout le groupe.

Une vive amertume s'empare de lui et il tire de nouveau sur la cigarette, encore, et encore, et encore, jusqu'à ce que son sang soit comblé de nicotine, évinçant un instant son sentiment d'impuissance.

– Je n'ai jamais demandé à être le leader de qui que ce soit. Je veux que personne ne compte sur moi, et ce qui est sûr, c'est que je ne veux être responsable de la vie de personne sauf de la mienne.

– Mais les gens sont responsables de leur propre vie, dit Hudson d'une voix douce. Personne n'attend que tu portes ce fardeau. Ce qu'ils veulent, ce sont tes conseils.

– Pourquoi ? demande-t-il d'un ton désespéré. Pourquoi ma parole est-elle si importante ?

– Je ne sais pas. Tu inspires confiance. Je l'ai senti dès que je t'ai rencontré, dit-elle en caressant sa joue. De toutes les personnes dans ce bar, c'est après toi que j'ai choisi de courir. C'est ta protection que j'ai demandée. Que tu le veuilles ou non, quelque chose chez toi fait qu'on se sent en sécurité à tes côtés.

– Je n'en veux pas. Je suis fatigué d'être celui vers qui tout le monde se tourne pour avoir des réponses, dit-il en se passant la main dans les cheveux. Pourquoi aucun de vous ne voit que je n'ai pas la moindre idée de ce que je fais ?

Elle lâche sa main et le prend dans ses bras. Instinctivement, il se crispe, car il n'est pas habitué à chercher du réconfort auprès des autres.

– Je suis désolée pour ta femme, Connor.

La phrase d'Hudson libère toute l'émotion que Connor gardait en lui. Il se laisse aller dans ses bras, s'appuyant contre son corps chaud et ferme, accueillant sa tête dans le creux de son cou, où elle se loge parfaitement. Maggie était minuscule. Il avait toujours peur de lui casser quelque chose en la serrant trop fort, mais il ne ressent pas ça avec Hudson. Rien ne semble pouvoir la briser.

Comparer les deux femmes le fait immédiatement culpabiliser, mais il ne peut s'en empêcher. Il ne peut pas ignorer la force d'Hudson qui manquait tant à Maggie.

Elle lève la tête, et leurs regards se croisent.

– Je suis désolée d'avoir dit que tu étais sans cœur. Je sais que c'est faux. Je vois la façon dont tu te comportes avec Rylan et les autres. Je sais que tu tiens à eux, même si tu n'aimes pas le montrer.

Sa gorge se noue, mais même après l'avoir raclée, sa voix reste rauque.

– Je tiens à toi aussi.

– Ah bon ? demande-t-elle d'un air incertain.

– Je sais que ça ne se voit pas, mais je tiens vraiment à toi. Tu...

Il hésite un instant avant de se forcer à poursuivre.

– Tu me rends heureux.

Elle écarquille les yeux, surprise. Surprise et... coupable ? C'est insensé, elle n'a aucune raison de se sentir coupable.

– Connor... je dois te dire...

Non, mon Dieu non. Il ne peut pas entendre de nouveaux adieux, pas après s'être livré à elle. Il tousse et jette sa cigarette par terre.

– T'en fais pas, chérie. Je comprends pourquoi tu veux qu'on arrête et je respecte ta décision, d'accord ? Je te promets que ce ne sera pas gênant au campement. Je vais...

Elle le fait taire par un baiser.

– Tais-toi, marmonne-t-elle contre ses lèvres.

Connor n'aurait pas cru qu'il lui serait possible de rire après la discussion qu'ils viennent d'avoir, mais un éclat de rire lui échappe néanmoins, avalé par Hudson lorsqu'elle l'embrasse de nouveau.

– On n'arrête rien, Conn, chuchote-elle contre ses lèvres en caressant sa joue. Ce n'est que le début.

Chapitre 17

De l'air. Elle n'a pas d'air.

Connor resserre ses mains comme un étau sur sa gorge. Ses yeux sont rouges et ils brillent d'une haine qu'il ne masque pas. Il va la tuer. Il va l'étrangler jusqu'à ce qu'elle soit morte. Morte comme sa femme. Morte comme Dominik. Il a tué son frère, et maintenant il va la... Hudson se réveille en suffoquant. Elle cherche son cou et elle est surprise de le trouver intact. Le rêve, ou plutôt le cauchemar, lui a semblé si réel qu'elle peut encore sentir sa main, et ses poumons brûlent lorsqu'elle essaie de respirer, avalant aussi vite que possible des bouffées d'air qui l'affaiblissent et lui donnent le vertige.

Le pire, c'est que le rêve – le cauchemar – n'était pas que le fruit de son imagination. Si Connor croisait un jour le chemin de son frère, il le tuerait, c'est certain. Et si sa soif de vengeance était assez grande, il pourrait bien décider de la tuer aussi, juste parce qu'elle est la sœur jumelle de son ennemi. Et parce qu'elle lui a menti.

Elle a toujours du mal à comprendre tout ce qu'il lui a dit ce soir.

Son frère a tué la femme de Connor.

Connor était marié.

Elle inspire de nouveau, sort du lit et retire ses vêtements trempés de sueur. Soudain, sa cabane lui semble trop petite et l'air irrespirable, et elle sort sans se soucier d'être nue. Il est trop tard pour que quelqu'un soit debout, et même si l'air est encore humide, il fait plus frais sur le porche qu'à l'intérieur.

Elle lève la tête vers le ciel noir, son pouls se calme au fur et à mesure que ses poumons se remplissent d'oxygène, et elle pense à son frère. Dom est plutôt un oiseau de nuit, et elle se demande s'il est dehors, lui aussi, en train de regarder le même ciel sans lune. Mais peut-être est-il encore en train de massacrer d'autres gens.

Une nausée violente s'empare d'Hudson en se répétant l'histoire de Connor. Ça n'a aucun sens, bon sang. Dominik ne tuait pas les Insurgés de sang-froid, pas à moins d'y être obligé pour se défendre. Il leur a toujours laissé une chance de se réintégrer.

Pas toujours, gronde une voix cynique dans sa tête.

Son estomac se noue un peu plus. Ces derniers temps, Dom n'était pas forcément clément avec les Insurgés. Il a cessé de suivre le code de conduite des Exécuteurs, celui que son père avait mis en place il y a toutes ces années.

Cependant, Connor dit que sa femme est décédée il y a deux ans. Dom était encore... normal, à cette époque. Non ? Elle se mord la joue, essayant de se rappeler à quel moment précis Dom a commencé à se montrer violent et agressif. Il a sombré après la mort de leur père, donc... il y a un peu plus de deux ans, réalise-t-elle avec effroi.

Alors, il est possible qu'il ait assassiné le groupe de Connor.

Mais... est-ce qu'il mérite de mourir pour ça?

Oui.

La voix dans sa tête est ferme et sans pitié, mais son cœur se fissure à l'idée de voir son frère mort. Qu'il le mérite ou non, il reste son frère jumeau. C'était son meilleur ami et son confident. Son protecteur. Peut-elle vraiment laisser Connor prendre sa vengeance sur Dominik?

– Qu'est-ce que tu fais ici, chérie?

Elle sursaute en entendant la voix de Connor.

– Ah, j'ai... j'ai fait un cauchemar.

Il vient vers elle depuis chez lui et elle rougit en réalisant qu'elle est à poil. Le regard de Connor s'arrête sur ses seins nus, puis sur ses yeux.

– Ça va? demande-t-il.

Elle fait oui de la tête, puis non.

– Tu crois... Tu crois que les gens peuvent devenir mauvais? Ou bien... est-ce qu'ils sont nés mauvais?

– Euh, commence-t-il d'un air surpris. Eh bien, je ne sais pas. C'est une question très philosophique pour cette heure avancée de la nuit.

– Ouais, j'avoue, répond-elle en souriant.

Il vient vers elle, hésite, puis passe un bras dans son dos pour l'attirer contre lui. Elle repose sa tête sur son épaule, respirant son parfum familier, boisé et viril, fort et rassurant.

– Je crois que les méchants naissent mauvais, dit-il enfin.

Sa poitrine se resserre un peu plus.

– Ah ouais?

– Je crois que les gens bien peuvent faire de mauvaises choses, mais ça ne les rend pas mauvais. En revanche, les gens mauvais... sont nés avec du poison dans leur cœur. Ils peuvent essayer de cacher qui ils sont et passer des années à duper tout le monde en faisant semblant d'être des gens bien, mais le mal est toujours là.

Hudson pense à Dominik, petit. À son sourire angélique et à ses yeux pleins de tendresse. À l'amour qu'il vouait à leur mère et à sa façon d'idolâtrer leur père. C'était un enfant tellement mignon. C'était un homme bien, aussi, avant qu'il ne change. Alors, a-t-il changé ou simplement laissé libre cours au mal qui vivait toujours en lui ?

Non, elle ne peut pas croire ça. Il n'aurait pas pu la berner. Elle le connaît par cœur, et elle refuse de croire que son propre jumeau ait pu être un monstre sans qu'elle l'ait remarqué.

– C'est dans leurs yeux, marmonne Connor. On voit les ténèbres dans leurs yeux.

– Tu l'as vu dans les yeux de Dominik ? demande-t-elle d'une voix hésitante.

– Ouais. Je l'ai vu. Je l'ai senti, même, répond-il en la serrant plus fort, tremblant sous la force de sa soif de vengeance. Il a été jusqu'à sa Jeep, après avoir tué une douzaine de gens, avec un air suffisant. En fait, il avait carrément l'air heureux. Ses yeux scintillaient de joie. Ses yeux noirs comme la nuit brillaient d'une lumière plus vive que le soleil, comme si le fait d'avoir massacré des innocents était le plus beau cadeau qu'il ait jamais eu.

Quelque chose dans son discours la dérange, mais Connor ne lui laisse pas le temps d'y réfléchir. Il desserre son étreinte et l'embrasse tendrement sur la tempe.

– Il est tard. Tu devrais retourner te coucher.

Elle parvient à hocher la tête, cherchant encore ce qui l'a dérangée, mais elle met l'idée en suspens et se tourne vers sa porte.

– Désolée de t'avoir réveillé.

– Y a pas de souci, dit-il en la regardant ouvrir la porte. Je peux entrer ?

Elle fronce les sourcils.

– Euh, je ne... je suis trop fatiguée pour du sexe, Conn.

Il remue nerveusement.

– Pas pour du sexe. Je, euh, je pensais qu'on pouvait... dormir ensemble.

Elle ne peut pas cacher sa surprise.

– Mais tu dors seul, lui rappelle-t-elle.

Le regard de Connor est si intense qu'elle frissonne de la tête aux pieds.

– Peut-être que je n'en ai plus envie.

– Ah.

Son cœur bat la chamade alors qu'une bouffée de joie l'envahit.

– Eh bien, entre, alors.

Ils entrent dans sa cabane sombre et Connor ferme la porte derrière eux. Hudson se glisse sous les draps, Connor se déshabille. Quelques secondes plus tard, il se faufile à ses côtés, collant son corps chaud et nu au sien. Un soupir de contentement échappe à Hudson tandis qu'elle se blottit contre lui, dos contre sa poitrine, et qu'il pose un bras sur sa taille.

– Bonne nuit, dit-il.

– Bonne nuit, murmure-t-elle.

Elle soupire doucement, enveloppée dans la chaleur de Connor et la joie immense de l'avoir ici avec elle. Peut-être se serait-elle endormie, et peut-être aurait-elle dormi paisiblement dans ses bras si elle n'avait pas réalisé quelque chose.

Ces yeux noirs comme la nuit...

Les paroles pleines de haine de Connor électrisent son esprit, et elle comprend pourquoi elles l'ont tant dérangée.

Dominik n'a pas les yeux noirs. Les siens sont gris clair. Si clair qu'on dirait les stalactites glacées qui descendaient du toit de la caserne chaque hiver.

L'homme que Connor a vu quitter le massacre... celui qui a tué sa femme et le reste de son groupe...

Cet homme ne pouvait pas être son frère.

Chapitre 18

Lorsqu'Hudson se réveille, elle découvre le visage de Connor entre ses seins, sa barbe naissante râpe sa peau nue. Il fait ça souvent, maintenant, il aime la réveiller au milieu de la nuit avec sa bouche sur ses seins. Il ramène son corps à la vie alors que son esprit reste merveilleusement endormi, sa conscience lui revenant lentement à chaque caresse de ses doigts ou à chaque coup de langue. Il a passé chaque nuit des deux dernières semaines dans son lit, mais elle sait que ce n'est qu'une question de temps avant que tout s'écroule. Tamara sait qui elle est. Il suffit qu'elle parle pour que Connor apprenne la vérité aussi.

Hudson doit le lui dire elle-même. Elle avait décidé de le faire l'autre soir, quand il lui a parlé de la mort de sa femme, mais chaque fois qu'elle pensait avoir trouvé le courage, les paroles refusaient de quitter sa bouche et...

Mon Dieu, ce que c'est bon! Sa bouche est sur son téton, qu'il suce et mordille juste assez pour que ce soit un peu douloureux, puis il se dépêche de l'apaiser avec sa langue, le léchant longuement, faisant oublier à Hudson toutes ses peurs, lui arrachant un soupir de joie.

– Je me demandais quand t'allais te réveiller, dit-il sans lâcher son téton.

La cabane est plongée dans le noir et elle ne peut voir que sa tête entre ses seins.

– Ça fait combien de temps ?

– Que je joue avec tes seins ? Quelques minutes.

– Espèce de pervers !

Il fait trop noir pour voir son visage, mais elle le sent sourire contre son sein.

– T'adores ça.

Dieu que oui.

Elle adore encore plus quand sa main descend sur son ventre et qu'un doigt fait le tour de son nombril avant de plonger entre ses jambes. Ses doigts calleux effleurent son clitoris et elle pousse un cri aigu.

– C'est mon bruit préféré sur terre, lui dit-il.

– Quoi ?

– Ton petit souffle, quand je fais ça.

Il frotte de nouveau son clitoris avec son pouce et, en effet, elle inspire de nouveau en gémissant.

Les lèvres de Connor s'attaquent à sa gorge, y déposant de longs baisers langoureux en même temps que son doigt caresse son bouton de rose. Son érection est lourde contre sa hanche et il se frotte contre elle, lui prouvant combien il la désire.

Elle ne sait jamais à quoi s'attendre avec lui, s'il va être brutal et rapide, sale et exigeant, lent et taquin. Il n'y a qu'une chose qui reste inchangée d'une fois sur l'autre, sa faim. Il a toujours autant envie d'elle qu'elle de lui. Peu importe que Rylan soit là, peu importe qu'ils soient seuls ou sous les yeux de toutes les convives de Lennox.

Connor pourrait la baiser devant cinq cents personnes, elle ne verrait que lui. Lui et lui seul, avec sa grosse voix, ses caresses coquines et cette façon de la regarder comme si elle était la plus belle femme qu'il ait jamais vue.

Elle saisit son menton et le force à lever la tête pour fusionner leurs bouches. Elle n'a qu'un mot en tête, perfection. Leurs bouches, leurs corps, entre eux tout est parfait. À tel point qu'elle se sent accablée d'émotion et que ses mains s'affolent lorsqu'elle saisit son érection pour la placer entre ses jambes.

– Attends, bébé. Il nous faut...

Il pousse un grognement quand elle le branle lentement.

– Une capote, finit-il en sifflant.

Il se penche sur elle et cherche la table de chevet à tâtons avant de revenir à elle, poussant son gland entre ses lèvres.

Elle est si mouillée et prête pour lui qu'il s'enfonce entièrement en elle sans aucun mal, la remplissant, l'étirant, la comblant si parfaitement. Cependant, la plénitude ne s'arrête pas à leurs corps. Il la comble. Il est intense et féroce et merveilleux, et il n'y a personne avec qui elle préférerait être dans ce lit. Sur cette terre.

– Ne te retiens pas, murmure-t-elle lorsqu'il essaie d'aller lentement. J'ai besoin que tu me donnes tout. Je veux sentir chaque centimètre de ta verge.

Elle soulève son bassin et il siffle, surpris, avant d'accélérer le rythme.

– Plus fort, supplie-t-elle.

– Bon sang, non, je vais te faire mal.

Elle repense à ce qu'elle lui a dit au bord de la route. *Tu vas me faire mal.* Or, ce n'est pas vrai, plus maintenant qu'elle sait ce qu'il a vécu, ce qui l'a fait devenir ainsi. Il n'est pas sans cœur. Il est simplement un peu abîmé. Mais il est à elle, bon sang.

– Plus, Connor. J'ai besoin de toi.

Il pousse un grognement et se dresse sur les genoux pour l'empaler avec sa queue, sans pitié, sans relâche. Elle sent chaque aller-retour profond entre ses jambes, dans ses doigts, dans ses orteils et dans ses seins. Quand elle jouit, c'est avec une explosion de plaisir qui l'aveugle et la brûle des pieds à la tête. Son monde tout entier se réduit à Connor, à la flamme qui brûle dans ses yeux, à la façon dont il grogne son nom en s'étalant sur elle alors qu'il jouit à son tour.

– Putain, siffle-t-il en haletant autant qu'elle.

Elle le regarde jeter la capote, et les derniers vestiges de plaisir quittent son corps, remplacés par un malaise angoissant, parce que cela lui rappelle la contraception qu'elle a demandée à Tamara avant que celle-ci ne ruine sa seule chance de survivre dans ce monde, le fait que personne ne sache qui elle est vraiment.

Peu de gens ont déjà vu Dominik...

Hudson se rappelle les paroles de Tamara et réfléchit de nouveau à ce qui la tracasse depuis plusieurs jours. Et si l'homme que Connor a vu partir n'était pas Dominik ? Cela signifierait que Dom n'est pas responsable de la mort de sa femme. Cela signifierait qu'elle pourrait dire à Connor qui elle est et qu'il pourrait ne pas la détester.

Cependant, elle n'est pas encore prête à lui dire. Elle n'est pas encore prête à perdre ça, son corps lourd contre le sien, ses lèvres chaudes sur son cou lorsqu'il revient se coucher à ses côtés.

Elle appuie sa tête sur son torse et écoute son cœur battre contre son oreille.

– C'était comme ça avec ta femme ?

La question lui a échappé, et Connor se crispe immédiatement. Sa poitrine se soulève quand il inspire et retombe lorsqu'il vide ses poumons.

– Comment ça ?

– Entre nous, c'est... intense. Frénétique. C'est comme si... je n'en avais jamais assez de toi.

Connor est silencieux un moment.

– Non. Ce n'était pas comme ça.

– Alors, c'était comment ?

– Différent.

Elle ne peut réprimer un éclat de rire.

– Voilà qui est très diplomatique. T'as le droit de dire que c'était mieux, si c'est le cas, dit-elle alors que sa poitrine se contracte rien que d'y penser.

– Mais c'est vrai, c'était juste différent, répète-t-il avant de rester silencieux quelques secondes. Elle n'aimait pas cet aspect, chez moi.

Hudson fronce les sourcils et se dresse sur un coude. Elle voit à peine son visage dans le noir et cela la dérange. Elle cherche le briquet sur la table de chevet et allume une bougie, révélant aussitôt la souffrance de Connor.

– Quel aspect ?

– Quand j'étais brutal au lit.

Il pose un bras sur son front, sans vraiment masquer son visage mais en le plongeant dans l'ombre de sorte qu'il est plus difficile pour Hudson de déchiffrer son expression.

– Ou quand j'étais trop intense. Ça lui faisait peur, je crois.

Hudson fronce encore plus les sourcils.

– Pourtant ça fait partie de toi, tu es comme ça... intense.

Un rire triste échappe à Connor.

– Alors, je suppose qu'elle n'aimait pas qui j'étais.

– Je ne pense pas que ce soit vrai. Je pense qu'elle t'aimait.

Il hoche la tête.

– Oui, elle m'aimait, concède-t-il en laissant tomber son bras sur le lit et en empoignant le drap. Mais elle ne me connaissait pas, pas complètement, en tout cas. J'ai vite appris à cacher certains aspects de ma personnalité. Je voulais qu'elle soit heureuse, et... ce côté de moi ne la rendait pas heureuse.

Son aveu déplaît énormément à Hudson. La domination de Connor, son intensité, sa brutalité sont des parties essentielles de sa personnalité. C'est grâce à elles qu'il a survécu aussi longtemps dans un monde aussi primitif et impitoyable. Comment sa propre femme a-t-elle pu ne pas le comprendre ?

– Tu devais vraiment l'aimer, pour être prêt à changer qui tu es, chuchote Hudson.

– Maggie était... elle était comme un rayon de soleil dans une tempête. Je n'ai jamais rencontré quelqu'un qui souriait autant. Je ne le comprenais pas, mais je le voulais. Je voulais que sa lumière éclaire ma vie et découvrir comment elle faisait, comment elle vivait sans la peur. Mais ce n'est pas possible dans ce monde, ajoute Connor d'un ton glacial. Il m'a fallu une année avec Maggie pour comprendre ce qui se passait vraiment. Elle n'avait pas trouvé un moyen d'éclairer les ténèbres, elle ne les voyait pas. Elle vivait dans un monde imaginaire.

– Comme la plupart des gens de la cité, répond Hudson d'une voix pleine de tristesse.

– Ouais, mais au moins, dans la cité, ils sont en sécurité du moment qu'ils obéissent au CM. Ici, en terre libre, on ne peut pas se permettre d'être naïf.

– Vous avez été mariés combien de temps ?

– Trois ans, répond-il en la tirant par le bras. Viens ici. Je n'aime pas que tu sois aussi loin.

Ils ne sont qu'à trente centimètres l'un de l'autre, mais elle ne dit rien et elle se blottit contre lui. Il plonge immédiatement ses doigts dans ses cheveux, caressant tendrement sa tête. Elle doit avouer qu'elle aime ce côté tendre et détendu de leur relation autant que le côté animal et passionnel.

Les choses ont changé entre eux depuis le soir où ils sont rentrés de chez Lennox. Connor est toujours aussi ronchon et froid, mais il a aussi un côté tendre. Il rit plus, également. Et il s'est même habitué au louveteau d'Hudson. Il ne fronce plus les sourcils quand Hope court vers lui, et il ne râle plus quand elle dort au pied du lit, les soirs où Hudson la prend à Pike.

– Pourquoi vous n'êtes pas restés à la ferme ?

– Hmm ? demande-t-il en jouant avec ses cheveux.

– Tu as dit que le père de Maggie les avait élevées dans une ferme, non ?

– Ouais. Je suis tombé dessus quand ma mère est morte. J'ai quitté mon autre groupe après en avoir donné la charge à d'autres hommes, et je suis parti. C'est là que j'ai rencontré Maggie.

– Alors, pourquoi vous n'y êtes pas restés ?

– Parce que la ferme a brûlé, soupire-t-il.

– Ah mince. Comment ?

– Le père de Maggie a eu une crise cardiaque. On dormait en haut et on ne l'a pas entendu se lever. Je suppose que la douleur a dû le réveiller et qu'il est descendu. Il a allumé une bougie, et il a dû la faire tomber quand il s'est évanoui. Les flammes ont gagné les rideaux et tout a pris feu. La fumée m'a réveillé et j'ai réussi à sortir Maggie et ses sœurs. J'ai trouvé Darren en bas et je l'ai sorti aussi, mais il est mort sur la pelouse en regardant sa maison brûler.

– Je suis désolée, dit Hudson.

– C'est pour ça que Maggie a tant insisté pour rester au dernier campement. La maison lui rappelait celle où elle avait grandi. Et, bon, tu connais la suite. J'ai pris la mauvaise décision et mon groupe en a payé le prix.

Une angoisse terrible s'empare d'elle, mais elle se force à continuer.

– Connor... je dois te demander quelque chose.

Il la serre contre lui, penchant sa tête pour la regarder dans les yeux.

– Qu'est-ce qu'il y a ?

– Le jour où Maggie est morte... Tu as dit que tu avais vu Dominik partir du camp en parlant à ses hommes.

– Ouais...

– Il était comment ?

– Pourquoi tu me demandes ça ?

– S'il te plaît, dis-moi comment il était. Ses cheveux, ses yeux, tout ce dont tu te souviens.

Connor s'assoit dans le lit et se frotte la joue, perturbé par sa question.

– Il avait les cheveux bruns, marmonne-t-il, et rasés très court. Des yeux foncés, plus noirs que bruns.

– Il avait une barbe ? demande-t-elle alors que son cœur bat à tout rompre.

– Un bouc, mais il n'avait pas l'air très entretenu. Pourquoi ?

Un sentiment nauséabond s'empare d'elle.

– Quoi d'autre ? Il était grand ? Petit ?

– Moyen, je suppose. Plus petit que moi, c'est clair, mais plus grand que toi. Il était trapu, carré... Mais pourquoi tu me demandes ça ?

– Parce que... Je ne crois pas que l'homme que t'as vu soit Dominik.

– N'importe quoi, bien sûr que c'était lui.

Elle secoue la tête.

– Dominik a les cheveux blonds et des yeux très clairs. Et il est grand. Plus grand que toi.

Connor semble choqué et il met un moment avant de réagir en secouant la tête.

– C'était lui, Hudson.

– Est-ce que ses hommes l'ont appelé Dominik ?

– Eh bien... non, admet-il en fronçant les sourcils. Ils l'appelaient *Boss* et *Monsieur*.

– Mais personne ne l'a appelé par son prénom ?

– Où tu veux en venir, bon sang ?

– L'homme que tu as décrit... c'est Knox.

Les yeux choqués de Connor trouvent les siens.

– Tu as décrit Knox, Conn. Les cheveux, les yeux, le bouc. Et c'est le second de Dominik, les hommes l'appellent toujours *Monsieur* sur le terrain.

Le cœur d'Hudson bat la chamade. Elle ne sait si c'est parce qu'elle est soulagée que son frère n'ait pas tué la femme de Connor ou parce qu'elle est furieuse que ç'ait été Knox.

– Non, répond froidement Connor. Tu as tort.

– J'ai vu Dominik. Je sais à quoi il ressemble, et il n'est pas comme tu l'as décrit. J'ai aussi vu Knox, et lui, il l'est. Ça veut dire que... tu cherches le mauvais homme, conclut-elle en plongeant son regard dans le sien.

– Non. Ça veut juste dire que je dois ajouter le nom d'un autre homme à ma liste. Parce que même si c'est Knox qui a appuyé sur la gâchette, qui lui en a donné l'ordre, à ton avis ?

– Knox a pu avoir agi seul, répond-elle en paniquant.

– Bon sang, quand est-ce que tu es devenue naïve, toi ? Knox agit sous les ordres de Dominik. C'est lui qui l'a envoyé pourchasser des Insurgés.

Connor se lève d'un bond et empoigne son pantalon, cherchant son paquet de cigarettes, qu'il manque écraser dans sa main en allant à la porte.

– J'ai besoin d'une clope.

– Tu veux que je vienne avec toi ?

– Non, marmonne-t-il. J'ai besoin d'être seul une minute.

Il referme la porte derrière lui, sans la claquer, mais assez fort pour la faire sursauter.

Elle espérait que la haine de Connor envers Dominik s'apaiserait en apprenant que c'était Knox qui était responsable de la mort de Maggie. Qu'il lui serait alors plus facile de lui dire la vérité.

Elle s'est complètement trompée.

Le lendemain matin, Connor se sent plus calme. La révélation d'Hudson l'a retourné et l'a empêché de dormir. Il a passé la nuit à analyser et à remettre en question chacun de ses actes des deux dernières années. Il a fait des raids dans autant d'entrepôts que possible dans l'espoir d'y trouver Dominik. Il a harcelé tous ceux qu'il a croisés pour obtenir des informations à propos de l'endroit où il pourrait être. Il a même ravalé sa fierté et demandé à Tamara où se trouve la caserne des Exécuteurs, et tout ça pour découvrir que c'est la seule chose que cette garce ne sait pas.

Tout ce temps perdu à chasser Dominik, à chercher un homme qui n'a même pas tiré sur la gâchette. C'est démoralisant... jusqu'à ce qu'il se rappelle qu'il n'est pas important de savoir lequel des deux a tiré. Dominik reste responsable de la mort de Maggie, comme son lieutenant. Le Conseil donne des ordres, et Dominik les exécute. Il savait parfaitement ce qu'il demandait à Knox.

Sa détermination est encore plus forte lorsqu'il va au chalet, le lendemain matin. Il veut voir si Xan a progressé avec ce logiciel de communication, mais il est sur le point d'ouvrir la porte lorsque Xander l'ouvre de l'intérieur.

– Merde, je venais justement te chercher, dit-il.

– Qu'est-ce qui ne va pas ? demande Connor.

– Lennox a appelé sur le téléphone satellite. Il revenait de Foxworth quand il a croisé la route d'un Exécuteur. Un déserteur. Apparemment, Hudson a raison, ils existent vraiment.

– Je t'en supplie, dis-moi qu'il a capturé cet enfoiré.

Un sourire en coin se dessine sur les lèvres de Xander.

– Absolument.

Connor ne croit pas en Dieu, mais... bon sang, il vient à peine de renouveler sa détermination à trouver les hommes qui ont assassiné sa femme quand, soudain, on lui offre un Exécuteur sur un plateau d'argent ? Si ça, ce n'est pas un signe de Dieu...

– Lennox a emmené le déserteur dans une scierie abandonnée près de la rivière, dit Xander. Il a appelé pour savoir si tu voulais l'interroger.

Si Lennox avait été devant lui, il l'aurait embrassé sur la bouche.

– Rappelle-le et dis-lui que j'arrive.

– Tu veux que je vienne avec toi ? demande Xan.

– Où tu vas ?

Connor se tourne et voit Hudson approcher. Il est momentanément distrait par la façon dont ses tétons pointent à travers son petit marcel blanc. Ses cheveux sont tressés dans son dos, mais quelques mèches en sont sorties, volant près de son visage et brillant au soleil. Bon sang, pense-il alors, elle est si belle que parfois c'en est presque douloureux. Il trouve de plus en plus dur de contrôler ses émotions maintenant qu'elle dort dans ses bras chaque nuit.

– Lennox a capturé un Exécuteur, lui dit Xander.

– Ah bon ? répond-elle en ouvrant de grands yeux.

– Il l'a planqué dans un entrepôt à environ une heure d'ici, dit Connor. Je vais y aller pour lui parler.

Sa surprise laisse place à de l'inquiétude.

– Pour le questionner à propos de Dominik ? Et de Knox ?

Connor hoche la tête.

– Je viens avec toi, dit-elle en hochant la tête.

Il pourrait dire non, mais il sait que cela provoquerait une dispute. Et puis, il n'a pas envie de dire non. Il n'aurait jamais envisagé de mettre Maggie dans une situation potentiellement dangereuse, mais c'est différent avec Hudson. Il l'a vue se servir d'un couteau, et le jour où il s'est moqué d'elle en lui disant qu'elle ne savait probablement pas se servir de toutes ses armes à feu, elle lui a prouvé qu'il avait tort avec une démonstration de tir si impressionnante que même Pike a applaudi.

– Tu peux monter avec moi, dit-il. Mais va chercher Rylan, tu veux ? J'aimerais qu'il vienne aussi.

Elle a l'air étrangement secouée en tournant les talons, mais Xander lui parle avant qu'il n'ait eu le temps de lui demander si Hudson n'avait pas l'air un peu pâle.

– Tu veux que je prévienne Pike par radio ?

– Il est où ?

– Il a emmené Hope dans les bois, pour une session de dressage, je crois.

Connor secoue la tête, éberlué. Pike est toujours aussi ronchon qu'avant, mais quand il s'agit de ce loup... c'est un autre homme. Il a une patience infinie, et jamais Connor ne l'a vu être aussi affectueux.

– Ouais, préviens-le, mais il n'a pas besoin de venir. J'aimerais qu'il reste près du campement pendant qu'on s'absente. Kade aussi.

Xander disparaît dans le chalet et Connor va dans le garage pour faire le plein, espérant qu'ils n'auront pas gaspillé leur essence pour rien. Tous les Exécuteurs qu'il a interrogés dans les entrepôts ont préféré mourir plutôt que de révéler la localisation de leur caserne. Mais, en fonction des raisons qui l'ont poussé à fuir, ce déserteur sera peut-être l'exception dont il a besoin.

Une heure et vingt minutes plus tard, ils ont quitté le campement, Connor et Hudson sur la Harley, et Rylan sur la Ducati qu'il a enfin fini de réparer. Ils suivent le chemin qui longe la rivière en direction d'une zone industrielle qui est abandonnée depuis des décennies. Connor ralentit lorsqu'ils atteignent la scierie entourée de vieilles machines rouillées et de troncs pourris. Le Colorado avait été un des rares États à être quasi épargné par la guerre, c'est pour ça qu'autant d'Insurgés viennent s'y réfugier. Il y en a trop, selon Connor, parce que la population grandissante ne fait qu'attirer plus d'Exécuteurs.

Hudson et lui descendent de leur moto et Rylan leur emboîte le pas, prenant son pistolet pour enlever la sécurité. Il n'y a qu'une autre moto garée sur le terrain boueux, celle de Lennox, dont la peinture noire et brillante est clairement le travail de Beckett.

Lennox sort du bâtiment, un fusil à pompe sur l'épaule.

– Vous avez fait vite, remarque-t-il.

– On n'avait rien d'autre à faire, répond Conn d'une voix détendue.

– Mais bien sûr, se moque Lennox en se passant la main dans les cheveux, gonflant momentanément ses tatouages colorés. Ce type ne dit rien, au fait. Je ne l'ai pas secoué pour qu'il réponde, parce que... honnêtement, je m'en fous. Je me contrefiche de savoir où est la caserne des Exécuteurs.

– Ouais, eh bien pas moi, répond Connor en allant vers la porte.

Il sent Rylan dans son dos, mais Hudson ne bouge pas.

– Tu viens ? lui demande-t-il par-dessus son épaule.

– Je crois que je vais rester ici.

Connor comprend soudain pourquoi elle semble si pâle. Elle a fui la cité à cause de gens comme ce déserteur. Bien évidemment, elle ne veut pas les fréquenter, pas quand un des plus dangereux est déterminé à l'épouser.

Soudain, il est furieux. Il est hors de question que Knox mette les mains sur Hudson.

– T'en fais pas, je vais tenir compagnie à ta nana, dit Lennox, prenant la colère de Connor pour de l'angoisse.

Lennox regarde alors Hudson en jouant des sourcils et Connor le fusille du regard pour le prévenir de ce qui se passera s'il ose la toucher.

– Message reçu, répond Lennox en souriant.

L'odeur de sciure et de bois pourri assaille les narines de Connor. La salle est pleine de poutres et de tuyaux, et Lennox a beau dire qu'il s'en contrefiche, il a quand même pris le temps de ligoter son otage à un des piliers en bois.

Le jeune homme écarquille les yeux quand il les voit approcher. Ses traits se tendent alors qu'il lutte contre les cordes qui retiennent ses mains derrière son dos.

– Détends-toi, gamin. On ne va pas te faire de mal, dit Connor. On veut juste parler.

Il range son pistolet dans son jean et se rapproche du déserteur. Il porte encore son uniforme d'Exécuteur, un treillis noir avec des bandes rouges sur le côté et un sweat à capuche noir. Il a enlevé le logo des Exécuteurs de la poche, y laissant un gros trou, comme si un Insurgé pouvait le regarder sans tout de suite se douter de qui il est, avec ou sans logo.

– Alors, vous perdez votre temps.

Le déserteur parle avec un ton sacrément arrogant pour quelqu'un dans sa position. Par ailleurs, il ne peut avoir plus de dix-neuf ans, ce qui rend son attitude encore plus absurde.

– J'ai déjà dit à votre pote que je ne dirais rien.

– T'en es sûr ? demande Rylan en lui montrant son pistolet.

– Oui. Quoi que vous puissiez me faire, ce n'est rien à côté de ce qu'ils me feront si je parle.

Il ferme la bouche et penche la tête sur le côté, comme pour les défier de faire le pire qu'ils puissent imaginer. Cependant, les tremblements qui parcourent son corps trahissent son angoisse.

Connor réprime un soupir. Merde. Il n'est vraiment pas d'humeur à torturer qui que ce soit, surtout pas un gamin qui n'a sans doute jamais baisé avec une femme.

Mais bon sang, il a vraiment besoin de connaître l'emplacement de la caserne.

Et il est prêt à tout pour le savoir.

L'estomac d'Hudson n'a jamais été aussi noué pendant qu'elle attend devant la scierie. Elle fait les cent pas depuis un quart d'heure, tendant l'oreille pour entendre ce qui se passe dedans, mais s'ils parlent, c'est trop bas pour qu'elle discerne la moindre bribe. Elle n'ose pas trop s'approcher de la porte, qui est grande ouverte, car elle ne peut pas risquer que l'Exécuteur la reconnaisse.

Lennox a abandonné ses tentatives pour engager la conversation. Il est désormais allongé par terre, les bras derrière la tête, les yeux vers le ciel bleu, profitant des rayons du soleil.

Sa nausée s'aggrave à chaque minute qui passe, et au fur et à mesure que les pires scénarios possibles défilent devant ses yeux. Elle imagine le déserteur raconter à Connor et Rylan que la sœur jumelle de Dominik s'est échappée de la caserne et que tout le monde est à sa recherche. Connor finirait par demander « Comment elle s'appelle ? » et le gamin dirait « Hudson ».

Lorsqu'elle entend des bruits de pas, son cœur bat la chamade et sa respiration s'accélère. Cependant, le pistolet de Connor est encore rangé dans la ceinture de son pantalon et il n'est pas fou de rage d'avoir été trahi.

– Il ne parle pas, déclare-t-il.

– Je te l'avais dit. C'est une bonne petite tête de mule, hein ? répond Lennox en se levant. Je n'ai pas entendu de cris.

– Je n'avais pas la force de le tabasser, admet Connor. C'est juste un gamin.

– Il a quel âge ? S'il est si jeune il n'est peut-être qu'un apprenti, dit Hudson, surprise que sa voix soit aussi calme alors qu'elle est paniquée.

– Je dirais qu'il a dix-huit ou dix-neuf ans, répond Rylan.

– Je peux aller le voir ? Il me parlera peut-être, dit-elle. En fait, peut-être que je le connais. Je n'étais pas vraiment en contact avec les recrues, mais j'en ai rencontré quelques-unes quand je travaillais à l'hôpital.

– Tu viens de la cité ? siffle Lennox en se tournant brusquement vers Connor. Pourquoi tu me l'as pas dit ?

– Parce que ce n'est pas important. Elle est avec nous, maintenant.

Son cœur s'emballe lorsqu'elle entend ses paroles. Elle doit dire la vérité à Connor. Elle le doit. Mais pas ici et surtout pas devant Rylan et Lennox. Ça devra attendre qu'ils rentrent au campement. Si elle ne dit pas rapidement la vérité, sa culpabilité va la ronger.

– Je suppose que ça ne peut pas faire de mal d'essayer. Viens.

Il fait un pas vers la porte, mais elle l'arrête en lui touchant le bras.

– Laisse-moi lui parler seule, dit-elle.

– Pourquoi ?

– À l'évidence il ne vous fait pas confiance. Si tu viens avec moi, il va se refermer comme une huître. Mais si j'y vais seule... peut-être qu'il réagira mieux avec une femme. Il me verra moins comme une menace.

Connor y réfléchit un instant.

– Ouais, t'as peut-être raison, admet-il. Mais ne t'approche pas trop de lui, et garde ton flingue sur lui à tout moment. Il est ligoté, mais ses enfoirés sont bien entraînés. On ne sait jamais de quoi ils sont capables.

Hudson hoche la tête, sort son pistolet de sa botte et enlève la sécurité avant d'entrer dans le bâtiment. À chacun de ses pas, elle sent les yeux de Connor dans son dos, un regard protecteur, comme s'il craignait que le déserteur trouve un moyen de la blesser. Elle est inquiète, elle aussi. Que fera le gamin s'il la reconnaît ? Il criera peut-être son nom assez fort pour être entendu dans un rayon d'au moins cinq kilomètres...

Elle ne le connaît pas. Un soulagement immense l'envahit lorsqu'elle découvre un étranger.

Il a les cheveux châtains, un corps maigre et un visage qu'elle n'a jamais vu.

Cependant, son soulagement disparaît quand le gamin écarquille les yeux en la voyant. Merde. Ils ne se sont peut-être jamais rencontrés, mais comme Tamara, il a clairement noté sa ressemblance avec Dominik.

– Merde, dit-il.

Hudson pose tout de suite un doigt sur ses lèvres.

– Parle doucement

Il a l'air inquiet et il regarde la porte ouverte derrière elle. Il secoue la tête, comme s'il ne comprenait pas ce qui se passe.

– T'es...

– Tais-toi, siffle-t-elle.

– Mais...

Elle se rapproche, mais garde une distance de sécurité, comme le lui a recommandé Connor. Elle s'accroupit près de lui et pose son pistolet sur sa cuisse.

– Ils nous tueront tous les deux s'ils nous entendent.

– Pourquoi... Comment tu es arrivée là ? chuchote-t-il. T'es la sœur de Dominik, c'est ça ? Tu lui ressembles comme deux gouttes d'eau. Tout le monde te cherche ! s'exclame-t-il, paniqué.

La nausée d'Hudson revient dix fois plus fort. Elle aurait dû se douter que Dom n'aurait pas arrêté les recherches.

– Ils envoient toujours des patrouilles de recherche ?

Le gamin hoche vigoureusement la tête.

– Une par jour. Knox...

Il ne finit pas sa phrase.

– Knox quoi ?

– Il est d'humeur massacrante. Il voulait des recherches vingt-quatre heures sur vingt-quatre, mais Dominik lui a refusé, et ils se sont battus dans la cour, il y a deux semaines.

Hudson fronce les sourcils. Elle n'est pas surprise qu'ils se soient disputés, ces deux-là ne se sont jamais entendus. C'est pour cela qu'elle avait été surprise que Dominik l'informe qu'elle devait épouser Knox.

Ce qui la surprend, c'est d'apprendre que Dominik a limité les recherches. Elle supposait qu'il serait désespéré de la retrouver et de la ramener à la maison.

– C'était vraiment pas joli, admet le gamin. Vraiment. Knox a plaqué Dominik au sol et lui a fracturé le poignet, mais Dom a réussi à se défendre, il a cassé le nez de Knox. Ils se seraient tués si Cruz et Dalton ne les avaient pas séparés. Merde. Une dispute c'est une chose, mais une bagarre ? Avec des os cassés ? Dominik est rarement violent avec ses hommes, même ceux qu'il n'aime pas.

– Je ne sais pas... peut-être que c'est les médocs, ou peut-être qu'ils sont tous complètement tarés. Quoi qu'il en soit, il fallait que je me casse. J'ai...

– Une seconde, quels médocs ? De quoi tu parles ?

– Tu sais, les cachetons, répond-il en haussant les épaules. Enfin, maintenant ils font des piqûres, le commandant dit que le résultat est plus rapide.

Hudson n'a pas la moindre idée de ce dont parle ce gamin. Les seules pilules qu'elle ait vu son frère prendre étaient les vitamines qu'il prend tous les jours, comme tous les hommes de la caserne.

– Que font les cachets ? demande-t-elle.

– Je n'en suis pas certain. Le commandant disait qu'ils nous aidaient à rester alertes, concentrés, et il a parlé de coagulant et de blessures qui guérissent plus vite... Je n'ai pas compris la moitié de ce qu'il a dit. C'étaient des conneries, de toute façon. La seule chose que me faisaient les cachetons, à moi, c'était me filer mal à la tête. Quant aux autres mecs dans mon équipe... ils... les cachetons les ravageaient, ils devenaient violents et en colère tout le temps, c'étaient plus les mêmes.

Hudson n'en revient pas. Que prennent les Exécuteurs, bon sang ? Des médicaments qui rendent agressif ? Des stéroïdes, peut-être ?

Elle repense au comportement de Dominik, remontant aussi loin que possible. Il prend les vitamines depuis qu'il a commencé l'entraînement, donc... depuis qu'il a dix-sept ans. Le père d'Hudson avait travaillé de très près avec un chimiste et un nutritionniste pour créer le cocktail, mais Dom était encore normal à cet âge, donc les médocs n'ont pas pu avoir un effet négatif sur lui, pas à cette époque. Cependant, elle sait que Dom continue de prendre ces vitamines tous les jours. Leur père est mort il y a deux ans, et c'est là que son frère a commencé à changer.

– Est-ce que Dominik t'a parlé des médocs ?

– Non, je ne lui ai presque jamais adressé la parole. C'était Cruz mon entraîneur, c'était le seul gradé avec qui j'étais en contact.

Son cerveau tourne à vive allure alors qu'elle essaie de coller les morceaux. L'attitude de Dom a changé quand le commandant Ferris a remplacé son père. Hudson avait toujours détesté Ferris. Ce type était vraiment un enfoiré sans cœur. Il était malpoli, colérique, suffisant, et il n'avait pas la diplomatie du père d'Hudson, cette combinaison étrange de compassion et de cruauté qui avait fait d'Arthur Lane un dirigeant aussi imposant.

Elle ne serait pas surprise que Ferris drogue ses hommes. Cependant, elle connaît son frère. Il ne prendrait jamais quoi que ce soit qui modifierait son cerveau. Ferris aurait-il modifié les vitamines sans que Dom le sache ?

Son cœur accélère quand elle réalise ce que cela signifie. Si c'est vrai, alors... Dominik est autant une victime du CM que les Insurgés qu'il chasse.

– Cruz est complètement taré aussi. Ils le sont tous. Ils les tuent. Ils nous obligent à les tuer !

– Tuer qui ?

– Les prisonniers Insurgés, marmonne-t-il. C'est l'examen final qu'il faut passer pour être accepté dans le programme d'entraînement. Ils amènent un Insurgé et ils nous ordonnent de le tuer. Cruz dit que c'est censé nous préparer à la vie sur le terrain, mais ils sont malades ! Complètement malades, et il fallait que je m'échappe, tu comprends ?

Hudson respire doucement.

– Comment tu t'appelles ?

– Max.

– D'accord. Je veux que tu m'écoutes attentivement, Max. Je vais dire à mes amis de te laisser partir.

– Merci... commence-t-il d'un ton plein de reconnaissance.

– À deux conditions, interrompt-elle, le faisant taire immédiatement. Premièrement, tu déguerpis aussi loin que possible. Va sur la côte. Trouve une autre colonie, mais déguerpis. On sait tous les deux ce que Dominik fait aux déserteurs.

En même temps, est-ce qu'elle le sait vraiment ? Avant, les déserteurs étaient punis d'emprisonnement. Mais pour autant qu'elle sache, peut-être qu'il les exécute maintenant.

– Deuxièmement, tu ne dois dire à personne que tu m'as vue.

– Marché conclu, dit-il immédiatement.

– Je veux ta parole.

Cependant, elle vient à peine de formuler sa requête qu'elle se demande à quoi ça sert. Dominik lui avait donné sa parole, aussi, en promettant de la protéger, et ça ne lui a servi à rien.

Elle déglutit et parle d'une voix plus douce.

– S'il te plaît, prouve-moi que la parole de certains vaut encore quelque chose.

– Je promets de filer comme le vent et de ne dire à personne que je t'ai vue, déclare-t-il avec une mine sérieuse.

– Ça inclut mes amis, dehors. Ne leur dis pas qui je suis.

– Promis.

– Tant mieux, répond-elle en se levant. Je reviens.

Lorsqu'elle retourne dehors, les trois hommes se lèvent d'un bond. Quelle que soit la conversation qu'ils avaient, elle est coupée court quand Connor vient vers elle.

– T'as obtenu quelque chose ?

Hudson hoche la tête.

– Tu déconnes. Il t'a dit où est la caserne ?

Elle hoche la tête.

– Je lui ai promis de le libérer en échange d'informations. On n'a aucune raison de le garder prisonnier, Conn. Tu l'as dit toi-même. C'est un gamin, s'empresse-t-elle de dire quand Connor se crispe.

– C'est quand même un Exécuteur, dit Rylan d'une voix lugubre.

– Plus maintenant, corrige-t-elle. Si on le lâche, il ne causera pas d'ennuis dans le coin, pas avec les Exécuteurs à ses trousses. Il veut juste vivre. Il a prévu de quitter cette colonie.

– Eh bien, moi je n'en veux pas, donc en ce qui me concerne, il est libre de partir.

Connor semble encore hésiter.

– Qu'est-ce qu'il t'a dit ? Et si ses infos sont fausses ?

– Elles ne le sont pas. La caserne est à vingt-cinq kilomètres au nord de la cité. Je peux même te faire un plan, il a été très précis.

– C'est quoi le protocole de sécurité ? siffle Connor.

– Impossible à passer.

– Rien n'est impossible, répond-il en souriant.

– Très bien, pas impossible. Juste suicidaire. Deux cents hommes vivent dans la caserne. Les logements sont dans le bâtiment ouest, les bureaux et les salles d'entraînement sont dans le bâtiment principal, et les Exécuteurs gradés ont leur propre quartier dans le bâtiment Est.

Elle récite les détails de mémoire. Elle décrit sa maison, l'endroit où son père a déménagé peu de temps après la mort de leur mère, quand Hudson avait huit ans. Ils n'avaient plus de raison de rester en ville, après ça. Son père s'était jeté tête baissée dans le travail, préférant élever ses enfants dans une base militaire pleine de testostérone plutôt que dans la maison douillette qu'ils avaient en ville.

– Une clôture électrique de douze mètres de haut entoure toute la caserne. Il y a des fils pièges et des mines sur tout le périmètre et des caméras de sécurité avec des détecteurs de mouvement tous les mètres et demi. Il y a des tours de guet aux quatre coins de la caserne, et quatre gardes armés dans chaque tour.

– Pu... tain ! siffle Lennox. Le gamin t'a vraiment donné des détails !

Connor ne semble pas apprécier ce qu'il entend.

– Est-ce qu'il pourrait exagérer ?

– Je ne crois pas. Mon père m'avait dit qu'ils ne plaisantaient pas avec la sécurité. Si ça se trouve, le gamin n'a même pas tout dit. Tu ne peux pas t'attaquer à la caserne, Connor, dit-elle en le suppliant du regard. Ça n'a rien à voir avec les entrepôts. Rien. Si tu veux t'en prendre à Dominik... il va falloir que tu attendes qu'il passe les grilles de la caserne, parce que tu ne seras même pas à trente mètres de la clôture que tu auras déjà une balle dans la tête. Ah, j'ai oublié, il m'a dit qu'il y avait des chiens qui montaient la garde de l'autre côté de la clôture.

Il se frotte la mâchoire et elle voit son cerveau tourner à toute vitesse.

– Je vais y réfléchir, dit-il enfin. Mais je veux que tu me dessines un plan quand on rentre au campement.

– Et le gamin ? On peut le laisser partir ?

Connor regarde Lennox.

– C'est toi qui l'as attaché. Tu peux le libérer.

– Oui M'sieur, répond Lennox en levant les yeux au ciel. C'est toujours un plaisir de te voir, ricane-t-il par-dessus son épaule.

Rylan retourne aux motos, mais Connor ne le suit pas et Hudson est surprise lorsqu'il fait un pas vers elle et prend son visage dans ses mains. Il l'embrasse tendrement, mais la chaleur de ses lèvres ne fait rien pour apaiser le froid qui s'est emparé d'elle depuis qu'elle a décidé qu'il était temps de lui dire la vérité.

Lorsqu'il recule, ses yeux sont si pleins de gratitude qu'elle en pleurerait.

– Merci.

Chapitre 19

Connor a l'impression qu'Hudson l'ignore. Certes, ils sont tous les deux très occupés depuis qu'ils sont revenus au campement. Hudson a nettoyé une autre cabane et Connor a passé le reste de la journée dans le chalet avec Xander. Mais la nuit est tombée à présent, et elle n'est pas venue le trouver. Il n'aime pas ça.

Il sait qu'elle s'inquiète pour lui, mais il aimerait qu'elle arrête de se faire du souci. Il n'est pas sur le point de se jeter sur la caserne des Exécuteurs, il est plus malin que ça. Maintenant qu'il sait où se situe la base de Dominik, il peut établir un plan. Un plan sérieux et bien pensé.

C'est pour ça qu'il a passé la journée à pousser Xander pour qu'il craque le logiciel de communication. Si les Exécuteurs s'en servent pour envoyer des messages, Connor pourrait l'utiliser à son avantage et trouver un moyen d'attirer Dominik hors de la caserne. Mais Xan n'est encore parvenu à rien, malgré la pression qu'il lui colle.

On frappe à sa porte, de manière douce et légère, sans doute Hudson qui a enfin décidé de ne plus se cacher. Eh bien, il était temps. Il est presque minuit.

Il va lui ouvrir et elle entre, l'air exaspérée.

– Xander dit que tu l'as rendu dingue toute la journée.

– Je suis surpris qu'il l'ait dit si poliment, répond Connor.

– Ce n'est pas le cas, rétorque-t-elle en souriant. J'essayais de ne pas te vexer.

Ouais, il imagine très bien quels mots Rylan a choisis.

– J'ai été un peu pénible aujourd'hui, ajoute-t-il.

– Un peu ? Il a dit que tu l'avais menacé de lui couper les doigts et de les donner au loup s'il ne tapait pas plus vite sur son clavier.

Connor ricane.

– Tu ne peux pas faire marcher le logiciel en le harcelant. La technologie ne fonctionne pas comme ça.

– Je n'aurais pas à le harceler s'il avait passé plus de dix minutes par jour dessus, rétorque Connor. Honnêtement, je crois qu'il essaie de gagner du temps.

– Pour quoi faire ?

– J'en sais rien. Mais je veux que le logiciel fonctionne.

– Et tu obtiens toujours ce que tu veux, c'est ça ?

Le ton d'Hudson est à la fois moqueur et résigné, et Connor sourit d'un air diabolique.

– Oui, exactement. Et tu veux savoir ce que je veux maintenant ? Toi. Nue. Sur mon lit.

– Ah vraiment ?

Il se rapproche d'elle, effleurant sa joue avec son pouce.

– Oui. C'est exactement ce que je veux, murmure-t-il en pinçant sa lèvre inférieure. Est-ce que tu vas me l'accorder ?

Elle plonge son regard dans le sien et il n'arrive plus à déchiffrer son expression.

– Non.

– Non ?

– Non, répète-t-elle d'une voix suave et pensive. Tu n'auras pas ce que tu veux, Conn. Mais… je vais te donner ce dont tu as besoin, conclut-elle alors que son regard brille d'une émotion qu'il n'identifie pas.

Avant qu'il ait pu répondre, elle pose ses mains à plat sur son torse et le pousse en arrière.

– Sur le lit.

Sa détermination le perturbe, mais il est trop excité pour répondre. Cette femme ne peut pas prononcer le mot « lit » sans qu'il ne bande, et son érection est immanquable lorsqu'il s'allonge sur le dos, attendant de voir ce qu'elle a prévu.

Elle commence à se déshabiller et il ne peut la quitter des yeux. Ses courbes et sa peau hâlée sont révélées au fur et à mesure qu'elle se dévêtit et Connor a de plus en plus de mal à respirer. Elle dégrafe son soutien-gorge et le laisse tomber par terre, puis elle défait sa tresse et passe ses doigts dans ses cheveux pour les démêler. Ses mèches blondes couvrent ses seins, mais ses tétons roses en dépassent quand même et Connor en a l'eau à la bouche.

Quand il essaie de s'asseoir, elle désigne le matelas.

– Allonge-toi.

Il se rallonge à contrecœur, son cœur bat à toute vitesse tandis qu'Hudson grimpe sur le lit et chevauche ses cuisses. Ses mains chaudes glissent sous son tee-shirt et ses doigt fins caressent ses pectoraux avant de trouver ses tétons, qu'elle frotte rapidement jusqu'à ce qu'ils soient durs.

– Donne-moi tes seins, bon sang, grogne Connor.

– Non.

Elle saisit ses mains et les bloque derrière sa tête.

– Tu n'aboieras pas tes ordres. Pas ce soir.

Il fronce les sourcils.

– Tu donnes toujours aux autres ce dont ils ont besoin, dit-elle d'une voix tremblante. À moi, Rylan, aux autres. Pour une fois, j'aimerais te donner ce dont tu as besoin.

Elle tire sur son tee-shirt et libère ses bras pour pouvoir le lui enlever, puis elle coince de nouveau ses poignets dans une main.

– Laisse tes mains là. Laisse-moi m'occuper de toi.

– Hudson... murmure-t-il d'une voix inquiète.

Elle le regarde en souriant.

– Mon Dieu, si tu voyais ta grimace ! Ça te fait peur, hein ?

Ses seins tombent en avant alors qu'elle se penche pour lisser le pli de son front avec son pouce.

– Je le savais, dit-elle. J'ai compris, tu sais.

– Compris quoi ?

– Qui tu es, dit-elle simplement. Tu es toujours si maîtrisé, Conn. Tu ne peux jamais céder le contrôle. Jamais. Bon sang, tu n'y connais strictement rien en matière de technologie, mais tu as passé la journée à aboyer des ordres à Xander, parce que tu ne supportes pas de ne pas avoir les rênes.

Il fronce de nouveau les sourcils et elle y répond par une caresse sur le front alors que son autre main dessine des cercles sur son torse nu.

– Je pensais que c'était peut-être parce que tu étais accro au pouvoir, mais je sais désormais que c'est faux, poursuit-elle en trouvant la peau fine qui recouvre son cœur affolé. Je sais que ce qui te fait peur, c'est que si tu n'as pas le contrôle, quelqu'un pourrait être blessé.

– Hudson...

– Mais on a tous le droit de lâcher prise, tu te souviens ? C'est ce que tu m'as dit quand je suis arrivée, que parfois, on a besoin de céder le contrôle pour se permettre de ressentir, explique-t-elle en l'embrassant sur la clavicule. Je veux que tu lâches prise, ce soir.

Elle remonte le long de sa gorge, laissant derrière elle une nuée de chair de poule avant de survoler sa bouche.

– Tu n'as pas à tout faire seul, Conn. Tu n'as pas être fort pour tous les autres, déclare-t-elle en l'embrassant fermement. On a tous confiance en toi, mais il faut que tu aies confiance en nous, aussi.

Un sentiment de panique le saisit.

Il n'est en rien immobilisé. Il peut bouger les bras. Il peut faire descendre Hudson. Mais il est piégé. Il ressent la même chose qu'il a ressentie après la mort de son père, quand il n'a eu d'autre choix que de prendre en charge la protection du groupe. C'est ce qu'il a ressenti chaque fois que Maggie l'a supplié de lui donner la maison dont elle avait si désespérément envie, quand elle l'a convaincu d'aller contre son instinct en faisant mine de croire à ses illusions.

– Fais-moi confiance, chuchote Hudson. Ce soir, tu n'as pas à réfléchir, à donner d'ordres ou à t'occuper de qui que ce soit. Tu dois apprendre à laisser quelqu'un d'autre s'occuper de toi.

– Je... je ne crois pas pouvoir, murmure-t-il en retour.

– Bien sûr que si.

Elle l'embrasse sur les lèvres, mais la bouche de Connor est paralysée.

– Tu vas rester là et fermer cette bouche sexy, d'accord, bébé ?

Il sent un sourire s'étendre sur ses lèvres.

– Je suis sérieuse. Garde tes mains pour toi, et tes ordres salaces aussi.

Elle défait sa ceinture et baisse sa braguette.

– Tu n'as pas besoin de me dire ce qui va te donner du plaisir.

Quand sa queue jaillit de son caleçon, dure et fière, elle l'empoigne par la base pour le faire grogner.

– Je le sais déjà.

Et c'est vrai. Hudson le sait mieux que personne, et ses caresses fermes sont si bonnes qu'il y voit bientôt flou.

Cette fois-ci, quand elle l'embrasse, il lui répond. Elle ouvre juste assez la bouche pour y glisser sa langue, mais elle se dépêche de la chasser et de plonger dans sa bouche, à lui, et de l'embrasser si profondément qu'ils sont tous les deux haletants lorsqu'ils rompent le baiser.

Le silence qui les entoure est étrange. Il est habitué à s'entendre dire à Hudson quoi faire: suce plus fort, écarte plus tes jambes, jouis pour moi. Ce soir, elle n'a besoin d'aucune instruction. Son corps lui appartient et elle le sait. Elle le prend. Ses lèvres chaudes et ses mains habiles parcourent son corps, jusqu'à ce qu'il n'y ait plus un seul centimètre de lui qui n'ait pas été marqué par ses caresses.

Lorsqu'elle ferme la bouche sur sa verge, un ordre est à deux doigts de lui échapper.

– Suce...

Il s'arrête brusquement et elle lève les yeux vers lui en souriant.

– Regarde-moi ça. T'apprends vite.

Son souffle chatouille sa queue et sa langue sort pour lécher la goutte crémeuse au sommet de son gland.

– Tu vas être sage, n'est-ce pas, bébé? Mignon, soumis et silencieux pendant que je m'amuse avec toi, dit-elle en léchant de nouveau son gland. Tu vas me laisser te sucer jusqu'à ce que tu ne te souviennes plus que de ça.

Doux Jésus.

Elle n'arrête pas de chuchoter des cochonneries et des promesses coquines contre sa peau, utilisant sa langue pour tester son contrôle. Chaque succion est suivie par une raillerie, et chaque branlette est suivie d'un rire satisfait, comme si elle savait qu'elle le rendait fou. Cette inversion de rôles aurait dû le terrifier, mais ça ne fait que l'exciter davantage, à tel point que quand il jouit, soudain, il est pris par surprise.

Une détonation de plaisir explose dans ses veines alors qu'il jouit dans sa bouche, mais il ne bouge pas le bassin, comme s'il savait qu'Hudson va lui donner ce dont il a besoin. Et c'est ce qu'elle fait, le branlant alors qu'il éjacule, gardant sa bouche collée sur son gland, avalant chaque goutte du plaisir qu'elle a arraché à son corps.

C'est grisant de lâcher prise. De lui passer les rênes.

Connor cesse de réfléchir. Il arrête de se demander ce qu'elle va faire ensuite. Il ferme les yeux et s'autorise à sentir. Quand le matelas s'affaisse et qu'il sent sa chatte sur ses lèvres, il sort la langue, instinctivement, la léchant et l'explorant jusqu'à ce qu'Hudson gémisse aussi fort que lui. Il veut la sentir jouir sur son visage, sentir son clitoris pulser sur sa langue, mais elle ne lui accorde pas ce plaisir. Elle se balance contre lui jusqu'à ce qu'elle soit trempée et gonflée avant de disparaître.

Il garde les yeux fermés et il attend. Il lui fait confiance pour les emmener là où ils ont tous deux besoin d'aller. Sa queue est déjà dure, reposant sur son ventre, impatiente d'être soulagée de nouveau.

Il frissonne quand elle promène sa main sur son torse. Une caresse taquine. Elle empoigne son pénis et y déroule une capote.

– C'est pas si mal, si ? De laisser quelqu'un d'autre s'occuper de toi ?

Non, ce n'est pas si mal en effet. Au contraire, c'est tellement bon qu'il ne va jamais oublier...

Elle s'empale sur sa queue et son cerveau explose. Il cesse complètement de fonctionner. C'est une véritable surcharge sensorielle, sa chatte serrée, la pression sur ses couilles. Elle le chevauche avec force, plantant ses ongles dans ses pectoraux alors qu'elle avance et recule son bassin sur lui, contractant les muscles de son vagin.

– Touche mon clito, Connor. Frotte-le. Fais-moi jouir.

Sa main tremble lorsqu'il la pose à l'endroit où se rejoignent leurs corps. Il appuie son pouce sur son bouton de rose, le titillant à la même vitesse qu'elle le chevauche. Lorsqu'elle jouit en criant, il le sent dans sa queue et dans son sang. C'est presque assez pour déclencher son orgasme, aussi, mais pas tout à fait, et Hudson est tellement à l'écoute des réponses de son corps qu'elle se penche pour l'embrasser et chuchoter son ordre, alors même qu'elle n'a pas fini de jouir.

– Baise-moi fort. Maintenant.

Les derniers vestiges de son contrôle s'envolent, comme des grains de poussière dans le vent. Il soulève ses hanches brusquement, s'enfonçant profondément, la remplissant jusqu'à la base en la serrant fort contre lui.

Il pensait savoir ce qu'était l'extase, mais tout ce qu'il a pu ressentir par le passé, tout le sexe, les pipes et les orgasmes... ce n'est rien à côté de ce qu'il ressent maintenant. Sa libération s'abat sur lui comme une vague chaude et apaisante qui détend ses muscles toujours si tendus, brisant l'armure qui entourait son cœur.

– Je...

La voix de Connor est rauque. Il inspire de nouveau et caresse le creux de ses reins.

– Putain, bébé, je...

Elle se retire avant qu'il n'ait pu finir et son corps ne comprend pas ce vide soudain.

– Hudson ? dit-il d'une voix inquiète, confus de voir son visage paniqué.

Elle ouvre la bouche, la referme, la rouvre.

– Qu'est-ce qui ne va pas ?

Ses traits se chargent de culpabilité et, de nouveau, il ne comprend pas.

– Je...

Ses épaules s'affaissent et son souffle est tremblant.

– Je suis la sœur de Dominik.

Ce n'était pas le moment de le lui dire. Pas alors que ses yeux voilés de désir la regardent, pas alors qu'il est étendu nu sur le lit, enfin libre de la pression qu'il a toujours supportée.

Hudson regrette de ne pas pouvoir retirer ce qu'elle a dit, au moins pour ce soir. Elle aimerait reprendre ces mots et les garder pour demain matin, pour que le soleil rende la vérité plus facile à avaler et que ce moment magnifique soit préservé à jamais dans sa mémoire.

Mais elle venait de lui parler de confiance, bon sang. Elle lui a fait l'amour avec chaque fibre de son corps et Connor avait enfin baissé sa garde pour se livrer à elle. Elle a tout gâché et elle est à deux doigts de le perdre. Elle le sait, et cela lui brise le cœur, mais la vérité lui a échappé. Parce que dans ce moment de confiance pure, elle n'a plus été capable de lui mentir.

Parce qu'elle l'aime.

Son regard choqué suit son visage.

– T'es... quoi ?

– Je suis la sœur de Dominik.

Ses mains se mettent à trembler si fort qu'elle les étale sur ses cuisses.

– Sa sœur jumelle, en fait.

Connor cligne des yeux, une fois, alors qu'une panoplie d'émotions traverse son visage. Sa confusion devient suspicion, puis colère puis... horreur. Une horreur si vive qu'Hudson tremble de plus belle.

Quand il comprend enfin qu'elle lui dit la vérité, il se lève d'un bond. Chaque muscle de son corps se bande, depuis les tendons de son cou aux arcs de ses pieds, et son visage s'assombrit peu à peu, jusqu'à ce que ses yeux noisette deviennent noirs.

– Tu... Putain, t'es sérieuse ?

Elle hoche faiblement la tête.

– J'aurais dû te le dire le soir où on s'est rencontrés, mais j'avais peur que tu ne m'aides pas, si tu apprenais qui j'étais. J'avais peur que tu me tues.

– Bien sûr que je t'aurais tuée ! s'exclame-t-il d'une voix pleine de haine.

– Tout le reste est vrai. Je me suis enfuie parce que j'étais censée épouser Knox. Je ne savais pas que mon père...

Elle s'arrête, réalisant avec effroi que tout le reste n'est *pas* vrai.

– ... mon père n'était pas consultant pour le CM. Il était membre du Conseil. Un des membres fondateurs.

La mâchoire de Connor se met à pulser.

– Il était commandant en chef des Exécuteurs. Dominik a pris sa suite quand il ne pouvait plus être sur le terrain, dit-elle avant de déglutir tandis qu'elle se rappelle la dernière vérité qu'elle lui a cachée. Je suis Exécuteur, moi aussi. Du moins, de manière non officielle.

Le regard glacial de Connor se pose sur ses poignets.

– Tu n'es pas tatouée.

– Si.

Son cœur bat la chamade tandis qu'elle prend ses cheveux dans une main. Elle évite le regard de Connor en léchant son pouce pour le frotter vigoureusement sur sa nuque et enlever son maquillage. Elle tourne ensuite la tête vers Connor pour qu'il voie la rose des vents sur son cou.

– C'est juste un titre, dit-elle d'une voix misérable. Je n'ai jamais eu d'entraînement officiel et je n'ai jamais été sur le terrain. Je crois que mon père ne m'a tatouée que pour que je ne me sente pas inférieure à Dom. Je travaillais à l'hôpital, comme je te l'ai dit, et je me suis enfuie à cause de Knox, comme je te l'ai dit. La seule chose que je ne t'ai pas dite, c'est le vrai poste de mon père et le fait que Dom est mon frère.

Connor la dévisage pendant un long moment terrifiant, puis il explose.

– Ton frère a tué ma femme !

Elle déglutit.

– Non, c'est Knox qui l'a tuée.

– C'est la même chose !

Connor remet son pantalon, remonte sa braguette et, quand il remarque qu'elle est encore nue, cela semble l'énerver encore plus.

– Rhabille-toi bon sang, Hudson.

Elle se dépêche de s'habiller et elle tremble tant qu'elle est surprise de parvenir à rester debout. Elle s'attendait à la colère de Connor. Pas à sa haine.

– Je t'en supplie, ne me regarde pas comme ça, sanglote-t-elle alors que son cœur se brise en mille morceaux. Je suis toujours la même personne. Et je sais que mon frère a fait des choses horribles, mais... mais je crois que le nouveau commandant les drogue. Max m'a dit que...

– C'est qui Max, putain ?

– Le déserteur. Quand je lui ai parlé ce matin, il m'a dit que le commandant injecte des médicaments aux Exécuteurs, qui les rendent agressifs. Ça les rend fous, explique-t-elle alors que les larmes lui montent aux yeux. Dominik n'était pas un tueur, avant. Il était juste, avec les Insurgés et...

– Juste ? rugit Connor.

Elle recule le visage, comme s'il venait de la gifler.

– Non, pas juste, mais il ne les tuait jamais sans avoir été provoqué. Il est... Je ne crois pas qu'il sache ce qu'il fait.

– Bon sang, tu t'attends vraiment à ce que j'aie pitié de lui ? crache-t-il d'un ton glacial. T'as vu combien de gens vivent en terre libre, Hudson ? Combien de gens fuient, se cachent et luttent pour survivre ? Les Exécuteurs nous traînent dans cette prison qu'ils appellent la cité, ou nous tuent si on choisit de ne pas les suivre. Tout ça à cause de ton père et du système qu'il a mis en place. À cause de ton frère qui l'exécute.

– Mon père et mon frère, répète-t-elle. Pas moi. Tu l'as dit toi-même. Je suis une Insurgée. Je suis des vôtres.

Il la dévisage en silence.

– Je ne suis pas comme eux, sanglote-t-elle alors que les larmes coulent de plus belle. J'aide les gens. Je tiens aux gens. Je tiens à toi, dit-elle en essuyant ses joues avec ses mains. Ou plutôt non. Je t'aime.

Elle n'obtient pour réponse qu'un silence pesant.

– Je t'aime, Connor, déclare-t-elle. Et je ne suis pas comme Dominik. Tu le sais.

– Apparemment, je ne sais rien du tout.

– Tu me connais, insiste-t-elle. Je n'ai jamais menti à propos de ce que je ressens pour toi, et je sais que tu le ressens aussi. Ce qu'il y a entre nous est bien réel.

– Ah ouais ? C'est réel ? siffle-t-il d'un ton plein d'amertume. Alors prouve-le.

– Quoi ?

– Tu veux me convaincre que ce qu'on a est réel ? Que tu tiens à moi en dépit du fait que tu m'as menti ? Alors prouve-le.

– ... Comment ?

– Emmène-moi à Dominik.

Son estomac fait un saut périlleux.

– Quoi ?

– Emmène-moi à lui, Hudson. À Knox, aussi. Tiens-toi à mes côtés pendant que je les élimine de cette planète merdique.

Elle a du mal à respirer. L'éclat menaçant dans les yeux de Connor est si bouillant et animal qu'il lui brûle la peau et écrase ses poumons. Elle se mord la joue assez fort pour se faire saigner, et le goût ferreux empli sa gorge, menaçant de l'étouffer.

– Non, dit-elle. Je peux t'emmener jusqu'à Knox, mais pas Dom. S'il te plaît. C'est mon frère.

– C'est un assassin !

– Il n'a pas tué Maggie, sanglote-t-elle. Je comprends que tu veuilles te venger, mais Dom ne l'a pas tuée. Et même si c'était le cas, je ne pourrais quand même pas te regarder tuer mon frère.

– Le frère qui voulait que t'épouses un homme que tu détestes ? crache Connor.

– Quoi qu'il fasse, bien ou mal, il reste mon frère. Il peut passer le reste de sa vie en prison pour payer pour ses crimes. Il n'a pas à mourir.

Un autre silence s'installe entre eux tandis qu'un précipice se creuse à leurs pieds, si profond qu'Hudson sait qu'elle ne pourra plus jamais le traverser. Connor lui échappe un peu plus à chaque seconde, et son regard vide lui dit tout ce qu'il n'exprime pas.

Il rompt enfin le silence, mais Hudson ne s'attendait pas à ce qu'il parle avec autant d'incertitude.

– Je ne vais dire cela qu'une fois. Emmène-moi à Knox et à ton frère, et on passera l'éponge sur tout ça. J'oublierai que tu as menti. Peut-être même que je te referai confiance. Ça prendra peut-être du temps, mais tu me connais, Hudson, je ne fais pas des promesses en vain. J'essaierai de te pardonner !

L'arrogance de sa déclaration suscite en elle un éclat d'indignation.

– Et si je refuse ?

– Alors, tu peux quitter ce campement et ne plus jamais y revenir.

Le choc la vide de tout son oxygène.

– T'es sérieux ? aboie-t-elle en essayant néanmoins de rester calme. Si je ne t'emmène pas à mon frère pour que tu le tues, tu vas me bannir ?

Il hoche simplement la tête et elle est à deux doigts de le gifler. Il lui avait dit qu'il pouvait être sans cœur et qu'il n'hésiterait pas à lui couper la gorge si elle le trahissait, mais... ça ?

Ils se dévisagent un long moment. Elle attend qu'il revienne sur ses paroles, mais ce n'est pas le cas. De son côté, il attend qu'elle cède, mais elle tient bon.

Elle refuse de sacrifier son frère, surtout sans être certaine que Dominik contrôle sa vie et ce qu'il fait. Si Ferris a fait de lui ce monstre sans son consentement, alors il n'est pas à blâmer.

– Je ne le ferai pas, chuchote-t-elle.

Connor semble déçu. Peut-être semble-t-il même regretter ses paroles ? Mais il penche la tête vers la porte et la fusille du regard.

– Alors, garde tes déclarations d'amour pour un autre et fous le camp d'ici.

Chapitre 20

Il l'a bannie.

Il l'a vraiment bannie !

Son sac, une Ducati et sa vie, voilà ce qu'il lui a laissé avant de la mettre dehors, et quelques heures plus tard, Hudson est encore sous le choc. Il ne l'a pas autorisée à dire adieu à Rylan et aux autres. Il ne lui a même pas laissé dire au revoir à Hope. Il l'a simplement mise dehors, au milieu de la nuit, comme un vulgaire sac-poubelle, pendant que les personnes auxquelles elle tient le plus dorment dans leur cabane, inconscients de ce qui se passe.

Est-ce que Rylan aurait essayé de la retenir ? Xander ? Kade ? Pike ?

Elle ne le saura jamais.

Ses yeux sont secs, enfin, lorsqu'elle éteint le moteur devant chez Lennox. Elle a pleuré sans cesse en route, mais elle n'a plus une larme à verser, maintenant. Le vent qui a fouetté son visage n'a pas aidé, et lorsqu'elle met la béquille et se dirige vers la porte, elle sait que ses yeux rouges et gonflés diront à tout le monde ce qu'elle a vécu ce soir.

Il est tard, si tard que Lennox et les filles doivent dormir. Peut-être qu'il la prendra pour un brigand et qu'il lui tirera dessus. Elle l'espère presque. Elle ne peut pas imaginer qu'une balle soit plus douloureuse que l'agonie qu'elle ressent. Ça aurait au moins le mérite d'abréger ses souffrances.

Bon sang, quelle ironie ! Elle a choisi son frère plutôt que Connor, or il y a des chances qu'elle ne voie plus jamais Dom. Et elle a beau vouloir le prévenir à propos des médocs qu'il prend, elle refuse de retourner à la caserne, pas tant que Knox y est. Il est hors de question qu'elle prenne le risque de croiser ce psychopathe.

Elle est seule, sans Connor, sans Dom, avec un trou dans la poitrine à l'endroit où se trouvait son cœur.

Elle frappe à la porte et se retrouve à prier pour que Tamara soit là. À ce stade, cette femme pourrait être le seul espoir d'Hudson de trouver un endroit sécurisé. Peut-être qu'elle pourrait même s'associer avec elle, se dit-elle. Elles pourraient faire du trafic clandestin ensemble, deux femmes sans cœur qui sont craintes et mal-aimées.

Hudson sursaute quand la porte s'ouvre et qu'elle se retrouve nez à nez avec le canon d'un fusil.

Lennox baisse tout de suite son arme quand il la reconnaît.

– Hudson ?

Elle ouvre la bouche pour parler, mais elle n'arrive à produire qu'un sanglot tremblant.

– Qu'est-ce qui se passe, chérie ? Connor...

– Il va bien. Tout le monde va bien. Je... je... n'ai nulle part où aller.

– Len ? dit une voix inquiète de femme.

Jamie apparaît aux côtés de Lennox, vêtue d'une nuisette blanche, un fusil d'assaut à la main. Son regard glacial disparaît immédiatement quand elle voit Hudson.

– Qu'est-ce qu'il s'est passé ?

– J'en étais pas encore arrivé là, répond Lennox en tendant la main à Hudson. Viens chérie, je crois que t'as besoin d'un verre.

Les épaules d'Hudson retombent. Elle prend sa main et le suit à l'intérieur.

– Comment ça « elle est partie » ? s'exclame Xander d'un ton confus en dévisageant Connor.

Tous le regardent avec un mélange d'incrédulité et de colère, comme s'il venait de leur annoncer qu'il se rangeait dans le camp des Exécuteurs. Mais bon sang, c'est lui qui devrait les regarder comme ça en voyant leur réaction. Ils auraient fait la même chose, chacun d'entre eux. C'est comme ça que se passent les choses, dans ce monde. On ne vit pas avec ses ennemis. Hudson a de la chance qu'il ne l'ait pas tuée, bon sang. La bannir était un cadeau, comparé à ce qu'il aurait pu lui faire.

– C'est la sœur jumelle de Dominik, aboie-t-il.

Les quatre autres ont l'air choqués. Ce qu'il ne voit pas, dans leurs yeux, c'est leur soutien, leur compréhension. Pas un seul ne semble croire que le lien de fraternité entre Dominik et Hudson justifie ce qu'a fait Connor. Pas même Rylan, qui s'est toujours rangé de son côté.

– Elle nous a menti, marmonne Connor.

– On savait déjà qu'elle était de la cité, répond Xander d'une voix dédaigneuse. Qu'est-ce que ça peut foutre de savoir qui est son frère ?

Une colère noire lui saisit les entrailles.

– C'est la sœur de l'homme qui a tué ma femme, espèce de connard.

Les hommes semblent choqués de nouveau, mais Kade est le seul à avoir le courage de parler, même si sa voix est pleine d'appréhension.

– T'étais marié ?

– Oui, j'étais marié, putain. Et j'ai couché avec la sœur de l'homme qui a tué ma femme ! gronde-t-il alors qu'une nausée violente lui retourne l'estomac. Vous pensez vraiment que j'aurais pu la laisser rester ici, après ça ? C'est quoi votre problème ?

Un couinement attire son attention sur la boule de poils dans les bras de Pike. Bon sang, même la louve le regarde d'un air méchant, comme s'il l'avait trahie. Comme s'il les avait tous trahis. Pike caresse la tête de la louve pour la calmer avant de poser son regard neutre sur Connor.

– Elle est allée où ?

– Qu'est-ce que tu veux que j'en sache ? répond-il sur un ton défensif qui l'agace. Je lui ai donné une des motos, d'accord ? Elle a ses affaires, ses armes et assez de vivres pour quelques jours. Je ne l'ai pas virée sans rien, d'accord ? Mais elle ne pouvait pas rester ici.

– Chez Lennox, déclare Xander. C'est le seul autre endroit qu'elle connaît.

– Ouais, elle a dû aller là-bas, acquiesce Kade.

Les hommes se mettent à parler comme si Connor n'avait rien dit, comme s'il n'était même pas là, et il les écoute d'une oreille incrédule, incapable de comprendre ce qui lui arrive. Même Rylan évite son regard. Son meilleur ami...

– C'est incroyable, grogne Connor. C'est vous les enfoirés qui avez déclaré que j'étais votre leader. Je ne voulais pas de ce rôle, mais vous me l'avez donné, et j'ai tout fait pour prendre les décisions qui me semblaient les meilleures pour notre campement. Et il suffit que je fasse un choix avec lequel vous n'êtes pas d'accord et ça y est ? Vous me virez ?

Rylan prend enfin la parole, froidement, de façon mesurée et sur un ton moralisateur qui le rend fou.

– Tu ne l'as pas foutue dehors parce que c'était mieux pour le groupe. Tu l'as fait parce que c'était le mieux pour toi. Parce qu'elle t'a fait du mal et que tu t'es déchaîné comme un lion avec une épine dans la patte.

Connor grince des dents, faisant de son mieux pour ne pas exploser.

– Tu dis que tu lui aurais fait confiance ? Sachant qui est son frère et ce qu'il a fait ?

– Ce qu'il a fait. Pas elle, répond Rylan d'un air fatigué. Hudson n'est pas responsable des choix ni des actes de son frère.

– Elle nous a menti, Ry.

– Parce qu'elle savait ce qu'il se passerait si elle nous disait la vérité. Elle savait que tu réagirais comme ça, conclut son ami avant de s'adresser à Xander d'un ton ferme. Contacte Lennox sur le téléphone satellite et demande-lui si elle est là.

Xan part sans un mot et Kade lui emboîte le pas.

– Fais le plein des motos, dit Rylan à Pike. Et n'oublie pas la Jeep.

Pike hoche la tête et s'en va, le louveteau dans les bras comme si c'était son propre enfant. Seul avec Rylan, Connor gonfle lentement ses poumons et croise le regard du seul véritable ami qu'il ait eu dans ce monde pourri.

– Qu'est-ce que tu fais, mec ?

– Je vais la chercher, répond simplement Rylan.

– Je refuse de vivre ici avec elle.

Rylan lui jette ses propres paroles à la figure.

– Alors pars. Rien ne te retient ici, tu te souviens ? Tu ne veux donc pas être notre leader ? Très bien, frangin.

Peut-être que je ne veux pas être mené par quelqu'un qui prend des décisions impétueuses sans consulter le reste du groupe. Quelqu'un qui jette une femme innocente à la merci des brigands et des assassins parce qu'elle a eu peur de te parler de son passé. Je voulais que tu diriges le groupe, pas que tu le terrorises, et si tu prenais une seconde pour y réfléchir, tu comprendrais pourquoi elle t'a caché la vérité.

Connor n'a jamais entendu son ami aussi en colère et dégoûté.

– Je lui ai laissé le choix, marmonne-t-il.

– Quoi ? s'exclame Rylan, surpris.

– Je lui ai dit qu'elle pouvait rester si elle m'emmenait à Dominik. Elle a refusé.

Rylan est silencieux un moment, puis il siffle en écarquillant les yeux.

– Bon sang, Conn, t'es sérieux ? T'as cru qu'elle t'emmènerait joyeusement à son frère pour que tu le tues ? s'exclame-t-il en levant les mains en l'air. Tu sais quoi ? Je ne peux même pas te regarder. Il va falloir te ressaisir, mec, parce qu'on va la ramener ici, que tu le veuilles ou non. Parce qu'elle est des nôtres. Alors, tu peux être là quand on rentre, ou tu peux être parti, déclare Rylan. Quoi que tu fasses, je m'en fous.

– T'es sûr que Tamara est à Foxworth ? demande Hudson en acceptant la tasse de café que lui tend Jamie.

Ils sont assis au bar de la cuisine de Lennox, passant en revue les projets d'Hudson alors que des vagues de brouillard s'engouffrent par les fenêtres ouvertes. Le ciel est couvert et menaçant, mais Hudson a beau accueillir la pluie avec bonheur pour apaiser la canicule qui les oppresse depuis plusieurs semaines, les nuages gris lui rappellent que l'été ne durera pas toujours. C'est déjà le mois d'août, et elle aimerait avoir un plan concret ainsi qu'un endroit où vivre avant l'automne, quand les températures vont chuter.

– C'est ce qu'elle a dit, répond Lennox en buvant une gorgée de café et en se passant une main dans les cheveux. Mais si tu veux la rattraper, tu devras partir vite. Tam n'avait pas l'intention d'y rester longtemps. Elle a parlé d'aller dans la colonie de l'Est.

Un éclat de joie envahit Hudson. La colonie de l'Est. Si elle se dépêche, elle pourrait rattraper Tamara et la convaincre de l'emmener. Une nouvelle colonie. Un océan entier pour la séparer de Knox. Et de Connor.

Son cœur se pince à l'idée de ne plus jamais le revoir. Quand elle a quitté la caserne des Exécuteurs, elle n'avait pas imaginé qu'elle tomberait amoureuse de quelqu'un. Maintenant, ses sentiments pour Connor sont si forts qu'elle ne se souvient pas d'un temps où elle ne l'aimait pas.

Elle l'aime toujours. Même après ce qu'il a fait. Même s'il s'est montré aussi impitoyable qu'elle l'avait soupçonné être. Ella aime sa force et son arrogance, sa voix grave et ses caresses brusques. Elle adore ces rares moments où il est assez détendu pour rire, quand il baisse sa garde et qu'il se rend vulnérable. Elle aime tout chez ce type – le bon, le mauvais et l'impitoyable.

Cependant, elle a pris sa décision, et elle ne peut pas revenir dessus, car quoi qu'ait fait son frère, elle refuse d'avoir sa mort sur la conscience. Elle et Dominik ont partagé le ventre de leur mère, bon sang. Ils ont passé chaque seconde de leur enfance ensemble. Elle ne s'en remettrait jamais si elle emmenait Connor et son flingue chargé à Dom.

– Je crois quand même que tu devrais rester ici, insiste Jamie, comme elle a insisté toute la matinée.

Et risquer de croiser Connor ? Pas question. Hudson sait que la bande finirait ici tôt ou tard, et elle ne supporterait pas d'être face à Connor après qu'elle lui a offert son amour et son cœur et qu'il l'a écrasé entre ses doigts.

– Je ne peux pas, chuchote-t-elle d'une voix tremblante.

– Qu'est-ce qu'il a fait, ce connard ? gronde Lennox.

– Rien. C'était ma faute. Je lui ai menti, et il a réagi comme n'importe qui aurait réagi.

Cependant, est-ce que c'est vrai ? Est-ce que Rylan l'aurait jetée dehors ? Et Lennox ? Elle n'en est pas certaine, mais elle ne veut pas raconter à Lennox les détails sordides de son histoire. Sa seule option est celle qu'elle avait choisie il y a plusieurs mois, aller aussi loin que possible de la colonie de l'Ouest. Il faut qu'elle aborde tout ce qui s'est passé depuis comme un petit contretemps.

Sa rencontre avec Connor... son amour pour lui... tout ça n'était qu'un contretemps.

– Je n'aime pas l'idée que t'ailles seule à Foxworth, admet Lennox. Tu n'as jamais rencontré Reese et elle se méfie des étrangers.

– Beck et Travis ont tous les deux rencontré Hudson, remarque Jamie. Ils se porteront garants pour elle.

– Si tant est qu'ils y soient, répond Lennox d'une voix sombre. La moitié du temps, ils parcourent la colonie à la recherche de voitures à retaper. Je viendrais bien avec toi, mais je n'aime pas laisser Jamie ici toute seule.

– Je peux très bien me débrouiller toute seule, connard, siffle-t-elle en levant les yeux au ciel.

– Bien évidemment, ma chérie. Mais quand même, je n'aime pas ça.

Hudson ne rate pas la tendresse avec laquelle il regarde Jamie en le disant. Son arrogance moqueuse a disparu, laissant place à un homme qui... Mince. Il est amoureux de Jamie.

Et Jamie est amoureuse de Rylan. Qui plus est, elle ne semble pas du tout touchée par le charme magnétique de Lennox. Il est évident, en voyant la façon dont elle le traite, qu'elle ne le voit que comme l'ami qu'elle connaît depuis son enfance. Hudson a le tournis en pensant à ce triangle amoureux dont aucun des membres n'est au courant. Elle met l'affaire de côté et se concentre sur un sujet bien plus pressant.

– Je m'en sortirai toute seule, ne t'en fais pas, dit-elle à Lennox. Je ne veux pas que tu mettes ta vie en danger pour moi.

– Non, c'est trop dangereux que tu voyages seule. T'es sûre que tu peux garder la baraque pendant mon absence ? demande-t-il à Jamie.

– Sans rire, Lenn, insulte-moi encore une fois et je découperai tes couilles avec cette petite cuillère, chantonne Jamie en agitant sa cuillère à café.

– Bon sang, femme, laisse mes couilles en dehors de cette histoire, rétorque-t-il en souriant. On décolle dans trente minutes. Pourquoi tu ne manges pas un bout pendant que je prépare mon sac et fais le plein de...

Lennox n'a pas le temps de finir sa phrase.

Les tirs qui retentissent font trembler les murs, faisant voler la tasse de Jamie par terre, où elle se brise en mille morceaux. Des bruits de pas lourds résonnent sur le plancher quand les intrus envahissent la maison. Un autre tir retentit, suivi d'un crac énorme et d'un crash assourdissant, comme si des morceaux du plafond s'écrasaient au sol.

Le cœur d'Hudson bat à se rompre.

Ils sont pris d'assaut.

Huit heures. Rylan et les autres sont partis depuis huit heures, et Connor ne peut contrôler son sentiment que quelque chose s'est mal passé. Au téléphone, Lennox a confirmé qu'Hudson était avec lui, mais il ne faut que trois heures pour arriver chez lui. Connor a compté une heure de plus pour laisser le temps à Rylan de convaincre Hudson de revenir, ce qui fait sept heures.

Ils devraient déjà être revenus, bon sang.

À moins qu'ils soient restés boire un verre, se détendre, ou... putain, peut-être qu'ils ne rentrent pas. Peut-être qu'ils ont décidé que son leadership était minable et qu'il ne valait pas la peine de rentrer.

Mais non, ils seraient revenus. En tout cas, Pike serait rentré, parce qu'il n'aurait jamais laissé son loup. Hope s'est plantée dans la cabane de Connor dès que les autres sont partis, et depuis, elle le fixe d'un regard accusateur. Elle n'aime pas l'orage, apparemment. Chaque fois qu'un coup de tonnerre gronde, elle couine et cache sa tête dans le matelas, et chaque fois que Connor essaie de la caresser, elle lui montre les crocs.

Il n'a vraiment plus un seul allié dans son camp.

– Détends-toi, pauvre bête. Je vais tout faire pour arranger la situation.

Sa voix est rauque, il a tellement fumé qu'il est surpris que de la fumée ne lui sorte pas des oreilles. Cependant, il n'a pas cédé à la tentation de boire, il ne peut pas être ivre mort quand les autres vont rentrer. Quand Hudson va rentrer. Il doit être sobre pour lui dire qu'il l'aime et se jeter à ses pieds pour l'implorer de lui pardonner.

Tu ne l'as pas foutue dehors parce que c'était ce qu'il y avait de mieux pour le groupe. Tu l'as fait parce que c'était le mieux pour toi. Parce qu'elle t'a fait du mal et que tu t'es déchaîné comme un lion avec une épine dans la patte.

Cela fait huit heures que les accusations de Rylan résonnent en boucle dans sa tête, et même le bruit incessant de la pluie sur le toit ne peut les faire taire.

Il lui aura fallu vingt minutes pour accepter ce qu'il a dit, et ses hommes étaient déjà partis, avec tous les véhicules, donc Connor n'a eu d'autre choix que de rester là et de réfléchir à son comportement affreux.

– J'ai merdé, d'accord ?

Hope ouvre un œil et baisse de nouveau la tête.

Il ne sait pour quelle raison il ressent le besoin de se défendre auprès du loup, mais il ne peut arrêter les paroles désespérées qui lui échappent.

– J'ai laissé ma fierté et ma colère prendre le dessus. Je le sais, alors tu peux arrêter de me regarder comme ça.

La louve ne cligne pas un œil. Ses yeux bleus sont désormais teintés de jaune. Sans doute finiront-ils jaune doré comme ceux de la diablesse qui l'a mise au monde.

– Je l'aime.

Les mots semblent rouillés en quittant ses lèvres. Étrangers. Il se racle la gorge et essaie de nouveau.

– Je l'aime.

Et bon sang, c'est vrai. Il l'aime tellement que c'en est douloureux. Il ne pensait pas aimer une autre femme, après Maggie. Il ne le voulait pas. Mais Hudson s'est faufilée derrière ses défenses avec ses grands yeux gris obstinés, sa sensualité ardente et ce mélange remarquable de force et de compassion qui ne cesse de l'émerveiller. Les choses qu'il aime chez elle ne sont pas les mêmes que celles qu'il aimait chez sa femme. Maggie l'avait attiré avec sa douce innocence et ses sourires ensoleillés, et sa douceur l'avait apaisé, du moins au début. Mais Hudson...

– Elle me tient tête, dit-il à la boule de poils. D'ailleurs tu devrais lui être reconnaissante, parce que sans elle tu ne serais pas ici, poursuit-il.

Mince, il faut vraiment qu'il arrête de se servir de cigarettes comme moyen de soulager la pression. Cette habitude va finir par le tuer.

Connor réalise à quel point il aime le côté autoritaire d'Hudson. Sa façon de leur donner des ordres, à lui et ses hommes, comme si elle les connaissait depuis toujours. Il adore aussi son côté protecteur. Elle l'est avec Pike, venant à sa rescousse chaque fois que les autres se moquent de sa mauvaise humeur. De Kade, qu'elle n'a jamais forcé à parler de sa vie dans la cité. De Xander et de ses gadgets de geek. De Rylan, chaque fois qu'il fait une connerie et qu'il se blesse. Et... bon sang, elle est même protectrice vis-à-vis de son frère, monstre qu'il est.

Elle a menti à propos de son lien de parenté avec Dominik, mais Rylan a raison, Connor n'a qu'à y réfléchir une seconde pour comprendre. Il aurait fait la même chose si sa survie avait été en jeu. Mon Dieu, mais quel connard il est ! Il a banni la femme qu'il aime. S'il a la chance d'obtenir son pardon, il passera le reste de sa vie à la remercier.

Hope couine soudain, et Connor la caresse maladroitement. Étonnamment, elle le laisse faire, cette fois-ci.

– C'est juste l'orage, la rassure-t-il.

Mais à l'évidence, son ouïe est bien plus fine que la sienne, car elle se lève brusquement et court au bord du matelas, le regard rivé sur la porte. Elle est encore trop petite pour sauter par terre, alors Connor la prend dans ses bras et marche jusqu'à la porte, l'ouvrant pile au moment où des phares apparaissent dans l'allée. Son cœur explose de joie avant de sombrer immé-diatement. Sans se soucier de la pluie battante, il court vers les véhicules.

Ils sont trop nombreux.

Connor prend le louveteau sous un bras et sort son 9 mm, mais il se détend lorsqu'il reconnaît le pick-up de Lennox derrière leur Jeep ainsi que le 4x4 noir que Beckett avait trouvé pour Jamie.

Il se tend des pieds à la tête, inquiet. Paniqué.

Il s'est passé quelque chose. Quelque chose de terrible, sinon Lennox et Jamie ne seraient pas là, ni Layla et Piper, se dit-il lorsqu'il voit les deux femmes sortir du 4x4. Ce n'est que lorsque tout le monde est rassemblé dans l'allée qu'il comprend combien la situation est grave.

Parce qu'Hudson n'est pas avec eux.

– Où est-elle ? aboie-t-il en étudiant le visage de chacun.

Le silence est pire que tout ce qu'ils auraient pu dire. Il remplit son cerveau d'images affreuses qui font accélérer son rythme cardiaque et lui filent la nausée, et il reste là, figé, laissant la pluie le tremper.

Pike est le premier à parler.

– Elle est partie.

– Comment ça, partie ? s'écrit-il.

Rylan poursuit, la voix étouffée par la pluie torrentielle.

– Knox l'a emmenée.

Chapitre 21

Ils lui racontent le reste de l'histoire plus vite que le cerveau paniqué de Connor ne peut l'encaisser. Les sanglots de Jamie se mêlent au bruit de la pluie s'abattant sur la terre déjà boueuse tandis que Lennox lui décrit l'attaque. Les coups de feu, les cris. La balle qui s'est plantée dans l'abdomen de Nell quand elle est sortie de sa chambre et qu'elle est tombée sur les Exécuteurs.

– Nell ? répète Connor en levant la tête pour regarder vers le 4x4 de Lennox. Est-ce qu'elle est...

– Morte, répond son ami. Et on serait tous morts aussi sans Hudson. Les Exécuteurs ont arrêté de tirer quand ils ont réalisé qu'elle était dans la maison. Le lieutenant... l'a appelée... sa femme.

De la bile remonte dans la gorge de Connor, et son estomac s'enflamme lorsqu'il l'avale.

– Ils étaient dans le coin pour la chercher, Conn. Et elle...

Jamie prend la suite de Lennox.

– Elle a conclu un accord avec lui. Elle a dit qu'elle irait avec eux s'il promettait de nous laisser vivants.

Son estomac se noue. Bien sûr, Hudson ne laisserait jamais souffrir des gens auxquels elle tient, même si cela implique qu'elle se sacrifie elle-même.

– Et ils sont partis, poursuit Jamie en secouant la tête, clairement confuse. J'étais certaine qu'ils nous tueraient quand même, mais ils sont partis.

– On n'est pas restés longtemps, après ça, dit Lennox d'une voix lugubre. Je me fiche de ce que cet enfoiré a promis. Il sait où on est maintenant, et je ne suis pas assez bête pour croire qu'il n'enverra pas une équipe nous éliminer. Alors, on a fait nos bagages et on est partis. On était en route pour Foxworth quand on a croisé tes hommes.

Connor inspire lentement et ses poumons brûlent d'avoir retenu sa respiration si longtemps.

– Knox l'a sans doute ramenée à la caserne. On doit la récupérer.

– La cité est à mille quatre cents bornes d'ici, lui rappelle Xander. C'est quinze heures de route, et c'est sans compter les routes barrées et les arrêts pour faire le plein.

– T'aurais pas un hélico sous la main, par hasard? dit Lennox.

– Non, marmonne Connor. Mais on connaît tous les deux quelqu'un qui en a un.

– Reese, répond Rylan, et son visage s'illumine. Attendez, t'es en train de dire qu'on va récupérer Hudson et que j'ai le droit d'aller à Foxworth? Génial!

Pas génial, non. La reine de Foxworth a un hélicoptère, en effet. C'est un engin militaire qui a été abandonné après la guerre et qui est fait pour aller vite. Ils arriveraient à la cité de l'Ouest en cinq heures. Hélas, Reese ne va pas le leur prêter par bonté de cœur.

– Elle ne nous laissera pas l'utiliser, dit Connor. Ça lui coûtera trop d'essence.

– Tu pourrais lui être redevable à vie, acquiesce Lennox.

Oui, c'est vrai. Mais il est prêt à en payer le prix. Il donnera à Reese tout ce qu'elle veut s'il peut de nouveau prendre Hudson dans ses bras.

En parlant de bras, Hope gigote dans les siens, la tête tendue en direction de Pike. Connor met la boule de poils dans les bras de son ami avant de balayer le groupe des yeux. Ils le regardent tous, comme s'ils attendaient qu'il prenne une décision et leur donne un ordre.

Il parvient à retrouver sa voix.

– Kade, emmène Lennox et les filles aux cabanes qu'Hudson a nettoyées. Ry, il faut que t'ailles à Foxworth.

Il leur faudra passer par Foxworth pour rejoindre la cité, mais autant envoyer Rylan en éclaireur pour amadouer Reese. Peut-être que, cette fois, elle tombera sous son charme.

– Pike, tu prends le premier tour de garde. On doit surveiller le campement au cas où les Exécuteurs seraient encore dans les parages. Xan ?

– Ouais ?

– Tu vas aller dedans et faire marcher ce logiciel, sinon je te...

– C'est déjà fait.

– Quoi ?

Xan hausse les épaules timidement.

– J'ai réussi à le faire marcher trois jours après qu'Hudson m'en a parlé.

– Ah bon ? demande Connor, bouche bée.

Xander hoche la tête.

– T'as...

Connor fulmine.

– Pourquoi tu m'as rien dit, putain ? Qu'est-ce que tu foutais, alors, pendant tout ce temps hier ?

– Eh ben, euh... je ne faisais rien. Je m'amusais avec un vieux logiciel que je reprogramme. Je ne te l'ai pas dit, parce que je voulais t'éviter de faire la plus grosse erreur de ta vie.

Sa colère finit par exploser. Son angoisse pour Hudson, en plus de la honte accablante qui le ronge après ce qu'il lui a fait, le fait craquer et il empoigne Xander par le col.

– Une erreur ? Parce que j'essaie de trouver l'homme qui a tué tous ceux à qui je tenais ?

Xander n'a pas l'air gêné.

– Tu ne seras même pas à cinq mètres de lui que t'auras pris une balle dans la tête. Tu crois vraiment que ta femme aurait aimé que tu meures pour la venger ?

Il lâche Xan et titube en arrière.

– Tu n'avais pas le droit de me cacher ça.

– J'ai pris la décision qui me semblait être la meilleure pour le groupe.

Xander se moque de lui, et Connor lui aurait collé un coup de poing s'ils n'avaient pas des préoccupations plus pressantes.

– Je te casserai la gueule plus tard, Xan. Je suis sérieux, gronde-t-il.

Xan semble réprimer un sourire.

– Mais ça devra attendre, ajoute-t-il avant de marcher d'un pas pressé vers le chalet. Je veux que tu lances ce logiciel pour qu'on trouve un moyen de récupérer ma femme.

Son appartement n'a pas changé. Rien n'a changé. Hudson balaie la vaste pièce des yeux, avec son grand lit et ses canapés moelleux, et elle a l'impression de ne jamais être partie.

– Regarde-moi, espèce de garce !

Une main puissante tire ses cheveux, rappelant à Hudson pourquoi elle est partie.

Les yeux noirs de Knox sont brûlants de rage lorsqu'il ricane. Il n'a pas arrêté de ricaner depuis qu'il l'a traînée hors de chez Lennox et qu'il l'a jetée dans le camion des Exécuteurs. Il est monté devant, avec son chauffeur, et pendant le trajet en hélico, il est aussi monté devant avec le pilote, comme si la présence d'Hudson était sans importance. Comme si elle n'était qu'un objet qui ne méritait pas son attention.

Maintenant, en privé dans sa vieille chambre, il a laissé tomber son masque d'indifférence. Il la regarde avec une rage et un dégoût qui font trembler tout son corps tandis qu'il la secoue de toutes ses forces.

– Tu n'as pas idée des emmerdes que tu vas avoir, crache Knox. Je vais te faire payer ta petite escapade, Hudson.

Elle ne répond pas. Elle ne lui accorde qu'un long regard, dénué d'émotion, parce qu'elle sait d'expérience que répondre à Knox ne fait qu'intensifier sa colère.

Elle le connaît depuis qu'ils sont enfants, et elle le détestait déjà à l'époque. C'était un gamin pourri gâté, arrogant et violent, un psychopathe en devenir. Ses tendances sadiques et son efficacité brutale faisaient de lui un bon Exécuteur, et c'est la seule raison qu'Hudson peut trouver pour expliquer que son père l'ait choisi comme son futur mari. La compassion de son père ne faisait pas le poids devant sa dévotion obsessionnelle pour les colonies et, sur le papier, Knox a dû sembler être le candidat parfait pour être en charge de la colonie côtière.

Cependant, Hudson n'est pas naïve. La rage aveuglante de Knox et son manque complet d'empathie détruiront tout ce qu'ils auront construit.

– Parle, salope !

Elle éclate d'un rire jaune et sec.

– Salope ? C'est comme ça que tu vas m'appeler quand on sera mariés ?

L'énorme gifle manque la mettre par terre. Sa joue brûle et elle appuie sa main dessus, choquée, alors que Knox la regarde en riant.

– Je t'appellerai comme je veux quand on sera mariés. Et je te ferai tout ce que je veux.

Elle pousse un cri d'effroi quand il empoigne son sein. Il le serre assez fort pour qu'elle ait les larmes aux yeux et, instinctivement, son genou remonte pour le frapper entre les jambes.

Knox titube en la fusillant du regard.

– Tu vas le regretter, gronde-t-il en avançant de nouveau sur elle mais en gardant une distance de sécurité. Je ne suis pas faible comme ton frère et je ne tolérerai pas tes conneries quand on déménagera sur la Côte.

Elle secoue la tête, incrédule. Il pense vraiment qu'elle le suivra dans une nouvelle colonie pour être sa femme ? Plutôt mourir !

Avant qu'elle ne puisse l'arrêter, la dernière image qu'elle a eue de la maison de Lennox lui vient à l'esprit. Le corps de la rousse, Nell, étendu par terre. Des rivières de sang coulaient de son abdomen tandis que Layla essayait de la protéger en criant aux Exécuteurs de les laisser tranquilles. Hudson ne connaissait pas Nell, mais elle n'est pas moins attristée par sa mort, pour Jamie et Lennox qui ont perdu une amie. Knox aurait tué tout le monde si elle n'avait pas accepté de partir avec lui, mais ce n'est pas parce qu'elle est là, maintenant, qu'elle a oublié tout ce qu'il a fait et ce dont il est capable.

– Je veux que tu m'écoutes, et que tu m'écoutes bien, siffle-t-elle. Je ne suis pas ta femme. Je ne serai jamais ta femme. Je me taillerai les veines avant que ça n'arrive, mec, tu peux en être sûr.

Son visage devient rouge écarlate, ce qui accentue les hématomes sur son nez, qui est plus tordu que la dernière fois qu'elle l'a vu. Elle se souvient que Dominik le lui a cassé, et peut-être est-elle aussi violente que tous les autres, parce qu'elle regrette que son frère ne l'ait pas entièrement défiguré.

La porte s'ouvre brusquement avant que Knox ne puisse répondre, et elle est soulagée de voir Dom entrer. Il y a une seconde de silence, et une multitude d'émotions s'échangent entre leurs regards.

Il ouvre les bras, et Hudson hésite. Elle n'a pas oublié tout ce qu'il lui a fait, lui non plus. Tout ce qu'il a fait et continue de faire aux Insurgés en dehors des murs de la cité. Cependant, quand elle voit sa mine angoissée, une part de sa colère disparaît, la laissant avec une profonde tristesse. C'est son frère, bon sang.

Bon ou mauvais, il reste son frère.

Elle se jette dans ses bras, les larmes aux yeux en le serrant contre elle.

– Salut sœurette, dit-il d'une voix rauque.

Il lève la tête pour regarder Knox derrière elle.

– Dégage. Maintenant, aboie-t-il.

– Je ne vais nulle part, rétorque l'autre. C'est ma femme.

– Non. Son nom est sur un contrat de mariage, répond froidement Dominik. Et au cas où tu l'aurais oublié, je ne l'ai pas encore signé.

Hudson regarde son frère, surprise. Il ne l'a pas signé ? Elle repense au contrat qu'il lui a donné avant qu'elle ne s'enfuie, mais elle n'a pas fait attention aux signatures, parce que les époux, justement, ne signent rien. Il ne faut que trois signatures pour valider un mariage : un conseiller de la colonie de l'Ouest et deux individus approuvés qui sanctionnent le mariage, d'habitude c'est un membre de la famille ou un employeur. Les trois doivent être vivants au moment où le contrat est signé. Son père étant mort, c'était à Dominik d'approuver le mariage.

– Je te conseille de déguerpir tout de suite, avant que je ne te fasse sortir de force, poursuit Dominik. Ça fait deux mois que je n'ai pas vu ma sœur. J'aimerais être seul avec elle, s'il te plaît.

S'il te plaît. Hudson aurait presque cru qu'il était sincèrement poli, si ce n'était la veine gonflée et puissante sur son front.

Les deux hommes se dévisagent plusieurs secondes, et Knox est le premier à détourner le regard. Il pousse un juron et sort de la pièce en claquant la porte derrière lui, mais pas avant qu'Hudson n'ait vu l'Exécuteur armé posté devant chez elle.

– Je suis prisonnière ? demande-t-elle.

Les yeux gris de Dominik, identiques aux siens, se remplissent de regrets.

– Oui. Le commandant Ferris a ordonné ta surveillance vingt-quatre heures sur vingt-quatre quand il a appris qu'on t'avait retrouvée. Il veut t'interroger demain matin, ajoute-t-il d'un air inquiet. Il veut savoir tout ce que tu as appris pendant ton séjour en terre insurgée.

– Je ne lui dirai rien du tout, répond-elle froidement.

– Ouais, c'est ce que je pensais.

Elle étudie le regard de son frère, cherchant désespérément une trace de la haine dont Connor a parlé, du mal qui est peut-être en lui. Mais elle ne voit qu'une profonde tristesse.

– Pourquoi tu n'as pas signé le contrat de mariage ? chuchote-t-elle.

Il la surprend en gloussant.

– Attends, H. Tu sais bien que je ne t'aurais jamais laissée épouser ce connard.

Elle écarquille les yeux.

– Quoi ? Mais t'as dit...

– J'ai dit beaucoup de choses, mais tu devrais te concentrer sur ce que j'ai fait.

Son air perplexe le fait soupirer de nouveau.

– Bon sang, Hudson, pourquoi tu crois que je t'ai envoyée sur le terrain le lendemain du jour où je t'ai montré le contrat ?

Hudson est sans voix.

– Parce que je savais que tu t'enfuirais, poursuit-il en souriant tendrement. Je te connais mieux que je ne me connais moi-même, H.

Elle a du mal à digérer ses révélations. Dominik la protégeait ?

Elle n'avait pas remis en question ses ordres, ce jour-là. Un Exécuteur avait été blessé, il était logique que Dom l'envoie sur le terrain. Sauf que... il aurait pu envoyer n'importe quelle infirmière. Or, c'est elle qu'il avait envoyée.

Pour lui donner l'occasion de s'échapper.

– Qu'est-ce qui se passe ici, Dom ? Ça doit être vraiment affreux si tu es prêt à me laisser partir.

– Je ne sais pas, répond-il d'une voix lugubre. Ferris ne m'a pas lâché depuis que Papa est mort. Il a mis en place de nouveaux protocoles, et il a mis fin à la politique de capitulation des Insurgés parce qu'il ne veut pas qu'ils vivent dans la cité. Il pense qu'ils ne le méritent pas et qu'ils n'ont aucun espoir de réhabilitation. Il préfère qu'ils soient tous morts.

Dominik passe sa main dans ses cheveux blonds. Ils sont en bataille et trop longs, comme s'il se fichait de son apparence.

– Je suis... Je suis tellement en colère, Hudson. Tout le temps. J'ai des pulsions... de déchiqueter des gens. Et je me réveille parfois en ayant oublié comment je suis rentré dans ma chambre. Je ne sais pas ce qui m'arrive.

– Je crois que moi oui, répond-elle en tremblant de peur.

– Quoi ? Comment ?

– J'ai croisé une de tes recrues. Max ?

Dominik écarquille les yeux.

– Max est en vie ? Il a tué deux gardes en fuyant la cité, mais c'est un gentil. Je ne pensais pas qu'il tiendrait un seul jour, dehors.

– Il s'en est suffisamment bien sorti pour croiser le chemin de mon groupe. Il m'a dit que Ferris faisait des piqûres aux recrues.

– Des vitamines, acquiesce Dom.

– Justement, je ne crois pas. Max a remarqué des changements de personnalité sérieux chez les autres recrues, chez des mecs qu'il a connus toute sa vie. Je crois que Ferris vous donne un médoc pour vous rendre agressifs. Je crois qu'il a changé tes cachets après la mort de Papa.

Dominik pâlit brusquement et frotte ses yeux rougis. Hudson ne l'a jamais vu aussi fatigué.

– Putain c'est... ça ne me surprend pas, dit-il en se pinçant le nez, comme s'il luttait contre une migraine.

Hudson vide tout l'air de ses poumons.

– T'étais au courant que Papa avait prévu de me faire épouser Knox ?

– Non ! s'exclame-t-il. Je ne savais pas, je te le promets, Hudson. Tu sais combien je me suis battu contre lui quand il a décidé que Knox serait le parfait lieutenant pour moi. Mais ça ne servait à rien de se disputer, alors je me suis tu. J'ai toléré Knox parce que c'est un bon soldat, mais je n'aurais jamais accepté qu'il t'épouse.

Elle le croit. Elle a toujours su quand son frère jumeau mentait. Si son regard est désespéré et en colère et confus, elle n'y voit pas de malhonnêteté.

– Qu'est-ce qui va m'arriver maintenant ? demande-t-elle, soudain épuisée. Je vais devoir l'épouser ?

– C'est hors de question. Ça n'arrivera jamais.

– Lui, il en est persuadé, pourtant.

– Il peut penser ce qu'il veut. Je ne le laisserai pas te toucher, gronde-t-il d'un ton déterminé. J'ai trouvé un moyen de te faire sortir une fois, je recommencerai.

Leurs chuchotements s'arrêtent brusquement lorsqu'on frappe à la porte. Dalton, un des adjudants de Dom, apparaît dans l'embrasure de la porte avec une tablette tactile à la main.

– Je suis désolé de vous déranger, chef, mais... euh... eh bien, les hommes sont un peu confus.

– À propos de quoi ?

Dalton lui montre l'écran.

– De l'ordre que vous avez posté. Personne n'est sûr de ce que ça signifie.

– Sois plus précis, bon sang. Je poste beaucoup d'ordres, aboie Dom.

– À propos du rendez-vous de ce soir. Il s'adressait à tous les escadrons ? Est-ce que je dois rassembler les hommes ?

– Bon sang, je ne sais pas de quoi tu parles, gronde Dominik en tendant la main. Donne-moi ça.

Hudson regarde son frère étudier la tablette en fronçant les sourcils.

– C'est clairement une erreur technique, marmonne-t-il. Je n'ai pas donné de rendez-vous ce soir, et je ne prévoirais jamais ça en dehors de la caserne.

Le cœur d'Hudson fait un saut périlleux alors qu'une idée lui vient.

Elle lève brusquement la tête vers Dom, qui se crispe en sentant qu'elle a la réponse à ce mystère. Sans se le dire, ils ont toujours su ce que pensait l'autre d'un simple regard.

– Laisse-nous un instant, dit Dom à Dalton. J'arrive tout de suite et on va résoudre ce problème.

Cependant, il ne rend pas à Dalton la tablette, la rangeant plutôt sous son bras, comme s'il avait oublié que ce n'était pas la sienne.

La porte vient tout juste de se refermer qu'Hudson la saisit et se dépêche de lire le message. Il est bref et clair.

« RDV. 04h00. 2 km à l'ouest du portail arrière. »

Un sourire s'étend sur les lèvres d'Hudson.

– Waouh, il l'a fait !

– Qui ?

– Mon ami... un de ceux qui m'ont accueillie... c'est un hacker. On a trouvé des tablettes quand on faisait le stock de fournitures et je lui ai parlé du logiciel. Il a dû trouver un moyen de le faire marcher.

– Ce sont tes amis ? demande Dom en tapotant l'écran pour relire le message. Pourquoi ils enverraient ça ? Ils sont venus te sauver ?

– Ou...

Elle s'arrête, car elle pourrait avoir tort.

Oui, ils sont venus la sauver.

Ou bien, ils sont venus tuer Dominik.

– Je ne sais pas, dit-elle calmement. Quand j'étais avec eux, j'ai appris... J'ai appris que t'avais ordonné à Knox de faire une rafle dans un campement Insurgé à l'ouest, il y a deux ans. Il ne leur a pas laissé l'occasion de se rendre. Il les a tous tués, et une des victimes était la femme de mon... de mon ami.

Elle a du mal à appeler Connor son ami, car il est tellement plus que ça. Il est tout pour elle.

– Il te tient responsable de sa mort, admet-elle. Il y a un risque qu'il te tue s'il te voit.

– Alors, il me tuera, répond simplement Dominik.

– Dom ! s'exclame-t-elle.

– C'est peut-être notre seule chance de te faire sortir d'ici. Si je dois mourir pour que tu rejoignes ta famille... soit. Je suis prêt.

Sa famille. C'est surréel et dur à avaler, mais c'est tellement vrai... Elle n'a plus sa place dans cette caserne ni dans cette ville. Sa place est en terre libre. Avec ou sans Connor.

Dominik relève la tête, prenant cette pose têtue qu'elle a connue toute sa vie. La même qu'elle prend quand elle est déterminée à gagner, elle aussi.

– Je vais dire aux hommes que le message était une erreur et m'assurer qu'ils savent qu'il n'y a pas de rendez-vous, déclare-t-il. On a quatre heures. C'est largement assez de temps pour trouver un moyen de te faire sortir de la caserne.

– Dom...

– Ne m'interromps pas ! aboie-t-il.

Elle recule comme s'il l'avait giflée, et quand il fait un pas vers elle, Hudson est sincèrement paniquée.

– Merde, dit-il en s'arrêtant brusquement et en inspirant lentement. Merde. Je suis désolé. Je ne voulais pas t'aboyer dessus. Je n'allais pas... te faire mal... je te promets...

Il se transforme sous ses yeux, redevenant le petit garçon avec lequel elle a grandi. Il a l'air si confus et triste que sa peur disparaît, laissant place à une profonde tristesse.

– T'en fais pas. Je sais que tu ne me ferais jamais de mal, chuchote-t-elle en le sentant se détendre dans ses bras. Je t'aime, Dom.

– Je t'aime aussi.

Ils restent ainsi plusieurs minutes, jusqu'à ce que Dom l'embrasse sur la joue et fasse un pas en arrière, clairement secoué.

– Je dois préparer ta sortie, dit-il en se dirigeant vers la porte. Je reviens dès que possible.

Chapitre 22

– Comment tu t'es débarrassé du garde ? chuchote Hudson trois heures plus tard.

Elle balaie des yeux le couloir vide, puis elle observe le visage fatigué de Dom et ajoute :

– Ferris ne va pas se douter de quelque chose ?

– Crois-moi, il n'est pas ravi, murmure Dom. J'ai passé vingt minutes au téléphone avec lui, à l'écouter rouspéter. Mais je lui ai dit que quoi que tu aies fait, tu étais la fille d'un des fondateurs du CM et que tu méritais le respect. Je lui ai aussi rappelé qu'on a eu le même entraînement et que si tu voulais t'échapper, un seul garde devant ta porte n'allait pas t'en empêcher, ajoute-t-il en souriant.

– Bien évidemment que ça ne m'arrêterait pas, répond-elle en souriant jusqu'aux oreilles.

Ils se taisent en se faufilant dans le couloir éclairé par les néons blancs. Le bâtiment abrite des bureaux et des appartements, et ils ne font pas de bruit pour ne réveiller personne. Les jambes d'Hudson tremblent à chaque pas.

Elle ne connaît pas le plan de Dom, comment il a prévu de lui faire passer le portail sans qu'on la voie, mais elle espère qu'ils ne mourront pas tous deux sous une pluie de balles.

Lorsqu'ils sortent par la porte arrière, la nuit est étrangement silencieuse. Ils marchent le long du mur de briques qui est plongé dans l'obscurité. Hudson lève la tête vers le toit et est surprise de ne pas voir de projecteurs.

– L'ampoule doit être grillée, dit Dom en haussant un sourcil. Il faut vraiment que je demande au service de maintenance d'y jeter un œil.

Elle se retient d'éclater de rire, mais toute trace d'humour disparaît quand elle aperçoit la cour éclairée au-delà de leur coin d'ombre. Les mailles du grillage scintillent, comme si elles lui faisaient des clins d'œil pour la narguer. Elle lève la tête vers la tour de guet à une cinquantaine de mètres, puis elle étudie les caméras de sécurité surplombant chaque piquet du grillage. Son angoisse ne cesse d'augmenter.

Comment diable Dom pense-t-il qu'ils vont sortir de là sans être repérés ? À sa grande surprise, il lève son fusil d'assaut et marche en avant.

– Qu'est-ce que tu fais ? siffle-t-elle.

Il lui fait signe de le suivre sans se retourner.

– T'en fais pas, les caméras de ce côté ont été désactivées, dit-il en souriant de nouveau. C'est une maintenance régulière qui nécessite de tout redémarrer. Mais on n'a que neuf minutes avant qu'elles ne se rallument. Reste contre le mur pour que les gardes ne nous voient pas. Ça va aller, t'en fais pas.

Elle n'hésite qu'une seconde. C'est son frère jumeau, elle doit avoir confiance en lui.

Et puis, si jamais il la menait dans la gueule du loup, alors elle affronterait son destin misérable. Peut-être est-elle destinée à être trahie par tous ceux à qui elle tient. Son père avait prévu qu'elle épouse un monstre sans lui en parler. Connor l'a bannie sans le moindre scrupule. À ce stade, la trahison de Dom ne serait guère pire que tout ce qu'elle a déjà vécu.

Son frère la mène au bout de la caserne et s'arrête lorsqu'ils sont à une vingtaine de mètres du portail et de la tour de guet.

– Ouvre le portail avec ça.

Son estomac se noue lorsqu'il lui tend une carte à puce.

– Non, si j'utilise ta carte, ils sauront que tu m'as aidée.

– Ce n'est pas la mienne. Tu l'as laissée dans ta chambre le jour où tu t'es enfuie, tu te souviens ? Elle est encore activée, j'ai vérifié. Le système enregistrera que tu l'as utilisée, mais je dirai que tu devais l'avoir cachée dans ta chambre et que personne n'a pensé à la chercher.

– Ou bien... Tu pourrais venir avec moi.

Il secoue immédiatement la tête.

– Je ne peux pas.

– Mais si. Tu n'es pas obligé de rester ici, Dom. Tu peux commencer une nouvelle vie en terre libre. Une vraie vie, sans les médocs, les règlements et toutes les conneries que nous fait gober le CM.

– J'ai des choses à régler ici, déclare-t-il froidement.

– Qu'est-ce que tu vas faire ?

– Je ne sais pas encore, mais je ne peux pas ne rien faire. Tout le monde dans cette caserne n'est pas mauvais. Il y a des hommes bons, ici, et Ferris nous drogue et nous retourne le cerveau pour qu'on assassine des innocents. Je ne peux pas le laisser faire.

– Alors je vais t'aider, annonce-t-elle.

– Tu n'es pas en sécurité, ici, rétorque-t-il sèchement. Les choses ont changé, et ce n'est pas pour le mieux. Toutes ces nouvelles règles qui sont instaurées... Tu es plus en sécurité en territoire Insurgé, H. Je ne sais pas si je pourrai te protéger si tu restes ici.

Il sort de sa poche un petit boîtier qu'il dépose dans sa main. C'est un téléphone, petit et léger, avec moins de boutons que sur ceux qu'elle est habituée à voir.

– Je ne pourrai pas m'en servir en dehors de la cité, lui rappelle-t-elle.

– Ce n'est pas un mobile, c'est un téléphone satellite. Tu peux envoyer des messages, aussi. Quand tu seras installée, envoie-moi les coordonnées de ton campement. Je ferai tout pour éloigner les rafles, mais... je ne sais pas si j'aurai des responsabilités encore longtemps.

– Promets-moi que tu partiras si la situation s'aggrave. Promets-moi que tu m'appelleras, et je te promets que tu seras le bienvenu, où que j'atterrisse.

– Je te le promets.

Hudson hoche la tête, soulagée.

– Qu'est-ce qu'on fait maintenant ?

Dom penche la tête en direction de la tour de guet.

– À mon signal, je veux que tu ailles au portail. Je m'occupe des gardes, dit-il en détachant son talkie-walkie de sa ceinture. Dès que le portail s'ouvre, je veux que tu coures, H, aussi vite que possible. Tu devrais arriver aux bois avant qu'ils ne te voient, mais si jamais c'était le cas... je te couvrirais, explique-t-il.

– Ils te tueront ! siffle-t-elle.

Ça ne semble pas le déranger.

– Cours, et cache-toi, d'accord ? Tu sais où sont les fils pièges, et les détecteurs de mouvement du périmètre nord ont été désactivés avec le redémarrage du logiciel. Éloigne-toi d'au moins cent mètres et tu n'auras pas à t'inquiéter de déclencher d'alarmes. Il reste quatre minutes avant que tout se remette en marche, dit-il en regardant sa montre. C'est l'heure d'y aller, frangine.

Sa poitrine se serre.

– Je ne veux pas te dire adieu encore une fois.

– Eh, au moins cette fois j'ai droit à un adieu ! dit-il en ébouriffant ses cheveux. La dernière fois, tu es partie sans un mot.

– Ouais, c'était pas cool, répond-elle en souriant tristement.

– Pas du tout. Maintenant, fais-moi un câlin et déguerpis à toute vitesse.

Hudson le prend dans ses bras, elle veut se souvenir de ce moment, du torse musclé de son frère contre sa joue, de la chaleur de ses bras, de la fierté de son regard.

– À très vite, chuchote-t-elle en le libérant, espérant que ses paroles deviendront vraies un jour.

La minute qui suit semble ne durer qu'une seconde tant les événements s'enchaînent vite. Elle ne sait pas comment elle est parvenue au portail sans trébucher de peur ni comment elle l'a ouvert sans faire tomber la carte cinq fois. Elle ne sait pas ce qu'a fait Dominik pour attirer l'attention des gardes loin de la cour ni s'il y est parvenu. Elle n'a conscience que du bitume que frappent ses bottes alors qu'elle court vers sa liberté.

Ses poumons brûlent et le vent frais de la nuit fouette son visage tandis qu'elle se précipite vers l'orée des bois. Elle n'ose pas regarder par-dessus son épaule pour voir si les gardes l'ont vue. Elle court, simplement. Aussi vite qu'elle le peut, priant pour que personne ne lui tire dessus, qu'elle atteindra les arbres avant que les gardes ne remarquent qu'elle...

Elle l'a fait !

Hudson n'arrive pas à contenir son étonnement pendant qu'elle sprinte dans la forêt pour se protéger de la vue de la tour. Il n'y a aucun tir, aucun cri. Elle n'entend que le bruit des branches se cassant sous ses pieds tandis qu'elle passe les détecteurs de mouvement et court vers sa liberté.

Mon Dieu, elle a réussi. Elle s'est enfuie, encore une fois. Elle a réussi, mais elle continue de courir, poussée par un sentiment de victoire qui vrombit dans ses veines.

Il fait nuit noire dans la forêt, mais elle la connaît par cœur. Elle et Dominik ont joué ici pendant des heures quand ils étaient petits. Ils y chassaient avec leur père, construisaient des cabanes quand c'était à Dom de choisir l'activité et cueillaient des fleurs quand c'était son tour.

Deux kilomètres à l'ouest. C'est ce que disait le message de Xander. Hudson ne sait absolument pas si elle a déjà parcouru un kilomètre, mais elle ne voit personne et n'entend pas de voix.

Elle espère que Connor et les autres sont quelque part, en train de l'attendre. Si ce n'est pas le cas, son périple sera plus compliqué, mais elle l'a fait déjà une fois et elle peut recommencer. Elle a ses couteaux et les deux pistolets que Dom lui a donnés. Elle a son intelligence et son courage, et une volonté féroce de survivre, toutes ces choses l'aideront à aller où elle veut.

Elle presse le pas, les joues rouges et les poumons dilatés. Elle doit se rapprocher du point de rendez-vous. Elle jette un œil à la montre que Dom lui a donnée et elle voit qu'il est quatre heures moins dix. Elle s'est promis de n'attendre que dix minutes après l'heure de rendez-vous avant de continuer seule. Elle ira à Foxworth où elle trouvera Tamara, elle essaiera de retrouver la trace de Lennox et...

– Tu vas quelque part ?

Elle s'arrête brusquement en entendant sa voix affreuse. Elle se tourne à temps pour voir Knox sortir de l'ombre, les bandes rouges de son uniforme d'Exécuteur brillent au clair de lune.

Elle sort son arme, mais elle n'est pas assez rapide.

Knox se jette sur elle et fait voler son pistolet. En un clin d'œil, elle se retrouve sur le dos, sous lui, et ses mains calleuses saisissent sa gorge.

J'y serai.

C'est tout ce que Xander a eu pour réponse, et Connor n'est même pas sûr qu'elle provienne d'Hudson. Cependant, ça ne l'a pas empêché de monter à bord de l'hélico et de filer tout droit vers la cité, risquant de se faire descendre par une patrouille aérienne du CM. Cependant, les risques ne sont pas importants. Rien n'est important si Hudson n'est pas avec lui.

Le cri qui perce l'air n'est pas aigu, mais Connor le ressent au plus profond de sa chair.

– C'est elle, murmure-t-il à Rylan, à sa droite, dont les épaules se crispent immédiatement.

Les hommes sont restés cachés pendant vingt minutes après avoir passé une heure à guetter les environs pour être sûrs qu'ils n'allaient pas tomber dans une embuscade.

– Ça pourrait être un piège, répond son ami.

Il se fiche que ce soit un piège. Il reconnaîtrait la voix d'Hudson n'importe où. Elle est là. Quelque part dans les bois. Menacée.

La voix de Pike émerge à sa gauche.

– Peu importe. Il faut qu'on vérifie.

Ils ne sont que tous les trois, parce que Reese est une tête de mule qui a refusé de laisser qui que ce soit d'autre accompagner Connor dans sa mission, déclarant que le poids supplémentaire allait consommer plus de kérosène et qu'elle ne pouvait pas se permettre d'en gaspiller davantage. Elle a permis à Pike d'y aller parce qu'il est le seul à savoir piloter l'engin, et Rylan parce que... Eh bien, Connor la soupçonne d'avoir voulu s'en débarrasser, tout simplement. Bon sang, il lui en veut de ne pas l'avoir laissé emmener plus d'hommes.

– J'y vais, dit Connor en levant son arme.

Il sort du fourré dans lequel ils étaient cachés et Pike et Rylan lui emboîtent le pas. Ils marchent en rythme, sans faire de bruit, sans déranger la forêt. Plus ils avancent, plus les voix se rapprochent. Des voix étouffées. Des phrases que Connor ne comprend pas entièrement mais qui lui filent des frissons.

– Promis... côte... va tous les deux...

Connor se crispe des pieds à la tête.

– Te faire obéir, tu comprends ? gronde une voix d'homme furieuse.

Il se cache derrière un tronc et fait signe aux autres. Ils s'arrêtent et se cachent à leur tour. Connor lève la main, leur faisant signe d'attendre, parce qu'il ne sert à rien qu'ils se fassent tous buter ce soir. Si c'est un piège, il sera le seul à y tomber.

Rylan n'a pas l'air content, mais Connor hoche vigoureusement la tête et son ami reste où il est.

Il prend son arme à la main et continue seul. Les voix sont plus fortes et toujours aussi pleines de venin.

– ... me fous de devoir te tabasser tous les matins, tu feras ce que je dis, tu m'entends ?

Il y a un moment de silence, et Connor se glisse derrière un autre arbre. Attendant, l'oreille tendue.

– Je te garderai en laisse s'il le faut. Tu sais, ton père et moi avions un accord ! Une nouvelle colonie, pour nous, bon sang. On devait la construire et la gouverner ensemble.

– Tu nages en plein délire, mon pauvre !

Connor manque lâcher son arme. Hudson. Il avait raison. C'était bien elle. Ce qui veut dire que l'homme qui crache son venin doit être Knox.

– Tu veux me mettre une laisse? Fais-toi plaisir. Je trouverai quand même un moyen de t'échapper, rétorque Hudson en éclatant de rire. Je t'ai dit que je me tuerai avant de t'épouser, mais tu sais quoi? Oublie. Je préfère largement te tuer, toi.

Un rugissement surgit, suivi d'un grognement, puis d'un bruit sourd, comme si quelque chose, ou quelqu'un, atterrissait par terre.

Connor se jette en avant sans penser à sa propre sécurité. Il jaillit des buissons à temps pour voir une silhouette noire se jeter sur Hudson qui est face contre terre. Il est merveilleusement soulagé de réaliser qu'elle est en vie, mais la vue de Knox la surplombant suscite une tout autre émotion.

Une rage pure.

Il se jette sur l'homme, écrasant la crosse de son arme sur la tête de Knox avant de le dégager. Mais le crâne de cette brute est plus épais qu'il ne s'y attendait et le coup ne lui fait pas perdre connaissance. Knox tombe par terre, puis il se relève, tel un militaire bien entraîné, avec une vitesse qui le surprend.

– Ne bouge pas, grogne Connor en pointant son pistolet sur sa poitrine.

L'autre se fige, le regard noir et sauvage.

Ce regard.

Face à l'homme qui a tué sa femme, Connor peine à respirer. Il est ramené à cette journée où il l'a regardé depuis les bois. Il a vu cet homme, cet assassin, retrouver son camarade d'un pas léger, comme s'il était le roi du monde, souriant, se vantant de ce qu'il venait de faire.

– T'es qui toi? crache Knox.

Quelle ironie. L'homme qui hante ses cauchemars depuis deux ans ne sait même pas qui il est. Il ne sait même pas qu'il a détruit sa vie.

– Je suis celui qui va te tuer, dit calmement Connor.

Car c'est aussi simple que ça. Il appuie sur la détente, et c'est le geste le plus naturel qu'il ait jamais fait. Une fois, deux fois, trois fois, et Knox titube en arrière. Le regard maléfique qui a pourchassé Connor pendant si longtemps s'emplit d'abord de panique, puis lentement, il devient vitreux, flou et enfin... sans vie.

Connor est pantelant lorsqu'il baisse son arme. Il se tourne vers Hudson, qui est toujours allongée par terre, qui n'a pas fait le moindre bruit quand il a mis trois balles dans le torse d'un autre. Son regard n'est pas effrayé. Ni accusateur. Il est confiant. Et quand il se penche en avant pour lui tendre la main, elle la prend sans hésiter.

– Tu es là, chuchote-t-elle lorsqu'il l'aide à se relever.

– Je suis là, répond-il d'une voix rauque.

Elle regarde le corps étendu à deux mètres, et son regard s'illumine brièvement, triomphal ou satisfait. Quoi qu'il en soit, la mort de Knox ne semble pas l'affecter. Elle regarde le sang recouvrir sa poitrine et le sol, comme si elle était hypnotisée par la flaque rouge.

– Pourquoi ? demande-t-elle calmement en se tournant vers lui.

– Pourquoi quoi ?

– Pourquoi tu es là ?

Son cœur bat la chamade. Il sait ce qu'elle lui demande vraiment, et ses paumes sont moites alors qu'il cherche ses mots. Or, il n'est pas doué avec les mots, bon sang. Il n'a pas le charme facile de Rylan, ni le vocabulaire citadin de Kade, ni même le trait d'esprit de Xander.

Tout ce qu'il a, c'est... la vérité.

– Parce que je...

– Hudson ! gronde une voix d'homme. Où es-tu, bon sang ? Je ne te vois pas !

Connor lève de nouveau son arme, visant les arbres

derrière la tête d'Hudson, quand une silhouette agitée émerge des fourrés.

– Dom ? s'écrie-t-elle en se retournant.

– Putain, tu vas bien ! s'exclame-t-il, clairement soulagé. Knox est sorti de la caserne avant nous. Je l'ai seulement su quand je suis rentré et que j'ai vu qu'il avait bipé son badge en prétendant aller en patrouille et...

Il se tait lorsqu'il voit le corps par terre.

– Merde.

Il s'immobilise lorsqu'il voit autre chose, et Hudson comprend en même temps, se tournant brusquement vers Connor.

– Ne fais pas ça, le supplie-t-elle.

Il lui faut une seconde pour comprendre ce qu'ils ont sous les yeux. Son arme est toujours pointée sur le nouveau venu, pile entre les yeux. Entre ses iris gris, comme ceux d'Hudson. Connor cligne des yeux, surpris par leur ressemblance. Les traits de Dominik sont plus saillants et virils que ceux d'Hudson, mais n'importe qui pourrait voir qu'ils sont frère et sœur.

Alors, voilà le frère d'Hudson. Le commandant en chef des Exécuteurs de la colonie de l'Ouest. L'homme responsable des rafles.

– S'il te plaît, Connor. Ne fais pas ça.

Il entend la voix d'Hudson malgré sa colère. Il tourne la tête et se mord la lèvre quand il voit son angoisse.

– Il va arranger les choses. Il a commis des erreurs, mais on en fait tous. On a menti et on a volé et on a tué, mais ce n'est pas obligé d'être ainsi, dit-elle avant de se tourner vers son frère. Tu vas arranger la situation, n'est-ce pas, Dom ?

– Oui.

Dom fixe Connor, et si sa voix s'est attendrie en parlant à sa sœur, elle est résignée lorsqu'il parle à Connor.

– Fais ce que t'as à faire, mec. J'ai le cerveau complètement retourné. Peut-être qu'une balle m'aidera à y voir plus clair.

– Dom ! siffle Hudson.

– C'est vrai, H. Je ne sais pas ce qu'ils me donnent. Qui sait ? Peut-être que les médocs entraîneront une mort lente et douloureuse. Je suis sûr que ça rendrait ton pote très heureux.

– Hudson n'est pas ma pote, grogne Connor. C'est ma femme.

Dominik hausse les sourcils et il sourit, amusé.

– Alors, comme ça, tu me caches des choses, sœurette ?

– Je ne t'ai rien dit parce que je ne savais pas ce qui se passait entre nous et... *bon sang,* pourquoi je me justifie ? s'exclame-t-elle avant de se tourner de nouveau vers Connor. Si tu tires, Conn, je ne te le pardonnerai pas, et tu ne me reverras jamais.

Elle le pense. Il voit sa détermination dans ses yeux, et l'idée qu'elle pourrait le quitter de nouveau lui est... insupportable.

Il soupire, se baisse et pose son pistolet par terre. Lorsqu'il se redresse, il croise le regard surpris de Dominik.

– Je me rends.

Dom cligne des yeux, puis il éclate de rire.

– Euh, personne ne t'a demandé de faire ça, mec. Ramasse ton arme et emmène ma sœur loin d'ici.

C'est au tour de Connor de cligner bêtement des yeux.

– T'es sérieux ? demande-t-il alors qu'Hudson ricane.

– Bien sûr, je ne comprends pas pourquoi on est encore plantés là à parler, répond Dominik, exaspéré. Si tu ne vas pas me tirer dessus, alors dégage. Hudson dit que t'es un mec bien, alors prouve-le. Garde ma sœur en sécurité.

Soit il est devenu fou, soit ce qu'il ressent, à contrecœur, pour ce type est du respect. Ça le rend perplexe et furieux, mais Connor ne perd pas de temps à analyser ses sentiments. Il hoche la tête en regardant Dominik, puis il plonge son regard dans les superbes yeux d'Hudson.

– Allez viens, chérie. Il est temps de partir.

Le trajet de retour à l'aire d'atterrissage se fait dans la bonne humeur. Rylan lui a fait un câlin d'ours quand elle et Connor les ont retrouvés, et même Pike a l'air heureux de la revoir.

Quant à Connor... il s'est refermé comme une huître. Il l'a décrite comme étant sa femme devant Dominik, puis, assis au volant, silencieux, il s'est comporté comme si rien ne s'était passé.

Hudson ne leur a pas demandé comment ils ont eu la voiture. Elle ne leur a pas demandé comment ils ont trouvé un hélicoptère en état de marche. Elle a simplement savouré sa joie de s'être échappée de la caserne sans la moindre égratignure.

Cependant, sa patience a des limites et le silence de Connor l'agace. La première chose qu'elle fait, quand ils sortent de la voiture, c'est de s'adresser à Rylan et Pike.

– J'ai besoin de parler à Connor. Seule, dit-elle d'une voix ferme.

Les deux hommes semblent réprimer des sourires.

– Oui M'dame, ricane Rylan en frappant Pike sur le bras. Allez viens, pilote. Allons préparer le carrosse de cette demoiselle.

Ils sont à peine partis qu'elle avance vers Connor, déterminée, satisfaite de le voir déglutir nerveusement.

– Tu n'as pas répondu à ma question, l'accuse-t-elle.

– Euh... C'était quoi la question, déjà ?

– Ah, tu veux faire l'idiot ? Très bien, alors je vais être très claire, déclare-t-elle en regardant son visage gêné. Pourquoi es-tu venu me chercher ?

Elle s'attend à ce qu'il essaie de gagner du temps, encore une fois, mais elle aurait dû savoir que Connor ne passerait pas par quatre chemins.

– Parce que je t'aime.

– Ah.

– Ah? répète-t-il en souriant. C'est tout ce que tu as à dire?

– Non, j'ai plein de choses à dire, en fait. Mais ça peut attendre. Parce que là, j'ai juste envie de *faire ça.*

Elle lève la main et le gifle.

Elle entend quelqu'un ricaner près de l'hélicoptère, mais elle est trop furieuse pour se préoccuper de savoir lequel de Rylan ou Pike trouve sa révolte amusante.

– Tu m'as bannie! C'est quoi ton problème, Conn?

Il se frotte la joue, mais son sourire ne disparaît pas.

– Tu peux me gifler une seconde fois, je le mérite.

Hudson le fusille du regard.

– Bien sûr, que tu le mérites. Et crois-moi, ce ne sera pas la dernière gifle que tu recevras. Tu as peut-être laissé partir mon frère, et je ne l'oublierai jamais, mais ça ne veut pas dire que je vais oublier ce que tu as fait au campement. Je vais en reparler chaque fois qu'on se disputera et chaque fois que tu m'énerveras ou m'agaceras ou que tu me diras que je n'ai pas le droit de faire quelque chose. À chaque fois, Connor! Tu as officiellement mérité que je te le répète pendant le reste de notre vie.

– Le reste de notre vie? Ça veut dire que tu m'aimes encore?

Son agacement disparaît lentement et elle le regarde d'un air pensif.

– Est-ce que je t'aime encore? Je ne sais pas... à ton avis?

– Je crois que j'ai merdé. Je me suis comporté de manière irrationnelle et j'ai fait la plus grosse erreur de toute ma vie en t'obligeant à partir. Je me suis laissé aveugler par ma soif de vengeance au point d'oublier ce qui compte vraiment, admet-il d'un air vulnérable. Je crois que tu es la plus belle chose qui me soit arrivée. Et j'ai peur de t'avoir perdue.

La sincérité de ses paroles lui brise le cœur, et elle se rapproche de lui pour prendre son visage dans ses mains.

– Tu ne m'as pas perdue. Je suis là, dit-elle en caressant la trace rouge laissée par sa main. Et je n'ai jamais cessé de t'aimer, espèce d'enfoiré.

Les coins de sa bouche se soulèvent et il lui sourit timidement.

– Est-ce que tu me pardonnes de t'avoir bannie ?

– Tu me pardonnes de t'avoir menti ?

– Oui, répond-il sans hésitation.

– Tant mieux. Je te pardonne aussi, dit-elle en effleurant ses lèvres avec sa bouche. Je te promets de ne plus jamais te cacher quoi que ce soit, Conn. Mais tu dois me promettre de ne plus garder tes distances. Ça ne marchera que si on est complètement honnêtes l'un envers l'autre. Si on se fait confiance.

– Je sais, répond-il en caressant sa joue. Je te fais confiance, bébé.

Son cœur bat la chamade quand leurs lèvres se rencontrent de nouveau, mais cette fois elles ne font pas que s'effleurer.

Une nuée de papillons se met alors à voleter dans son ventre et ses orteils se recroquevillent tandis qu'elle frémit des pieds à la tête. Bientôt, elle oublie tout en dehors de la bouche chaude et féroce de Connor, ses grandes mains sur sa taille, qui passent dans son dos, puis sur ses fesses, et...

– Eh, bande d'enfoirés, on peut accélérer un peu ? crie Pike.

– Sans rire, ajoute Rylan. Soit vous passez directement au sexe, soit vous arrêtez, parce que j'ai envie de gerber de vous regarder vous lécher la gueule.

Hudson éclate de rire contre la bouche de Connor.

– On passe au sexe ou on arrête ?

– Gardons le sexe pour plus tard. Je veux prendre mon temps avec toi et je veux que tu sois nue, dit-il en riant. T'es prête à rentrer à la maison ?

Hudson l'embrasse encore une fois avant de répondre.

– Je n'ai jamais été aussi prête.

Épilogue

Connor est debout sur le porche, réprimant un soupir en regardant Rylan et Lennox descendre une coiffeuse du pick-up de Lennox. Jamie surveille chacun de leurs gestes, les mains sur les hanches, ordonnant à Lennox de faire attention à son meuble le plus précieux. Ça fait sourire Connor, parce qu'il a l'impression que tous ses meubles sont « les plus précieux ». D'ailleurs, il n'a jamais rencontré de femme qui possède autant de meubles.

Hudson rit en sortant du chalet et en le rejoignant sur le porche.

– Ils s'installent pour de bon, alors ?

Connor passe un bras dans son dos et l'embrasse sur la tête, respirant son parfum de noix de coco.

– Ha ! Comme si tu ne rêvais pas de transformer mon campement en une grande et joyeuse communauté.

– Je ne vais pas te mentir, répond-elle en souriant, j'aime qu'il y ait d'autres femmes dans le camp. Un peu d'œstrogènes, tu sais, pour contrebalancer toute votre testostérone.

Il rit et elle pose sa tête sur son épaule.

– Alors, qu'est-ce que tu vas faire de Reese ?

Sa bonne humeur disparaît aussitôt. Quand ils sont allés à Foxworth pour demander à Reese d'emprunter son hélicoptère, ils lui ont donné un des téléphones satellites, étant donné que Lennox n'en avait plus besoin. Il lui a demandé ce qu'elle voulait en échange de l'hélico, mais elle n'a pas répondu tout de suite. Elle ne l'a contacté que ce matin, deux semaines plus tard.

– Qu'est-ce qu'on peut faire ? soupire-t-il. J'irai la semaine prochaine, comme elle l'a demandé, pour savoir ce qu'elle veut en retour.

– Et si c'est quelque chose de dangereux ? Ou de complètement fou ?

– On s'en inquiétera le moment voulu, répond-il simplement. Eh, reprend-il en voyant son inquiétude, au moins les routes seront sécurisées puisque ton frère s'assure qu'il n'y ait pas de rafles dans le coin.

Ses paroles n'ont pas l'effet escompté, car elle a l'air encore plus inquiète. Mince. Il n'aurait pas dû lui parler de son frère. Il l'a contactée le lendemain de son retour au campement pour lui dire que tout allait bien, qu'il était encore commandant et qu'il faisait tout pour que leur coin reste tranquille. Connor ne sait pas combien de temps ça durera, mais pour l'instant, il lui est reconnaissant.

Bon sang, jamais il n'aurait cru avoir ce genre de sentiment envers Dominik.

– Si seulement il partait de la caserne, dit Hudson.

– Ça va aller, ma chérie, dit Connor sans en être certain.

– Hudson ! s'écrie Jamie en venant vers eux. Tu veux nous aider, Layla et moi, à décorer nos cabanes ?

Pour une fois, Connor est content que Jamie soit obsédée par l'idée d'avoir une maison, parce qu'il voit Hudson se détendre instantanément.

– Ouais, d'accord, répond Hudson en prenant le bras de Jamie.

Des pas résonnent derrière lui. Cette fois, c'est Xander qui le rejoint pour observer l'agitation qui anime la cour, Rylan et Lennox qui trimballent une table, Hudson et Jamie partant en direction des bois, Pike arrivant avec le louveteau dans les bras.

Xander soupire, mais quand il prend la parole, son ton est amusé plus qu'agacé.

– J'ai l'impression qu'on est à l'aube d'une nouvelle ère, non ?

Connor regarde les fesses d'Hudson, ses longs cheveux blonds qui tombent en cascade dans son dos et la confiance avec laquelle elle marche. Elle s'arrête soudain, et son pouls accélère lorsqu'elle le regarde par-dessus son épaule et lui lance un clin d'œil souriant.

– Je crois bien, oui.